光文社文庫

長編推理小説

湖底の光芒

松本清張プレミアム・ミステリー

松本清張

KOBUNSHA

光　文　社

目次

1

ケーアイ光学の債権者会議は午後三時からだ。三月九日は土曜日である。遠沢加須子《かずこ》の乗った車が池袋の繁華な通りを抜けたのは、三時十五分前だった。交通渋滞で思わぬ遅れとなった。

「運転手さん、志村まであと十五分で行けるかしら？」

「さあ。急いで行ってぎりぎりでしょうね」

タクシーの運転手も中仙道《なかせんどう》に出てほっとしたように云う。

もう少し早く出ればよかったと加須子は思った。開会には遅れるかもしれない。成行きに任かせるより仕方がない。時間に遅れたように、これから先の債権者会議の成行きも半ばは諦《あきら》めている。

絶望的な気持になってはいけないとは思いながらも、相手のケーアイ光学の倒産状態を聞くにつれて、中間程度の下請けは回収を諦めなければならないようだ。怒りがこみ上げてくるが、腹を立てるだけでは仕方がなかった。これまでケーアイ側の無理はずいぶん聞いたし、そのために従業員の徹夜もつづいた。夜勤料の支払いが一ヵ月分の賃金の八割ぐらいに上ったことも珍しくない。そのやり繰りに苦労したが、それもあとでケーアイからまとめて金が貰えると思えばこそだった。

苦労がぜんぶ無になってしまった。苦労のことはどうでもいいとして、行詰りに直面するのは、四千万円の債権が回収不能になった場合、材料代や、もっと下請けへの支払いの金繰《かねぐ》りがつかないことだった。

加須子は、中部光学という夫の遺したレンズ製造会社を引受けている。従業員三十人。工場は長野県の諏訪《すわ》の近くにあった。東京の営業所には社員五名で、彼女は一ヵ月に二、三回、長野県と東京とを往復する。

夫が四年前に死んだとき、あとを引きうけたい希望の業者があったが、それを断ったのは、夫への想いと、せっかく伸びかかってきた事業への愛着からだった。「シンコー」という名のレンズの優秀さがようやく知られてきた矢先でもある。

しかし、品質の優秀さが必ずしも経営を楽にするとは限らない。加須子が一年間引受けた過去の経験でそれが身に沁みて分った。あのとき痩我慢《やせがまん》をしないで、いっそ工場を希望者に譲り渡したら、こんな苦労はなかったと思う。実際、買手は相当まとまった金を出すと云ってくれたし、奥さん、その金を資本《もとで》に女で出来るような楽な商売をしたほうが得ですよ、とすすめたものだった。

自分ではそれが出来ると思っていたし、せっかく認められかけてきたシンコーレンズをもっと業界に伸ばしてみたかった。いま、一級品といわれるカメラのレンズに比較しても、性能は決して劣らなかった。いや、焦点の正確さでは凌駕《りようが》していると自負している。

それというのも、工場に熟練工の倉橋市太がいたからだ。倉橋は社宝だよ、あいつが居なかったら中部光学は成り立たない、利益の三分の一ぐらいやってもいいから、よそに引抜かれないようにしてくれ、と夫は死の床で加須子に云ったものだった。

倉橋は三十四、五だが、これまで黙々と働いてくれた。彼の誠意に対しても経営を堅実にしなければならなかったのだが、つい、ケーアイ光学と五年前に契約を結んだのがいけなかった。ケーアイ光学の過大な宣伝に、つい、亡夫も眼が眩んだものだった。実体はしっかりしていると加須子も信じていたのだ。

ケーアイ光学が下請けへの支払いを渋るようになったのは三ヵ月前で、それから一ヵ月後には完全に支払いを停止した。中部光学がこれまでケーアイに納めた製品のレンズが金額にして四千万円。大手の光学会社ではとるにも足らぬ金額かもしれないが、中部光学の経営ではこれが致命傷に近い。

変な噂《うわさ》を聞きましたぜ、と東京営業所の主任格にしている秋田から聞かされたときが、すでに手遅れだった。あっという間にこの破局に持って行かれた。

加須子は、この四、五日、ろくに睡《ねむ》っていない。神経が昂《たかぶ》って眼を塞《ふさ》いでいても、胸の鼓動がひとりで速く搏《う》つのだ。

打開の目算は無かった。ケーアイからの受註に間に合わせるため、工場の土地、建物を、地方銀行へ抵当に入れて融資を受けている。

夫が、ケーアイの仕事をほとんど一手にする決心になったのも、この会社が将来カメラ界に伸びるという目算をつけた観測からだった。それには、現在すでにカメラ界ではゆるぎのない地盤を築いているSカメラの例があるからだ。

Sカメラは、江戸川区のアパートの一室から出発したといわれている。はじめは月に十台、二十台といった細々とした製造量だったが、その性能の優秀さが認められて輸出向きの業者に取上げられたのが幸運の最初だった。そこに朝鮮戦争のブームがきた。工場はふやしてもふやしても足らなかった。現在では千人の従業員を抱え、カメラの上場株としては一流にのしあがっている。

新興中小企業の悲しさで、中部光学は一流メーカーのところには納品が出来なかった。一流メーカーのほうはすでに下請組織が充実していて、あとから入りこむ隙《すき》はない。活路を見出すとすれば、これから伸びそうな、いわゆる先行を期待できるカメラ会社に密着するほかはないのだ。夫がケーアイに接近したのは、そのような理由からだ。

夫の生きている間は、彼なりの見通しが的中した。五年前に売出したケーアイカメラは、派手な宣伝と相俟《あいま》って社長森崎信雄の手腕もあり、どこまで伸びるかと思われたくらいだった。

そこにカメラ界の頭打ち状態が来る。ブームが終り、カメラなら何でも飛ぶように売れた時代は過ぎた。加えてカメラ会社の乱立となって、競争はもっぱらデザインやアイデアの方面に向けられる。某社が新製品を出して好評を得れば、すぐにそのスタイルを真似《まね》るという競い合いに変った。定価も商品の市場だぶつきでどんどん切り下げられてゆく。

こんな場合、いつの時代でも犠牲は下請業者だった。定価の引き下げは当然にコストの低下を要求された。下請単価が一方的に下げられて行った。しかし、拒絶《きょぜつ》は出来ない。そこを離れて別のカメラ会社に移ることがほとんど不可能だからだ。また替わっても単価の値下げ要求は同じことだし、悪くすると、新しいだけにもっと値下げを要求される。

それに、不況となってからは売掛金高も嵩《かさ》んでいるので、よその競争会社に移れば、当然、その分を見捨てなければならなくなる。

不況になってくると、親会社のほうも下請けに対して次第に横暴《おうぼう》となった。カメラが売れて売れて仕方のないときは、何でもこちらの云うことを聞いてくれた会社が、今度は逆に威圧的に出て来て利己主義を発揮する。

たとえば、それまでの型で発註していたものを、新型に切りかわるから役に立たなくなったという理由で、一方的に破棄を申し渡され、半製品や材料代に対する損失補償は全く頬かぶりといった例も珍しくないのだ。


車は中仙道を走った。運転手も客の気持を察して、かなり無理な追越しなどしている。

志村近くになると、同じようにスピードを出して走る車が二、三台、彼女の前後を走るようになった。

加須子は、それも自分と同じ目的で同じ会社に急いでいる人たちのように思え、見るともなく窓から眺めていると、後から走って来た車が追越そうとして、一瞬、ほとんど同じ位置にならんだ。

背景となっている風景の疾走を除くと、二つの車は互いに静止してならんでいる状態だから、その窓に四十ぐらいの男が物思わしげにうつむいている横顔がよく見えた。腕を組み、むずかしい顔でうつむいている。

会場が近くなった。やがて志村坂上の緩《ゆる》い傾斜を上り、つづいて角の印刷工場を曲ると、そこがケーアイ光学の本社だった。

敷地四百五十坪は、カメラ会社としてはいかにも小さい。しかし、本社では組立てるだけの作業なので、これだけの建物でことが足りるのだ。大きな宣伝をしてはいるが、そのほとんどは下請業者に発注し、各部門ごとに造らせている。

いつも静かな本社前に、今日は車が夥しく停《とま》っている。前を通る人が何ごとかと思って車の中からのぞいたりしていた。これで紅白の幔幕《まんまく》を張ると、本社創業何十周年記念祝賀会となるだろうが、今日はその終焉《しゅうえん》だから、鯨幕《くじらまく》の方が似つかわしいくらいである。

そういえば、こういう債権者会議に列するのを業者間では「お通夜に行く」と云い、会議を「葬い」と称している。

「葬い客」は受付に入って名前を訊《き》かれ、名簿にチェックされると、「債権者金額一覧表」という印刷物と会議の進行予定表を貰う。

加須子が会場に入ったときは、すでに満員だった。五十人くらいは集まっている。彼女はやっと隅のうしろから二番目の椅子に着いた。

皆の眼が加須子に集まった。男ばかりの中に、きれいな女が場違いといった感じで入ってきたので、憂鬱《ゆううつ》な空気の中、虹彩《こうさい》のようなさざなみが暗い場内に静かにひろがった。あの女はだれだろう、とささやき合っている。

加須子は街を歩いていても、バスの中でも、男たちの興味の視線をよく顔に受ける。中年に近づく女の、ひときわ著しい魅力が男心を惹《ひ》く。

とくに彼女が四年前に夫を失った未亡人と知っている界隈の男たちの瞳にはそれがあらわであった。加須子は、岡谷に住んでいるけれど、上諏訪、下諏訪、辰野、茅野《ちの》、有賀など湖畔周辺は一つの区域である。養蚕がさかんだったころの生活共同体が、いまでも名残りになっている。加須子は、その視線を感じるたびに眼を伏せた。

加須子が債権者会議の席についたためだけでもないが、場内には芝居がはじまる前の観客のようなざわめきが湧いた。違うのはそれが愉《たの》しげな会話ではなく、一種云われぬ悲壮感と緊迫感に包まれていることだった。

正面には会社側の役員がならぶ机が横一列につくられてある。ほぼ真中あたりに「議長」と書いた札が下がっている。

加須子が坐ったころから、会場の中からは、

「早くしろ」

とか、

「何をしとるんだ。議長、開会々々」

と叫ぶ声が聞こえていた。

ここにも追詰められた人間の声と、一銭でも貸金を多く回収したいという闘志とが、熱っぽい空気にかたまっていた。

会場の五十人ぐらいのうち、その三分の二ぐらいは配られた「債権者金額一覧表」を見ている。どの顔も、それに喰入るように真剣になっている。

一覧表には、一月以降の不渡《ふわたり》手形、買掛金の一月分、二月分、合計と区分され、各下請業者の数が四十口以上ならんでいる。

加須子の中部光学の債権額は中位以上で、不渡手形二千百五十二万円、買掛金一

月分九百六十二万円、二月分が八百六万円と明記されてある。不渡手形のほうは、期日の書き換え分とその後の増加分とでここまでふくれ上がったものだ。

横に坐っている男が眼鏡《めがね》を出して見ていたが、突然、咳をはじめた。苦しそうに咳込んでいるが、瞬時もその表の数字から眼を放そうとしない。それが終ると、天井を向いて息をつき、つづいて正面の席に坐っている役員を睨《にら》みつけていた。こめかみに青筋が浮き、頰がひくひくと痙攣《けいれん》している。

ふと加須子のほうを見て、その硬張《こわば》ったままの表情で、

「お宅はどれぐらいひっかかりましたか？」

と訊いた。加須子もその人の蒼白い顔に少し気の毒になり、

「わたくしのはこれです」

と数字の上を指で押えた。

そこではじめて気がついたのだが、さっき車が一緒にならんだときに見た男の顔だった。

「なるほど、大へんな数字ですな」

と男は云い、

「あなたはレンズをやっていらっしゃるんですか？」

と女にしては珍しいといった表情で訊いた。

「ええ、そうです。おたくは？」

加須子は問い返した。

「わたしはカメラのボデイですよ。……ほぼ二千万近くひっかけられています。いや、あなたからみると金額が少ないですが、わたしらのようなところは規模が小さいから、これでオジャンになれば致命傷です」

頬をふくらまして長い息を吐いた。

「実に怪《け》しからんですな」

彼は憤慨して云った。

「こういう状態になるとは知らなかったです。前にも或るカメラメーカーにひっかかったことがあるので、ケーアイにもずいぶん気をつけたのだが、ここ三ヵ月ぐらい前は、その兆候すら無かったのでね。これはしてやられましたよ」

加須子はケーアイの倒産内情をもっと訊きたかったが、知らない男にあまり内面を訊きこむのも具合が悪いように思われて遠慮した。

「ここには相当大口が出ているが、この会議でどんな発言をするか見ものですよ」

その人は云った。

「もし、そういう連中が黙っていたら、ちょっと臭《くさ》いですな」

表には彼女の金額より大口が五つも六つもならんでいた。こういう大口が徹底的に回収方法を主張してくれたら、中間の下請けもずっと有利になるのだがと、他力本願的な希望をつないでいた。中間層は大口に圧されて、とかく発言力が弱いのである。こうしている間にも、参会者の間からは、

「早く開け」

とか、

「何をぐずぐずしている。頭数は揃《そろ》っているぞ」

という怒声が、しきりに役員席に向って飛んでいた。

定刻の三時を十分ばかり過ぎて、ようやく頭の禿《は》げた男が議長席に着いて開会と云った。

大口債権者の一人である議長は、今から社長の挨拶《あいさつ》があるから静粛《せいしゆく》に聴いていただきたい、と云い、椅子にかけると同時にケーアイ光学の森崎信雄社長の起立を眼で促した。

森崎は五十八歳だが、五つぐらいは若く見える。こういう席でも仕立下ろしのような舶来の洋服をつけ、ネクタイの趣味も洋服の色に寸分の隙なく合わせている伊

達者だった。

彼は倒産の最大の理由として、カンダ光学への債権約十億円が回収不能となったことを挙げた。

「わたくしはケーアイ光学の代表として、カンダ光学の債権者会議へ列席をいたしました。その席上、管財弁護人の杉浦氏の発表によると、カンダ光学の工場の機械、備品、敷地などの動産、不動産は、D信託銀行、T銀行の二重担保となっており、銀行間でも、手形割引高に充当不足分があって、これは目下抗争中ということであります。また同社には一部組合員による未完成品の横流しなどがあり、これは警察のほうで手配中であります。このため、さし当り無担保債権者の見返りが全く絶望的であるということであります」

「ここはカンダ光学の債権者会議じゃないぞ」

鋭く野次《やじ》る者がいた。

「一体、ケーアイの返済はどうなんだ?」

悲痛な叫びが聴衆の中から飛ぶ。これは野次というようなものではなかった。

ケーアイ光学社長森崎信雄は、胸からハンカチを取出し、額を拭いたが、態度は平静であった。言葉の調子も、場数を踏んできた経験者の落ちつきがあった。彼は発言者のほうに軽く頭を下げた。

「ごもっともでございます、わたくしのほうは皆さんにはご迷惑をかけましたが、しかしながら、全く同じように、カンダに対しては約十億円の債権を強く要求しているのであります。しかし、このほうは何度も交渉を重ねましたが一向にラチが明かないので、解決は目下のところ絶望というよりほかないと思います。従いまして、この十億円分は、ケーアイ光学の負債分約二十億円のうちから控除していただきたいのでございます」

森崎がそう云うと、言下に、

「無責任過ぎるぞ」

という声がとんだ。つづいて、

「元金を全額返せ」

「個人補償をしろ」

「ただ控除だけでは承認できない」

「カンダ光学の役員をこの席へ引きずり出せ」

中腰に伸び上って叫ぶ者が続出した。五十人の眼は一斉に社長に集中し、怨嗟《えんさ》の溜息ともつかぬ呟《つぶや》きが波打ち、狭い会場は緊張で裂けそうなくらいになった。

「まあまあ、お静かに」

森崎社長は手で抑えるように云った。

「このような事態になりましたのは、わたくしの不徳のいたすところで……」

「そんな言訳を聴きに来たのではない」

「通り一ぺんのことを云うな」

「誠意がないぞ。もっと誠意を示せ」

「全額支払え」

罵声《ばせい》がつづいた。

加須子は、そうした人たちの叫びを聞いていたが、どの人がケーアイのどの部門の下請けをしていたのか、顔を見ても全く知識が無かった。ただ、真赤になって眼を吊《つ》り上げている彼らの表情が眼に入るだけだ。

隣の男は腕を組み、じっと発言者のほうを睨み回している。

「おかしいですよ」

彼は加須子に低く云った。

「あそこの隅のほうには大口の連中が控えているが、みんな黙っている。なぜだろう……それともあとから決定的なことを云い出す機会を待っているのかな」

半分は独言になって、また首を向うに捻《ね》じ向ける。

「まあまあ、お静かに」

森崎社長は一向にあわてなかった。恰《あたか》もうるさい生徒をなだめる教師のように、両手をひろげて掌《てのひら》をひらひらさせた。

「……それにつきましては、ただ今、債権委員長の大野さんから発言がありますから、お静かにお聴き取りを願います」

大野は四十二、三で、額は少し禿げ上がっているが、髪をきれいに中央から分け、細長い顔に鼻梁が高いので、シャープな感じを与えた。

「まあ、皆さん」

彼が口辺に微笑さえ漂わせているのは、殺気立った空気をいくらかでも和ませようとする努力のようだった。真白いワイシャツの襟の間に、朱と金の縞のネクタイがきちんとかたちよく結ばれ、ネクタイピンのダイヤが身体を動かすたびに光る。

「そう皆さんのように勝手にご無理なことを云っても、現在のケーアイ光学の立場では仕方がないじゃありませんか。わたくしもここには相当な債権があるので、皆さんと立場は同じです。しかし、このケーアイ光学もカンダ光学に十億円の穴を開けられたのが原因で倒産したんですから、考えてみれば、当会社も気の毒といえば気の毒ですよ」

ここに集っている中以下の債権者は、ほとんど光学関係の下請業者だ。従って、この大野の経営する出雲光学からも多分に仕事を出してもらっている。そのひるみがあるので、これまでの鋭い野次も、大野の発言に遇うと急に引っこんでしまった。

一瞬、しんとした静けさが会場に落ちた。景気のよい野次の飛んでいる間は普通の株主総会と錯覚されがちだが、こんなふうに発言者が沈黙すると、文字通りお通夜の席といった感じで、悲壮感だけがまた大きく落ちてきた。

「いかがでしょうか」

すかさず云い出した男がいる。大野派の側近とみえた。

「ただ今の森崎さんの提案に対して、多数決で賛否を決めたいと存じますが。……中村さん、あなたは債権額の最高所持者だから、遠慮のないところをご発言下さい」

名指しをされた人は五十すぎの肥ったおとなしそうな紳士だったが、これは鷹揚《おうよう》にうなずいて、

「けっこうです。一切は委員長にお任せしましょう」

と答える。約一億を超えた不渡手形を貰って顔色一つ変えない中村という人物は、よほど財力に余裕があるのか、それとも胆力が据わっているのか、一瞬、奇妙に見えた。

加須子の横に坐っている男が、その中村のほうに身体を捻じ向けて、じっと凝視している。

今度は中村の下請けグループが忽《たちま》ち彼の説に賛成した。下請業者は絶えず親会社の意志に従わなければならない現象がここにもあった。こうしてほぼ十五、六社がカンダ光学の債権額控除に賛成の傾向をみせた。

「冗談云うな」

真赤になった若い男が髪を振り乱して起《た》ち上り、この決定に反対した。

「このバランスシートには、この一年の利益計上がされていないじゃないか」

「そうだそうだ、インチキだ」

こう云う声は大野とは別派の罵声だった。のみならず、どこの光学会社にも属さずに、ほとんどケーアイ専属の仕事をしてきた下請業者は全部この声に応援した。

森崎はそれにも落着いて、説明した。

「利益の計上をしていないのは、ケーアイ光学が設備投資として拡張してきた導入資金に振替えられています」

「それは口実だ」

「月商十億円を上げていたケーアイは、アラ利益でも二億円あるはずだ。その金はどこへやった？」

「それは、ただ今ご説明した通り……」

森崎がおとなしく云いかけると、

「ばか野郎、そんな逃げ口上を聴きに来たんじゃない」

一人が喚《わめ》いた。

すると、前列にかたまっていた別の業者が、

「ばか野郎とはなんだ。おとなしく社長の説明を聴け」

とふり向いて呶鳴《どな》った。

「何っ」

起っている者はそちらのほうに顔を回して吠えた。

「この債権者会議にはインチキがある。断じてこういうカラクリのものは承認できない」

「何がインチキだ」

いた。

「引っこめ、引っこめ」

「ぼやぼやするな。ばか野郎」

「何が、ばか野郎だ」

正面の役員達は、債権者同士の罵詈雑言《ばりぞうごん》の交換に、下を向いてうすら笑いをしていた。

結論が出ないままに会議は一たん休憩に入った。会社側もあせってはいない。無理をして一挙に結論に持って行くよりも、債権者側の自壊作用を待っている。

債権者が貸金を取立てたい心理はみな同じだが、金額の多寡《たか》と、債権者の中の会社側に対する個々の思惑と、立場の相違とがあるので、微妙な進行となる。いろいろ質問したり、がなり立てたりしているうちに、結局は自らがくたびれてしまうのだ。いかに呶鳴っても金が要求通りに出ないのだから、その無意味を悟ることになるのだ。激昂《げきこう》した心理も、時間の経過と共に次第に沈下する。こういう倦怠《けんたい》的な空気を会社側は待っているのだった。

休憩には簡単な食事が出る。このときはうな丼が一つずつ債権者に配られた。

「このうな丼一つが二千万円につくのか」

隣の男が情けなさそうにぼやいた。

「ほんとにお通夜とはよく云ったものだ」

帰らぬ繰言《くりごと》を述べて、結局はウヤムヤに解散となるのがこんな場合のオチだった。

「エルエス光学の場合もひどかったですな」

男は口をもぐもぐさせながら云った。

「あすこはラーメン一ぱいでチョンとなりましたよ。聞くところによると、あとで社長が家を建てたそうですが、こういう解散の場合に限って、社長が風呂敷包み一つで逃げ出したという例を聞きませんな。このケーアイの森崎さんもなかなかのやり手のようだから、どこかに含み資金を持っているのかもしれませんよ」

「その辺は追及しても分らないもんでしょうか？」

加須子は訊いた。

「さあ。もし、計画的にやっていれば、二重にも三重にも資産の移動をしていますからね。その辺は弁護士を使ったり、計理士を使ったりして万遍なく手が打ってあると思います」

それだったら怪しからぬ話だと思う。中小企業の下請業者を泣かした上、自分だけの益を計ったとすれば、これぐらい憎い相手はなかった。加須子自身も、もし、これだけの金額が回収出来ないとなれば、その穴埋めに融通手形でも出して当面を切り抜けなければならない。また手持の商品を抵当にしたりして街の金融業者から金を借りなければならぬことにもなろう。この二つの途は、いずれにしても負債が雪だるま式にふくれてゆく可能性がある。普通の銀行からの金融の途が塞がれていれば、危険と分っていても、それを択《えら》ぶほかはないのだ。

材料屋や従業員の給料の払い、下請けへの支払、手形の決済、そういうものが全部四千万円の売掛金を当てにして組まれているので、不能に陥る。ケーアイの四千万円のアナは、考えれば考えるほど中部光学の致命傷になりそうだった。

大体、どの業界でも不渡を喰った場合、半額でも間違いなく返してくれれば最高の部類だといわれている。常識的には、一、二割相当の返金があれば、まだ良心があるといわれ、返済皆無といったケースがほとんどだ。

もし、ケーアイ光学からもらった不渡手形の回収を専門のサルベージ屋などに頼むと、取立額の半分とか、運動資金とか云って適当にたかられる。それもほとんどは強請《ゆす》って取った債権額の一割相当で、下手をすれば、そのまま持逃げされる場合もある。その上、さらに業界での信用が忽ち下落する。あそこの会社ではいざとなれば暴力団みたいなサルベージ屋が介入する、という噂だけでも業界から敬遠されてしまうのだ。これが定評となれば、以後の取引にも支障をきたすので、この方法もとれないことになる。

さて、ケーアイ側は、一体、具体的にどのような返済方法を決めるのだろうか。

一同がうな丼を食べ終ったころに会議は再開された。

社長の森崎信雄が椅子から起った。

休憩までは殺気立っていた会場も、今では静けさを取戻している。僅か三十分の休憩だが、金が取れるかどうかの瀬戸際に立っている者たちは、飯を食っている間も、今後のやりくりに思案を駆けめぐらしていたことであろう。それが自然と鎮静剤になっている。

「返済計画についてご説明いたします」

森崎は頃合を図ったように云った。

「それは、現在仕掛残品として記載されている分を、皆さんで協力して完成品としてメーカーに納めることが一つの方法だと存じますが」

ケーアイ光学では現在未完成の品を多数抱えている。これを債権者が協力して完成品にし、金に換え、比率に応じて分配したら、という提案だ。

すでに多数決でカンダ光学に対する棚上げは決ったようなものだった。つまり、半額は切り捨てられているのだ。まるまる貰っても半額ということになるが、今度は、商品を金に換えて分配されるとなると、各自の分配金がどの程度かという心配が起ってくる。

「一体、どのくらいの日数で換金化が出来るのか？」

という質問が債権者の中からあったのは当然だった。

「左様でございます、やはりフルに生産を煽《あお》りましても三ヵ月はかかりましょう。その間は、債権委員に責任を持って管理していただくことにします」

森崎が答えた。

「三ヵ月とは長いな」

呻《うめ》きがほうぼうから起った。

「もちろん、そのときは現金でしょうね？」

と念を押す者がいる。

「全部現金というのは不可能だと思います。製品を納めた先のメーカーの約束手形が、約七十パーセントぐらい、現金三十パーセントぐらいの比率になるかと存じます」

「それは大変だ」

困惑の色が列席の債権者の中にひろがった。

果して製品を納めた先の手形が、すぐに割引されるほど信用度の高いものかどうかも保証がないのだ。また半製品を完成品にして売込むと云っているが、いま製品がだぶついているカメラ業界にその取引が成立するかどうかも分らないのだ。百歩譲ってその品を全部引受ける業者があったとしても、足もとを見られているから、値段は問題なく叩かれるに違いない。こう考えると、一体、手許にどれだけの金が入るか分ったものではなかった。しかも、そこに持って行くまで三ヵ月だと森崎は説明するが、果してその通り行くかどうかは、むろん、信用はできない。——加須子も、その思いが胸の中に波のように揺れ動いていた。

——債権者会議における債権者と債務者の関係は微妙なものがある。普通で云えば、当然、債権者が有利な立場にあるはずだが、金額が大きいほど実際には債務者のほうが主導権を握っているという奇妙な現象を呈する。弱い立場は債務者のほうでなく、債権者の側だった。つまり、金を取立てるほうは、先方の云いなりに従うほかはないのだ。

この場合の債権者心理は一種のノイローゼである。

「えらいことになりましたな」

隣の男が加須子にささやいた。

「これじゃ、わたしのところは、ここの会社の手提金庫一個ぐらいしか貰えないことになりそうですな。手提金庫が二千万円か」

と男はぼやいた。もはや、先ほどの怒りは彼の面上からも消えて、一種の諦めとも悲哀ともつかぬ表情が襲っていた。

こういう債権者の心理状態は、藁《わら》をも摑《つか》みたい気持があらわに流れている。そこで、仮りに不渡手形の見返りとして危っかしい手形の振替を債務者から申渡されても、案外納得《なっとく》するのは、このような神経衰弱的債権者心理からである。

もっとも、新しい手形を金融機関に持込めば、まだ三、四ヵ月ぐらい生き延びられるという気持もある。それが銀行で割れなくとも、取引先の材料屋へ回す方法もあるし、或る程度はやり繰りの手段として使える。そのため横行するのが、銀行に当座預金が無いのに勝手に銀行支払を書く、いわゆる「首無し手形」である。

会議はそれからもだらだらとつづいた。しかし、先ほどから猛烈に反対した一派も、形勢の推移が分ってしまうと、沈黙がちになった。その頃合いを計って大野が締括《しめくく》りを云った。

「本日の債権者会議は、一応、半額返済、期間は三ヵ月内外、そのほか金融筋の担保に入っていない備品、機械類は、追って債権委員が評価の上分配することにします」

しかし、その評価がどれくらいかは全然予想がつかないのだ。加須子の隣の男が云ったように、二千万円で手提金庫一個を貰うということにもなりかねない。結局は、倒れた会社から金を取ろうとするのが無理だという悟りになり、諦めは、そのことによって生じる自分の金繰りの苦しさの溜息となる。だが、諦めとはいっても簡単に引退《ひきさが》れるものではなかった。殊にケーアイ光学に専従してきた下請業者は、打ちのめされた姿で、椅子から起つこともできなかった。このとき、場内の雰囲気を見極めたように、森崎社長が云った。

「それにつきましても、こういう事態になったことはわたくしの不徳のいたすところで、何ともお詫びのしようがありません。殊《こと》に当社のためにひたすら便宜を図っていただいた、専属的な下請業者の方には、お詫びのしようもないわけであります。……つきましては、先ほど大野さんから申された解決案は、さぞかしご不満のことと思いますので、これについて、特に私がお世話になった或る人のご好意で、当社の債務に対してはこの場で可能な限りの条件で決済してもよろしいとのお申出がございました」

加須子はわが耳を疑った。いや、彼女だけでなく、下請業者が一斉に不思議そうな顔をして森崎を見つめたものだ。

「ここに皆さんにご紹介する方は、都内で有力な機械商をやっておられる山中重夫さんであります。山中さんのお話を取次ぎますと、皆さんにはご迷惑をかけたから、この際、現金で債務の三分の一を支払って決済したいとおっしゃっています」

その山中重夫という男が現れたとき、会場にどよめきが起った。

山中は見たところ四十前後で、小肥りの頑丈な身体をしている。顔は精力的に脂《あぶら》ぎっていた。眉が太く、唇が厚い。下腹が少し突き出た堂々とした押出しだった。

「わたくしは多くは申しません」

彼は歯切れよく云った。

「森崎さんとは前から昵懇《じっこん》で、森崎さんの人格にはかねてから傾倒している者の一人であります。このたびの森崎さんの不幸に対しては同情を禁じ得ませんので、ご迷惑をかけた皆さんに、わたくしの余計な差出口ですが、いま森崎さんの云われた通りのことをしたいと思います。……ええ、ここにわたくしの取引先のS銀行の横線小切手を持っておりますので、ご希望の方には、早速、金額を書き入れてお渡ししたいと思います」

不気味な沈黙が落ちた。二千万円で手提金庫一個にしかならないと諦めた中以下の下請業者は、この奇蹟に遇って啞然《あぜん》としている。手提金庫一個が忽ち債権高の三分の一に変って払戻されるのだ。

「わたしは」

一人がすぐに起ち上がった。

「ケーアイさんには六千万円の売掛金がありますが、今のお話だと、控除額の残りの三分の一、一千万円を渡していただけるわけですね？」

「さよう」

山中はゆったりとした微笑を洩《も》らした。

「それでケーアイ光学に対する債権の全部の決済をすましていただければ」

「よろしい。わたしは、その条件でケーアイに対する債権の一切を解消します」

立ち上った男は勢いよく宣言した。

「分りました。あなたは？」

山中重夫はうなずいて訊き返した。

「三誠舎の小峰です」

森崎が名簿を見て、山中に教えた。

「三誠舎さんは六千十一万三千二百五十円ですね？」

「そうです」

三誠舎の代表がごくりと唾《つば》をのんだ。

「カンダ光学の半額控除と端数は切捨てて、一千万円の小切手を受け取って頂きます。……よろしいですね？」

「はあ、結構です」

山中はその場で、太い万年筆を動かして小切手帳に書きはじめた。

気圧《けお》されて、夜のように沈黙していた会場が、張り詰めた空気を裂いたのはこのときだった。

「西精機、その条件を承諾」

「エコー光学、同意します」

「DL金属、それでお願いします」

「明光研磨」

「太陽舎」

「次を頼む、有光精密……」

加須子の隣の男が気狂いのように起って叫んだ。

「東部金属、お願いします」

会場は混乱した。しかし、以前の混乱とは全く質が異っていた。絶望が希望に代っていた。魔の淵から匍《は》い上ったような蘇生感が支配している。沈みゆく船から救命ボートに争って乗りこむ心理に似ていた。遅れてとり残されてはならなかった。

会社側は、小切手と引換えに、領収証と債権解消の確認証を取っている。タイプで用紙が打ってあるところをみると、前からの用意があったのだ。

「まあ、まあ、お静かに」

森崎社長が、再び両手を振ってなだめた。

「そう一どきにおっしゃっても、拾収《しゅうしゅう》がつきません。順序通りにおっしゃって下さい。ご希望がある限り、決して打ち切りには致しませんから」

――落ちついた眼をもっている者なら、この条件に大口債権者が沈黙しているのに気がつくはずだった。大野などは頬杖をついて傍観している。

いや、気がついたとしても、大口だからこの条件には応じかねるといった態度にみえていた。大口ほど資本は豊富である。あわてて三分の一（実は六分の一）に切り捨てられるよりも、少しは長期に亘《わた》っても半額は取り戻そうという肚《はら》づもりに考えられる。中以下の企業にはそれだけの資金的余裕がない。火のついた手形ばかりを抱えこんでいる。

加須子も起ち上がった。

森崎が加須子の顔と名簿を見較《みくら》べて金額をたしかめた。

山中重夫は加須子の顔を遠くからじっと見ていたが、傍の森崎に何やら耳打ちした。

森崎がそれに応えている。彼はうなずくと、さらさらとメモを書き、横の社員に渡した。

「中部光学さん、承知しました」

山中が皆に分るように大きな声で答えた。

このとき、彼女の横に社員が何気なく歩み寄って来て、手にたたみこんだメモを渡した。

加須子がそっと開いて見ると、鉛筆書きで三行だけ書いてある。

《あなたの分は、別の小切手で差上げます。会が済んでから、それとなく居残って下さい。他言無用。山中》

2

沸騰《ふっとう》したケーアイ光学の債権者会議もようやく終りに近づいた。竜頭蛇尾である。社長の森崎の紹介で現れた、山中重夫という都内の有力な機械商が債権打切額の小切手を渡しはじめてから、それまで拾収つかないくらい混乱していた会場の空気が、水を注いだように冷えた。山中から小切手を貰った連中は、それを大事そうに懐ろや鞄《かばん》の中に入れて匆々《そうそう》に帰って行く。

すでに回収不能とわかった倒産会社の債権を六分の一でも現金で返して貰ったほうが実利だとする考えが、下請の全体を支配している。お先に、とか、さようなら、とか云って彼らが会場を出て行くと、櫛《くし》の歯が抜けるように残りの人数が少なくなった。

返済金支払を買って出た山中の横には森崎が付いていて、債権者各自の名前を読み上げ、それが自然と順番になっているのだが、遠沢加須子の社名「中部光学」はなかなか呼ばれなかった。加須子は、小切手を書いては渡している山中の手もとを見つめている。

山中は押出しがいいだけに、横に立っている森崎社長が貧弱に映った。事実、森崎の態度は山中の社員であるかのように卑屈《ひくつ》であった。この分だと森崎は、彼の紹介通り、以前からこの山中の世話になっていた模様《もよう》であった。

それまで狭く感じられた会場が急に空疎《くうそ》な広さとなり、債権者の残りも二、三人となった。彼女の横に坐って、絶えず会場の雰囲気に気を配っていた中年の男も、いつの間にか姿を消した。閉場した映画館の観客席のように、空《から》の椅子だけが侘しく残った。

加須子は、先ほど渡された紙片の文句がどういう意味なのか考えている。

《あなたの分は、別の小切手で差上げます。会が済んでから、それとなく居残って下さい。他言無用。山中》

どうして別の小切手にするのか。なぜ、会が果てたあとまで残らねばならないのか。——ほかの者が一人ずつ小切手を大事に抱えて帰って行くたびにその姿と、紙片の文句の奥にあるものとを彼女は比較していた。

山中と森崎の前から最後の一人が去った。

「これで全部ですな」

森崎は山中に云った。山中は幅の広い顔をあげて会場を見渡し、たった一人つくねんと残っている加須子に眼を落した。

「やあ、中部光学さん、お待たせしました」

ほほえみながら、彼は、どうぞ、という恰好《かっこう》で彼女を手招きした。小切手を切っている間はむずかしい顔だったが、加須子に対《むか》ったときはじめてその表情が崩れた。眼に、彼女がいつも受ける男たちのと同じ表情があった。

加須子がその机の前に行くと、森崎社長が、これも愛想のいい笑《えみ》を泛《うか》べた。

「ええと、お宅は三千九百二十万円でしたね。……どうもご迷惑をかけました。カンダ光学の棚上分半分を天引き差引いて、残り三分の一ですから、端数切捨てで六百五十万円となります。それでよろしいですね？」

「はい」

加須子はうなずいた。

「いや、あなたのほうには随分と無理な仕事を押付けたりして、御迷惑をかけました。納期もそのつど間に合わせていただき、誠意をもってやって下さったのに、こういう結果になって申訳ないです」

「いいえ」

と加須子は答えるほかはない。

しかし、森崎がここに呼んだ債権者にそう云ったのは加須子がはじめてだった。何十人となく小切手を渡したほかの者には、彼はかえって恩恵がましい、ぶっきらぼうな態度をとっていた。

山中は、森崎と話している加須子の横顔を、机に両肘《りょうひじ》を置いて、間近からじっと見ている。

「それでは、山中さん、今お聞きの通りの金額です」

森崎社長は山中に告げた。

「はい、承知しました」

山中は、大きな背広の内ポケットから小切手帳を取出した。ちらりと見ると、有名な市中銀行の名前が表紙についていた。

ほかの連中に渡したこれまでの小切手は、地方銀行の東京支店のものだった。空《から》になったそれが傍らに三冊積み上げられている。切り離されて残った小切手の控えの厚みだけが高い。

山中は、新しい市中銀行の小切手帳を開いた。それはまだ二、三枚分しか切ってなかった。(あなたの分は、別の小切手で差上げます) とは、この意味だった。

山中は、太い万年筆でさらさらと額面に「六百五十万円」の金額を書き流した。

自分の名前を書き、また内懐《うちぶところ》から ワニ皮製サックを取出して水晶の大きな印鑑を捺《お》した。これも今までの小切手には捺していなかった。

山中は、それを器用に帳面から切り離して、

「では、どうぞお調べ下さい」

と加須子のほうにさし出した。太い指だった。

「たしかに」

金額を見て彼女がうなずくと、森崎は領収書の用紙を出した。彼女はそれに細いペンで数字を書いた。

その一部始終を、山中がのぞきこむようにして見ている。

「ほう、きれいな文字をお書きですね」

感嘆したように彼は云った。ついでに彼女のしなやかな指を見ていた。

「いや、遠沢さんの文字は、日ごろから感服していました」

と横からすかさず森崎が云った。これも近々と見る彼女の顔に眼を細めていた。

「われわれのところには、無味乾燥な商売上の御用件しか戴いていないんですが、それでも遠沢さんの文字は水茎《みずくき》の痕《あと》うるわしいといいますか、いつも惚れ惚れとして眺めたもんですよ」

「そうですか。そりゃひとつ、遠沢さんのラブレターでも戴きたいところですな」

山中は笑ったあと、

「いや、失礼しました」

と加須子に謝って、

「遠沢さんのほうに別な小切手でお支払いしたのは、ちょっと曰《いわ》くがあるんです。これは誰にもおっしゃらないでいただきたいんですがね」

と彼は彼女に眼を据えて云ったが、気づいたように、

「そうだな、ここではなんだから、別室でお話ししましょうか」

とわざとあたりを見回わすようにした。

実際、周囲は倒産したケーアイ光学の哀れな社員たちがあとの整理にごたごたと居残っていた。

「では、役員室へどうぞ」

社長の森崎が先導する恰好で先に立った。

潰《つぶ》れた会社だが、役員室はまだ立派な調度のままに残っていた。余裕のあるクッションが中央のテーブルを挟んで六つも七つも並んでいた。

ところが、そこでは、向うの広い事務机の前で痩せぎすのひとりの男が自堕落《じだらく》な

恰好で新聞を読んでいた。彼は、急に入って来た三人を見て、組んでいた脚を下ろしたが、三十二、三くらいの、眼鏡を掛けた男だった。なで肩の華車《きやしや》な体格に見えるが、頬のくぼみは精悍《せいかん》そうな感じを与える。顎《あご》も尖《とが》って、眼も大きくて鋭い。

その男は一番に入ってきた森崎社長ににやりと笑いかけたが、山中につづいてあとから加須子が入ったので、それきり口を噤《つぐ》んだ。

森崎信雄も別にその男を紹介しようとしなかった。三人が椅子に腰を下ろすと、その男はぶらぶらと散歩でもするような恰好で、部屋からドアの外に出て行った。その前に、その男の眼が加須子の上に何秒かの間静止していたのを彼女は気づかなかった。

「いや、まったく御苦労かけました」

山中重夫が椅子に落着いてから加須子に改めて挨拶した。

「ほかの連中に聞えると、ちょっと具合が悪いので、ああいうメモをお渡ししましたが、むろん、ほかの債権者には黙ってて下さったでしょうね？」

その通りにしたと加須子が答えると、森崎までが満足を表した。

「遠沢さんは、諏訪のほうにはいつお帰りですか？」

山中が加須子に訊く。

「はい、明日までこちらに居て、月曜日の昼に帰ろうと思っています」

加須子は予定の通りを答えた。新宿発十一時半の急行は岡谷に十四時五十分に着く。出京のたびに、彼女はこの列車を利用していた。

「なるほど。……ところで、わたしのほうからお願いですが、その小切手は、月曜日の朝、すぐに指定銀行へ取りに行っていただきたいんですがね」

山中が社長に代って云った。

「はい。月曜日のお昼ごろの汽車で発《た》ちますから、その前に現金に換えさせていただきます」

「それで結構です。なお、こちらの希望を云えば、銀行が開いた九時直後に取りに行っていただいたほうがありがたいんですがね」

「は？」

「時刻が遅れると、面倒な事態が起らないとも限りませんのでね」

どういう意味か加須子には分らなかった。

「いや、それは今ご説明するのを控えましょう。とにかく、銀行の開く時刻のなるべく近くに行っていただきたいということです。……明日は日曜日ですからな」

明日が日曜日だということは決っているのに、なぜ、わざわざそう云わなければならないのか。

「では、そうさせていただきます」

異論を唱える理由はないから、彼女がそう返事すると、

「失礼ですが、奥さんは亡くなられたご主人のあとを引受けて事業を経営なさってるそうですが？」

山中はまた訊いた。森崎からでも話を聞いていたに違いなかった。

「そうなんです。でも、馴れない仕事ですから、とても皆さんのようには巧くいきません」

「いやいや、どうして。御立派なものです。相当優秀な設備もお持ちなんでしょうね？」

「亡くなった主人が早く工場の近代化をしなければならないと云いながらも、つい、資金が足りないままになっております。汚ない所でお恥しいくらいですわ」

「御謙遜《ごけんそん》でしょう。ときに、お宅のレンズは、なかなか評判がよろしいようですな。あなたのほうでは、ケーアイさんのほかに、どこの会社のを請負っていらっしゃいますか？」

「ほとんどがケーアイさんでしたから、よそさまはあまりお請けしていません。ほかには、ラビット光学さんと日東精機さんからお仕事を少し出していただいています」

「ははあ。そうすると、ケーアイさんがこんなふうに駄目になれば、あとの切換えが大へんですね」

「でも、なんとか頑張ってみます。大変とは思いますが」

「カメラ界も一時の黄金時代が過ぎて、いま非常事態ですからな。大手筋でさえ乱戦状態です」

ここで山中は、よく知られている一流のカメラ製造会社が、最近、いかにダンピングを行なっているかを引合いに出した。

「まあ、奥さんも大へんでしょうが、大いに頑張ってください。……ねえ、森崎さん」

山中はケーアイ光学の社長を振返って、

「あなたのほうも、こんないい下請屋さんに今度のような不都合をかけては困りますな」

と、これは冗談半分の云い方だった。

「はあ、まことに、その……」

森崎信雄はてれ臭そうに頭を掻いた。

「何とお詫びしていいか、まったく申訳ないと思っています。それでも、山中さんが最後に救いの手を伸ばして下さったので、どんなに助かったか分りません。わたしもずいぶん悩みが解消されましたよ。これがほとんどが未払いということにでもなると、ぼくは自殺でもしなければならないところですからね」

「いや、そんなことをされちゃ困ります。事業は七転び八起きですからね。……あ、遠沢さん、失礼しました。これでどうかお静かにお引取り下さい」

「はい、ありがとう存じます」

加須子が椅子から起ち上がるまで、太い眉の下の眼を彼女の顔へ露骨に据えていた山中重夫が、厚い唇を動かした。

「明後日にお帰りになるとすると、明日は都内にお泊りでいらっしゃいますか？」

「はい」

「ぶしつけですが、どこかお知合いのとこでも？」

「いいえ、いつも決って泊る旅館がございますので」

「なるほど。では、明日はゆっくり御静養というところですね？」

「…………」

「これは少し唐突な云い方で申訳ないが、明日、あなたのほうでこれという御用事がなかったら、折り入ってあなたにお話したいことがあるんですが」

「…………」

加須子は、途端に見えない紐が彼の手もとから伸びて来たように感じた。

「もちろん、これからの御商売のことについてですがね。今、この森崎社長からもうすうす御事情を聞いたのですが、これから昏迷《こんめい》するカメラ業界に、御主人の遺されたお仕事を盛立てて行かれるのは大へんなことだろうと思います。ぼくも光学方面には素人ですが、機械のほうにはいささか商売の経験を持っております。よろしかったら、そういうことで御相談なり、またお力になって差上げたいと思うんです。いや、これはぼくのほうからのお願いですがね」

加須子は、すぐに返事が出来なかった。思わず棒立ちになっていると、

「遠沢さん」

と、横合いから森崎が気安げに云った。

「山中さんは輸出のほうもやっていらっしゃる機械商で、この方面にはなかなか目端の利《き》くお方です。それに、何と云っても資金を持っていらっしゃる。実際、今度

のことでも、ぼくはどのくらい助かったか分りません。まあ、ケーアイは、このような状態で完全に潰れはしたが、実を云うと、この山中さんの御援助で、ぼくはいずれ第二の出発ができそうです」

「第二の出発というと、どういうことですの？」

思わず問返すと、森崎はややうろたえ顔で云った。

「いや、いずれ更生策《こうせいさく》を考えようというわけです。そのときには山中さんの援助を受けるつもりなんですよ。将来のことで、まだ漠然《ばくぜん》としたことしか分りませんがね」

物凄い負債で倒産した森崎のことだから、当分は身を屈めるにしても、このまま沈みっ放しということはありそうになかった。殊に、その負債も中小企業の下請は山中の助けで打切りにしたから、かなり身軽になっているはずだ。

但し、まだ大手のほうには相当の負債が残っているようだった。山中の援助もそこまでは及ばない。

そういえば、債権者会議には大手債権者の顔は見えなかった。しかし、これは不思議ではなく、銀行筋や大どころの商社は、いわゆる「お通夜」の席に顔を出さないのが普通である。銀行は貸付先の倒産寸前にその担保を抜かりなく押えているし、大手筋は少々の損失では表に立たない。つまり、大手なりの面子《メンツ》があるから知らない振りで通し、損失金は欠損で落してしまう慣習がある。

山中重夫は、森崎の言葉が終ると云った。

「森崎さんは人柄がいいんでね、つい、わたしも援助をしたくなったんですよ。しかし、この世界をのぞいてみておどろきましたね。とにかく近代的なカメラ生産工業が何重もの下請機関で成立し、しかも、末端は家内工業になっている事実にびっくりしましたよ。その下請もみんな親会社に死命を制されている。まことに、ある意味では間尺に合わない仕事だと思います。あなたのほうは今後もずっとカメラレンズ研磨のお仕事をつづけて行かれるわけですか？」

「ええ。今のところ、ほかにすることもありませんので」

加須子は山中の眼から逃れるようにして云った。

「そうですかね。いま森崎さんから聞いたんですが、あなたのほうは従業員が三十人だそうですね？」

「はい」

「レンズの研磨工場としては規模の上からいって中クラスだと聞きましたが、大手のカメラ工場がだんだんにオートメ化してる現在、下請というのは、依然として古い機械と古い作業システムでコスト高になって行くようですね。一方、親会社の合理化はコストダウンに傾斜してゆくにつれて、そのぶんの犠牲を下請業者に要求してゆく。下請は次第に苦しい作業をつづけて行かなければならないというのは、ひとりカメラ業界だけではないのですが、まだ家内工業的な形態が残っているだけに、カメラ界はそれがとくにひどいと思いましたね」

それは山中の云う通りだった。

そのほか、カメラのデザインの競争が激しくなって、昨日の型が今日では古くなる。また、最近は値段の競争になっているので、ますます下請のコストは切下げられるばかりだった。しかし、一方でレンズなどは精密な研磨技術を要するので、この面だけはいよいよ高度な正確度を要求される。

「間尺に合わない話ですね」

山中重夫は眉を寄せて云った。

「われわれの機械工業のほうではとうてい考えられないですね。もっと有利な方面に転換してはどうですか。援助しますよ」

「ありがとうございます。けれど、これは主人がせっかく作ってここまでつづけて来た仕事ですから、やれるところまでやってみたいと思います」

「なるほどね。あなたは御主人想いなんですね」

山中は感心したようにうなずいたが、その眼にはどことなく嘲笑の色があった。

「ところで、奥さん。明日お暇でしたら、その森崎君と一緒に食事をしたいんですがね。いやいや、昼食ですよ」

「遠沢さん、山中さんがせっかくああ云うのだから、ご一緒にどうですか？」

森崎は山中の意をうけて云っている。

加須子には、この誘いが彼女だけ別に貰った小切手と関連しているように思えて仕方がない。なぜ、中部光学の分だけ別支払いになったのか。

「でも、明日は一日中東京で雑用があるんです。……これで、ボロ工場を持っていると、わたくしなりの用事に追われていますわ」

「ほう、日曜でも御精勤《ごせいきん》ということですな」

「中小企業には日曜も祭日もありませんわ」

「なるほど。それは残念ですな」

山中はあっさりうなずいたが、彼は、それで諦めたのではなかった。

「ところで、奥さんにお願いがあります」

「……………」

「あなたにはほかの人に分らないように別の小切手を差上げましたね。それは月曜日の朝指定銀行であなたがお金を受取られるわけですが、そのことは誰にも云わないで下さい。つまり、ほかの債権者には内密ですよ」

「ええ、承知しました」

加須子は云ったが、その意味がわからなかった。なぜ、他の債権者に秘密にしなければならないのか。

「なぜだかお分りにならないようですね」

と山中が太い眉を下げて笑った。

「だが、二、三日経てば、自然とあなたの耳にその解答が入るはずです。そのときこそ、ぼくがあなたに特別な考慮をしていたことが分っていただけると思います」

「……………」

「あなたは月曜日の午後にお帰りだそうですが、当分は信州におられるわけですか？」

「そうです」

「信州にはぼくもときどき出かけます。今度向うのほうを回ったとき、あなたの工場を見学させてもらっていいでしょうか？」

「ええ、どうぞ。……でも、汚ない所ですから、来ていただいても恥しいんです」

「なに、かまいませんよ。そんなものは馴れていますよ。工場というのは、およそ汚ない場所だと決っていますからね」

加須子は、頃合いをみて椅子から起った。

「どうもありがとうございました」

「もうお帰りですか？」

山中は残念そうな顔をした。

「ええ、いろいろと都合がありますから」

山中と森崎の二人は、加須子を送って廊下に出た。断っても、彼らは聞き入れなかった。他の債権者とはあまりに違いすぎた叮嚀《ていねい》さだった。

玄関を出ると、予約で待たせてあるタクシーから運転手が出て来た。

「では、失礼します」

最後に挨拶すると、山中重夫がすっと寄ってきた。

「四、五日うちにお伺いするかも分りませんよ」

耳もとに、厚い唇がささやくように動いた。

「当分、商用がてらに温泉歩きなどしてみたいんですよ」

その言葉を、半分は加須子は聞えぬ振りをしてタクシーに乗った。

玄関にはまだ二人が並んで立っていたが、このとき、奥からふらりと出て来た男がいる。加須子が車の中から頭を下げると、それには山中と森崎が応えたが、うしろに立った男は、パイプを手に持って口に銜《くわ》えたまま棒のように立っている。

先ほど、あの部屋に通されたとき、机の上で新聞をひろげていた男だった。痩せぎすの、眼の鋭い、三十二、三の顔だ。それが二人のうしろから車の中の加須子をじっと見送っていた。

いったい、あれは何者だろうか。志村の通りを走るタクシーの中で、加須子の頭に泛《うか》んだ疑問だった。

だが、そのことはすぐに忘れた。今日貰った六百五十万円の小切手をこれからの金繰りにどう使うかの計算が、それに変ったのだった。四千万円の債権が六分の一に減ったのは痛かったが、それでも長期に棚上げされたり、支払い不能で一文も貰えなかったりするよりもいくらかはましだった。事実、絶望の事態も考えて、この「お通夜」の席に臨んだのである。

それにしても、山中の云う、この小切手の謎とは何だろうか。

月曜日の朝、遠沢加須子は、九時を少しまわってから指定銀行に行った。正面の扉は開いてまもない様子だ。中に入ると、広い店内に客が十人ほどいた。彼女より早く来ている人があるのかと思うと、ちょっと意外だった。

腕に青い布片《きれ》を捲いた案内係が愛想よく寄って来た。

「御預金でございますか？」

下の床は掃除が終ったばかりで、行員も配置についたばかりといった感じだった。

彼女はハンドバッグから小切手を出して、裏に署名捺印をした。案内係が気を利かせて彼女を窓口に案内し、番号札を取って呉れる。

窓口の奥ではまず、コンピューターにかけている。何もなかったようだ。次は、小切手に捺された預金者の印鑑を台帳と照らし合わせている。これも問題なく通過した。

こういう手続を、加須子は長椅子に掛けてじっとみつめている。なぜ、このように凝視しなければならないのか。べつに小切手自体には不安は感じていなかったが、一昨日の謎がまだ心に残っている。

しかし、現実には謎などは無かった。しばらくたってから、現金受払いの窓口で名前を呼ばれた。

現金係の女の子は、百万円の束六つと五十万円を皿の上に載せた。

加須子がそれを受取ったとき、銀行側では気を利かしてそれを入れる大型封筒三つを出してくれた。

このとき、彼女のすぐうしろに人影が射した。

加須子は、別な客が現金を取りに来たのかと気にも留めないでいると、

「中部光学さん」

とうしろから呼ばれた。加須子が振向くと、思いがけない顔がそこにあった。

土曜日の午後開かれたケーアイ光学の債権者会議に、彼女の隣に坐っていた四十ぐらいの男だった。絶えず彼女に話しかけ、場内の空気に神経質に眼を尖らせていた人物だ。さらに云えば、うな丼を出されたとき、このうな丼一つが二千万円につくのか、とぼやいた男でもある。

だが、今日の彼の顔は、この前の親愛な表情は無く、猜疑《さいぎ》に満ちた表情だけが漲《みなぎ》っていた。

「あんたはやっぱりそうだったのか」

彼は加須子に乱暴な云い方をした。

彼女はおどろいてその顔を見たが、男の眼は加須子の手にある六つの百万円束に止まっていた。彼女は少し気持が悪かった。それでも札束を三つの大型封筒に入れて折り鞄の中に仕舞った。

「この前は失礼しました」

彼女は仕方なしに挨拶した。

「あなたもここに、土曜日に渡された小切手を現金に換えにおいでになられたんですか？」

男は顔面の筋肉を震わせた。

「とんでもない。ぼくらはあなたの小切手とは違いますからね。それはあんたも見ていたでしょう？」

それは加須子も知っていた。だが、この男はどうしてここに来たのだろう？　恰も彼女が現金を受取るのをたしかめに来たかのような感じだった。

それに、あなたと違って自分たちはほかの小切手だという云い方は、加須子だけが特別な小切手になっているのを知っているのだ。あのとき渡された紙片は、誰にも知られないようにたたまれて彼女の掌に入ったのだから、この男に気づかれるはずはなかった。事実、あの会場では、この男は何の疑問も挿まず、嬉々として山中からほかの債権者と同様な小切手を貰いに行っていたではないか。

「やっぱりぼくのカンは当ったな」

その男は云った。

「中部光学さん、あなた、まだ時間があるようでしたら、此処でちょっとぼくと話合ってくれませんか」

加須子は薄気味悪かったが、この銀行の中でと云うので、短い時間なら、と断って承知した。

二人は、一般の客が待ち合わせる椅子に並んだ。客の数はふえていた。加須子は、この男に絶えず鞄の中を狙われているような気がして心が落着かなかった。それに、彼が何を云おうとするのか、半分は予想できた。小切手の謎には、もう彼女なりの想像が泛んでいたからでもある。

「あなたの貰った小切手は、あの山中という男の持っている預金口座のものにまさしく間違いなかったですな。というのは、現にこうしてキャッシュをお持ちなんですからね」

男は神経質な声で云った。

「では、あなたがお貰いになったのは？」

加須子が反問した。

「ご想像の通り、指定銀行に行ったが、残金など一文もありゃしませんよ。口座だけは残っているが、明らかに名目だけのもので、はじめからわれわれを欺《だま》す企《たくら》みだったんです」

それでは、この男はその銀行に現金を取りに行ったのだろうか。それにしては時刻が早過ぎる。

「いや、それはね」

男は答えた。

「ぼくはどうもおかしいと思って、昨夜から一晩中睡れなかったんですよ。ほら、山中という男がみんなに小切手を渡したのが土曜日の午後です。昨日は日曜日で、銀行が完全に休んでいる。つまり、これがケーアイの森崎や、山中という正体の知れない男たちの仕組んだ芝居ですよ。ぼくは胸騒ぎがして仕方がなかったので、今朝あの銀行の開店前に社員を駈けつけさせ、開店と同時にとびこんで訊ねさせたんです。たったいま、社員から電話連絡があって分ったんです……」

「…………」

いていることろでしょうよ」

「今ごろは、あの銀行にインチキ小切手を持った連中が続々と押しかけ、ベソをかいているころでしょうよ」

「…………」

「ぼくは、その実情を知ったとき、すぐに森崎社長宅に電話をしたんです。当然のことに、奴が自宅に居るはずがありません。昨夜から、旅行と称して行先も分らずじまいになっています。もちろん、山中などというのは、どこの馬の骨か分ったもんじゃないしね……。ところがですね、ぼくはあんただけはちょっと違うんじゃないかという気がした。というのは、ほらあの会議の最中に、事務員があなたにメモみたいなものを渡したのを見たからね。隣に坐っているぼくだけには、それが分りましたよ。一体、あのメモは何だろう？　それは支払いに関係のあることしか書かれてないはずと思いました。そこで、われながらはっとなったね。あれは、あんたに渡したのがホンモノで、ほかのやつはみんなを騙《だま》す手じゃなかったかとね。なにしろ、われわれは小切手を受取って、これで一切を精算したという受取証を入れているから、こいつが相手にある限り、あとの文句をつけさせないようにしている。インチキだ、と森崎をつかまえて云っても、あいつの云う文句は分っていますよ。自分も山中という人を信用しているから、まさかそんなことをしようとは思わなかった、とね」

そんな悪質なことを、あの森崎がやるだろうか。加須子は信じられない表情だったが、心ではそれが予感にぴったりだという気がしてきた。

「なに、はじめから、あいつは詐欺を企んでいたんです」

欺された男は云った。

「あの会場には大手や、銀行筋も出ていなかったでしょう。森崎は裏のほうで、そっちのほうだけは手当てをしていたんです。あの会社の倒産だって偽装《ぎそう》に違いないと思います。森崎のことだ。しこたま資金をどこかに隠匿《いんとく》しておいて、そいつでまた何かやろうと考えているに違いありません」

加須子は、森崎信雄がふと洩らした言葉を、それで思い出した。


その日のケーアイ光学の事務所は、債権者たちの押しかけで蜂の巣をつついたようになっていた。

みなは山中重夫からもらった小切手の指定銀行に行って、はじめて詐欺にかかったことを知ったのだ。実質六分の一でも、それがすぐさま現金になるというので、争って山中の小切手を受取り、債権を抛棄《ほうき》したのだ。中小下請企業にとっては、六分の一でも現金が手に入ることで当面の苦しさを切り抜けられる。その魅力が、あの場の険しい雰囲気を一瞬のうちにしずめたのだった。

いつ取れるとも分らないケーアイの債権を持っているよりも、誰もが目前の現金を咽喉《のど》から手が出るほど欲しい。なかには多少躊躇《ちゅうちょ》している者もいたが、他の者が続々と打切りの条件に応じて小切手を貰って帰って行くところを目撃すると、つい、ふらふらと、その救命ボートに乗り遅れてはならない心理に駆られる。これは群集心理というよりも、切実な下請業者の心理であった。

それがまんまと騙されたのだから、彼らの怒りは二重になって戻って来ている。

「社長を出せ」

「社長はどこに行った？」

「社長の言い分を聞かないうちは、一歩もここから出て行かないぞ」

彼らは口々に罵って、ケーアイ光学の事務所に頑張った。事務所といっても、すでに残務整理程度でしか社員は出ていないので、空家同然になっている。

庶務課長というのが出て懸命に陳弁につとめたが、彼らの耳に入るわけはなかった。社長は昨日から所用があって大阪に行っている、というのが課長の言い分だったが、大阪のどこに居るか、電話をかけるから、行先を云えと、詰め寄っている。

「なにぶん、社長はわたしにも行先を告げないので、どうにも手当てのしようがありません」

庶務課長は蒼白にはなっているが、これも度胸を据えているのだった。

これまで債権者はケーアイ光学の無理難題を歯を食いしばって聞いていただけに、この欺瞞《ぎまん》はその分の怒りをふくらませている。

この債権者たちは、あとからあとからとふえるばかりだった。銀行に行ってはじめて真相を知った者もあれば、土曜日に貰った小切手をそのまま他社の支払いに回し、そこから文句が来て泡を喰って駆けつけて来る者もある。

「完全な詐欺だ。悪質な犯罪だ。断然、告訴する」

「土曜日に入れたわれわれの債権解消の確認証はもちろん無効だ。われわれは依然としてケーアイに掛売金がある。カンダ光学の棚上分半分も認めない。全額を要求する」

「社長はどこに行った？」

「なんとか早く出せ」

「森崎をわれわれの面前に連れてこい」

この要求と非難とを一手に引受けているのは課長だったが、ただ自分は何も知らないで通すだけだ。債権者の怒りも当人が雲隠れではややのれんに腕押しという恰好になっていた。つまり、債権者たちは、自分自身の怒りに次第に疲れ気味になってきている。

なかには、その貰った小切手の換金を唯一の融資のアテにしていた者もいる。この場の空気は悲壮だった。

そういう状態が三時間ばかりつづいたころ、ちょっと席を外していた庶務課長が戻って来て、

「みなさん、ただ今、森崎社長から連絡がありまして、あと一時間と少しでここに着くと申しています」

と大きな声で披露した。

この報告は、詰めかけている数十人の債権者の間にどよめきを上げさせた。意外の声とも歓声とも聞える。見込みのないことは分っていながらも、とにかく、当人が出て来て何か陳弁するというので、それにわずかな期待をつなぐのだ。さんざん待たされた挙句のことで、これまでの怒りがかえって皮肉な歓びと変っている。

「どこに居たんだ？」

早速、質問する者がいた。

「大阪から飛行機で、たった今、羽田に着いたばかりです。電話は羽田からございまして、大急ぎでこちらへ向って来るそうでございます」

「大阪には何の用事で行ったのだ？」

「さあ、多分、その善後策かと思いますが、先ほど申しました通り、わたくしには詳しいことは分りません」

その一時間が皆には十時間ぐらいに待遠しかった。徒労な怒りが、当人の現れることで生気を取戻している。

当の森崎信雄が姿を見せたのは、予定の一時間より三十分遅れてだった。

「この勝負は、こっちの負けだね」

彼の姿を見て自嘲的につぶやく者がいる。

「焦《じ》り焦りと待っているほうが、結局、負けさ。奴は巌流島の宮本武蔵の戦法を心得ているよ」

その森崎が、いかにも息急《いきせ》き切って駆けつけたという態度で事務所の中央に立った。相変らず立派な服装だが、さすがに沈痛な顔だけはしている。

社長々々、と彼を取り巻いた間から声があがり、すぐにでも摑みかかりそうな勢いの者もいた。

「みなさん、このたびはまことに意外なことで、わたくしもどう謝っていいか分りません……」

彼が、まず、頭を下げて謝ると、その言い終えないうちに、

「意外なこととはなんだ。社長の策略《さくりやく》だろう？　山中という男を使って打った君の芝居だ」

すぐに誰かが浴びせた。もはや、野次とは云えなかった。声の一つ一つがみんなの気持を代表していた。

「いいえ、実際、意外だったのでございます」

森崎は頭を垂《た》れた。

「まあ、お聞き取り下さい。……山中さんというのは、実はわたくしもここ二年ばかりのつき合いで、ときどき融資を受けておりました。有力な機械商というので、わたくし自身もすっかり安心していたのでございます。今度のことも、山中さん自らが、みなさんの債権を実質六分の一で打切りという条件なら自分が金を立替えてもいい、とおっしゃるので、わたくしも溺れる者は藁《わら》をも摑む気持で、一も二もなく、その援助に縋《すが》ったのでございます。まさか山中さんの小切手が不渡であろうな

どとは夢にも存じませんでした……」

「ふむ、では、森崎さん、その山中という男は現在どこに居るんですか。そして、彼の事務所なり自宅なりはどこですか？」

「それが……」

彼は一そう頭を下げた。

「うかつなことに、その自宅は分らないのでございます。貰った山中さんの名刺には、なるほど、事務所は京橋のほうにあるように書いてございます。今、羽田から社に連絡をして、はじめてこの事態を知ったので早速、京橋のほうを探したのですが、そんな事務所は発見できませんでした。……こんな事態になって、まことに申訳ございません」

あまりに野放図《のほうず》な彼の言葉に、一同からは声も出なかった。

3

遠沢加須子は、富士見駅を駆け下りた列車が諏訪湖畔の一端にたどり着き、湖水を大きく迂回《うかい》する車窓の風景を、いつも美しい眺めだと思っている。上諏訪を出てからは、左手の町並みが切れて、湖水が窓一ぱいに展《ひろ》がってくる。反対側は低い台地で、まだ畑が多い。縄文時代の遺蹟があったりする場所だ。塩尻《しおじり》峠の上には穂高の残雪の頂がのぞいていた。

湖畔をめぐるその緩やかな迂回が進むにつれて、それまで対岸に盆栽のふちのように見えていた低い連山が、次第に形を変えて大きくなってくる。湖岸の白い人家は再びふえはじめ、やがて岡谷の町に入るのである。

この辺は春になると、梅、桃、桜がほとんど一時に開く。五月になれば、山路の畠に、淡紅色のカリンの花が低い樹に咲く。

空気が澄んでいる。東京から帰って来るたびに、その歓びを味わうのだ。かつて東洋のスイスと大げさな宣伝が付けられていたが、誇張にしてもまるきり似ていないでもない。ここは戦後、精密機械工業が発達した。戦争中は、軍の望遠鏡や観測器などを造らされていたときいている。今ではカメラ、顕微鏡のほか、時計やオルゴールも造られている。

しかし、岡谷の町といえば、誰の頭にも製糸工場がまず印象にくる。だが、それはすでに過去のことだった。

光学関係の工場がふえてからは、カメラのレンズ研磨の下請け工場が今は、辰野、伊那、飯田に広がり、諏訪湖の北、東、南の湖岸につながる岡谷、下諏訪、上諏訪にはおよそ二十社ある。家内手工業的で五、六人の小人数から五十人程度の規模もある。

加須子は、工場の隣合せになっている母家《おもや》に戻った。

四年前に死んだ亡夫との間に子供はなかった。その夫にも両親はいないが、多摩子という妹が一人いる。多摩子は東京で絵の勉強をしていた。

加須子は、着更えをすると、すぐに表の事務所へ出た。四人の女事務員が一斉に挨拶した。

「お帰んなさい」

「倉橋さんを呼んで下さい」

女事務員が職長を呼びに事務所から出て行った。工場は廊下つづきに裏側になっている。

加須子が留守の間に起った事務上のあらましを、一ばん年嵩《としかさ》な女事務員が説明した。

加須子がその報告を聞いているうちに、倉橋市太がのっそりと入って来た。三十四歳の熟練工だが、工場のほうを一切任せた職長であった。レンズの研磨は、望遠鏡用とカメラ用とがあるが、倉橋市太はカメラレンズ研磨ではすぐれた腕をもっている。倉橋市太は義理にでも好男子とはいえない。両頬が出ていて、眼はくぼみ、鼻筋は通っているが、口がいくらか不均衡に大きかった。肩がもり上り、まるで箱のような体格だった。

「お帰んなさい」

倉橋は、社長室めいた別室の、加須子の机の前に坐った。

「どうでした？」

すぐに訊いたのは、「ケーアイ光学」の債権者会議に出た結果のことだった。

「現金でもらえたけれど……」

「ほう」

倉橋は眼をまるくした。

「本当ですか？　とても、そんな結果は予想できなかったですが」

「その代り全部じゃないわよ」

「そりゃそうでしょう。しかし、社長も取れる見込みがないつもりで出かけられたんでしょう？」

倉橋は、加須子のことを社長と呼んでいた。

「諦めてはいたけれど、やっぱり出てみないとね。それに、ケーアイさんのためには、うちもずいぶん苦労してきたから。納期に間に合せるため、工場のみんながどれだけ夜業をつづけてくれたかと思うと、少しでも取りたかったわ。でも、どうにか申訳は立ちそうよ」

「そりゃよかったですな」

倉橋も、ケーアイが納期を締付けて、徹夜をさせられた苦しみを知っている。

「どれぐらい呉れました？」

加須子は、債権額の六分の一だと云い、一切の顚末《てんまつ》を倉橋に話した。山中重夫という男が加須子にだけ普通の小切手を出し、ほかは全部不渡りにした顚末に話がくると、倉橋はむずかしい顔になった。

「どういうつもりでしょう？」

彼は腕を組んだ。

「ケーアイの森崎さんも、そんなインチキな人と組んだんでは、いよいよお仕舞《しまい》ですね。そりゃきっと偽装倒産ですよ。森崎さんは相当な資金を隠しているに違いありません。それで、あとの債権を打ち切りにし、インチキのところは全部、その山中という男にかぶせ、ほとぼりがさめたころ、また何かの会社を起すつもりでしょう」

「わたしもそう思うわ」

「しかし、うちだけにどうしてまともな小切手を切ったんでしょうね?」

倉橋は加須子の顔をちらりと見て、何か云いたそうだったが、口をつぐんだ。

「でも、これだけでも貰えたからありがたいわ。いま、火のついてる手形は、どれくらいあるの?」

「さあ、三、四口ぶんじゃないですか。久保さんを呼びましょう」

「それはあとでいいわ。それよりも、倉橋さん。ケーアイがこんなふうになったから、うちとしてもどこかに取引先を開拓しなければならないけれど」

「そうですな。東京営業所の秋田君は、何んと云っています?」

「大手筋のほうに極力運動すると云っていたけれど、あんまりアテにならないわね」

「そうですな。この際、大手のカメラ会社と取引があれば、うちの研磨機械など大分古くなっているから、その貸与の話も出来ますがね」

レンズ研磨機は、ひと頃よりずっと進歩している。だが、中部光学のそれはかなり旧式になっていた。新式だと合理化されていて、能率も上がるし、仕上げの時間がずっと少なくて済む。つまり、それだけ製造コストが安くなるのだ。

最近のカメラ業界は、デザインの競争と値段の安いカメラに傾斜している。これは、市場の製品がだぶついている一方、オートメ化によってコストが低下できるからだ。したがって、旧式な機械を持っている下請工場では次第に採算がとれなくなってきている。

下請業者が大手会社と組めば、金融方面も或る程度保証してくれる。つまり、自力でやるよりも、何もかも楽になるのである。

「しかし、亡くなった旦那様は、下請けばかりやっていては仕方がない、早く一人前の会社にならなければ、と云っておられましたがな」

倉橋は述懐した。

実際、死んだ夫はそう云っていた。下請けばかりやっていると、結局、梲《うだつ》が上がらないのだ。独立したカメラ製造会社になるのが彼の念願だった。そのため、土地の大きなカメラ会社から交渉があったときも、夫はそれを蹴っている。

この諏訪地方には、「パイオニヤ光学」と、「ハイランド光学」と、「ケント光学」の三つの大きなカメラ製造会社がある。このうち「パイオニヤ光学」は最も古く、最も大きい。しかし、最近、「ハイランド光学」の業界進出は目ざましいものがある。この会社は富士見高原に近代的な工場を造っているが、「ハイランド」の名前はその「高原」から思いついて名付けられた。

「ハイランド光学」の社長は戦前はあるカメラ会社の職工をしていた。そこを辞めるときにもらった退職金で細々とカメラ製造を始めたのが今日の大を成したのである。

終戦後、米兵が日本に来てから急にカメラのブームになったが、「ハイランド光学」は、その幸運の波に乗ったといえる。創立当時は月産百台そこそこだったが、それでも売れなくてどこの問屋に持って行っても相手にしてくれなかった。ところが、大阪の或る輸出商がその廉価に眼をつけて後援してくれたのが運の開き始めであった。

「ハイランド光学」は、今では老舗のパイオニヤ光学に伍して堂々と競争をしている。富士見高原の白樺《しらかば》林の丘に建つ工場は、従業員千五百人を擁している。

加須子の夫は、はじめ「ハイランド光学」から間接的に取引の話があったとき、ニベもなく断った。間接的というのは、ハイランドの下請会社がそのまた下請けとして話を持ち込んだためでもある。

同じような話は、いま湖畔に近代的な工場を持っている「パイオニヤ光学」からもあった。これも夫は拒絶した。一旦思い込むと、テコでも動かない頑固さが夫にはあった。そのために中部光学は、地元でありながら両方の大きな光学会社から絶縁されていた。

中部光学が取引している先は東京筋のレンズ会社が多い。東京に営業所を置いたのもその理由からだが、その取引先も従業員三十人ばかりの小企業の中部光学では、あまり期待してくれなかった。少なくとも、上諏訪にある「極東光学」のように、五百人くらいの研磨工場を持たないとまともに相手にしてくれない。中部光学のような規模では、大会社の直接下請けにはなり得ず、下請けの下請けという立場に甘んじていなければならなかった。

夫は死ぬ前、自分の方針に後悔を感じていた。あのとき、「ハイランド」と提携《ていけい》していたら、うちももっと大きくなっていたろうと洩らしたりした。しかし、その話が持ち込まれた七、八年前の「ハイランド光学」が、現在の大企業になろうとは誰しも想像していなかったのである。

近代工業は設備のオートメ化によって、生産コストはいよいよ低下されていく。ところが、家内工業的なレンズ研磨の下請工場では、人件費ばかりが嵩んでコストの切下げは不可能である。この落差が年々上下にひろがって、下請業者は親会社にコストダウンを強要され、ますます苦しい立場になってきている。

たとえば、「パイオニヤ光学」でも、「ハイランド光学」でも、その明るい工場に一歩でも入ってみるがいい。レンズの組立からボディの仕上げまで一貫した流れ作業が極めて能率的に運ばれている。従業員が二列に並んだ真ん中をさまざまな部品(小は微細なネジまでも)を乗せたベルトコンベアが、まるで大河の流れのようにゆっくりとすべっている。工場は、ガラスの壁から太陽を十分吸収して底ぬけに明るい光線に満ち溢《あふ》れている。女子従業員は頭に白布を覆い、純白なユニフォームをきて、馴れた手つきでベルトの上をすべってくる部分品を手早くつまみ上げ、一つずつ部分的な完成を遂げる。黒い河の流れは上流から下流に行くに従って、次第にカメラの形を整えて載せ、最後の仕上げの河口に至ると完全なカメラが輝きを放って出来上っているのだ。

コンベアの流れはむろん一本ではない。数列もの筋となって、工場内を縦断し、従業員の白い姿を両岸に並ばせている。

レンズ研磨、ボディ、ネジ、ファインダー製造などの下請業者は町工場である。大工場の大きな窓が北アルプスの連山を壁面一ぱいの絵画として取り入れているのに、ここでは山の一部と、ほんのわずかな空しか見られないのである。

昔は、レンズの研磨は熟練工のみの特殊技術によった。しかし、今では近代的な研磨機が出来て、十八、九歳の女性でも楽に研磨が出来るようになっている。以前は、この研磨も一個ずつ磨いたものだったが、今では一どきに一つの機械が数百個分でも研磨する。

ただし、これは平均的な研磨であって、カメラのレンズは精密な仕上げを要する。ここに人間個々の、つまり熟練工の技術が大きくものをいう。研磨機による平均的な研磨能力が七十パーセントとすれば、あとの二十パーセント以上は熟練工の指先に委《ゆだ》ねられている。レンズ研磨は、カメラメーカーのきびしい発注条件により研磨完成度が九十五パーセントにも九十八パーセントにも要求される。この高性能のレンズほど著名な銘柄のカメラに接着されるのである。

カメラは他の部分、シャッターでも装塡《そうてん》の電子露出計でもファインダーでも部品でも、その他ボデイ関係はすべてオートメ化した生産だが、レンズだけは手工業的なものが残されている。ここにレンズ研磨の下請工場が成立する理由がある。

光学ガラスからレンズやプリズムが造られる順序は、どこでも大体決っている。この原料ガラスは、現在、Fガラスと〇光学が一手に国産品として取扱っている。

原形は不透明体なインゴットのブロック状のものになっている。これをカメラメーカーの設計図によって、大きさや、凸レンズ、凹レンズなど各種の好みの型を打ち出す。この切断やプレスを成型という。成型レンズ（まだレンズの材料といった段階）は、カメラメーカーが研磨の下請工場に支給する。

下請工場ではメーカーから支給された材料——この小さな円形——それは三六ミリであったり、もっと小型のものだったりするが、これを荒削りと称して機械にかけてダイヤモンド砥石《といし》でかたちを造る。ここでは、曲率や角度を正確に出す仕上げをする。

砂かけを終ったものは、まだ表面が不透明である。これを透明にする段階が研磨で、普通は酸化セリウムを使う。レンズの場合は、その両面の曲率中心を結ぶ軸（光軸という）が正しく中央になければならないから、正しく円型に縁《ふち》を取る工程が必要で、これを「芯取《しんと》り」という。以前は、この芯取が熟練工の仕事だったが、今では機械化されてだれの手でも楽に出来るようになっている。

ここまでは各レンズが一個々々バラバラだが、コーティング（表面処理）をしてからカメラ会社ではこれを接合《バルサム》して貼り合せるところまで注文する。このバルサムは各カメラ会社の絶えざる設計研究によって行なわれているので、技術の秘密になっている。このように、下請は一個々のレンズを研磨することが多く、これをバラ玉磨きといっている。

研磨の歴史は東西を通じて古いが、目ざましい発展をしたのは、もちろん新しいことで、研磨にベンガラとピッチ（光学用として最も一般に使用されるものは石油系のアスファルトが多い）を用いたのは、十七世紀のニュートン以来のことといわれる。当時は、むろん、現在のような研磨機械は無く、すべて手動のものであった。ミシンのような足踏式の研磨機を使用したのは十九世紀以後のことであり、動力を用いた研磨機械が出来たのは僅か半世紀ぐらい前のことだ。

しかし、最近のレンズの精度にみる進歩は目ざましく、良質のものでないと、淘汰《とうた》されてゆく。加工方法や設備条件などに常に対処してゆかなければ、業界の激しい競争から落伍《らくご》してゆくのである。

下請業者は、設備の近代化をコスト安の上からも早急な実現を迫られている。だが、大資本を持たない悲しさは、設備投資に金をかけるわけにはいかない。したがって、手工業的な旧《ふる》さによる高賃金と、大手筋のコストダウンの谷間に落ちて藻搔《もが》いているのが下請業者の現状であろう。

加須子の工場もこれには苦しんでいる。ただ、大手会社は需要に追っつかない生産率のために、自社で生産するよりもコスト高を承知で下請けに回している。したがって、親会社は納期を厳しく云う。それだけが下請けへ出す唯一の理由になっている。

一方、親会社が下請けに出す手形の支払期限はだんだんと延びてゆく。カメラ・ブームの最高潮のときはほとんど現金取引だったものが、最近の手形は、四ヵ月はおろか六ヵ月に亘る手形もぼつぼつ出回っている。なかには十ヵ月の「お産」手形というのがある。出産が妊娠から十ヵ月目というのをもじったのである。また「飛行機」手形というのもある。「いつ落ちるかわからない」というもので、この間の下請けのやり繰りは、主として工員の賃銀支払や原料代だが、これに苦しまなければならない。

したがって、無理を承知で金を借りてくる。金利がつく。帳面づらでは儲《もう》かっていても、絶えず金利に追われている。これは下請け業者の共通の懊悩《おうのう》である。

これを解消するには、やはり大手筋と直結した関係を持ち、そこから機械その他の設備資金を貸与または投下してもらうほか生きる途はないのである。

もう一つ、大手業者が下請業者との関係を絶ち得ないのは、自社の工員の数をふくらませたくないからである。これは、事業を縮小する場合、退職金その他の臨時支出を考慮しているからだ。カメラ業界は、あのきれいなガラス張りのウインドーの中でボデイを貴婦人のように輝かして見せるが、他の産業にくらべて、内容の実情はまだ脆弱《ぜいじゃく》な中小企業的部分がある。

加須子の中部光学は、これまで三つの主要な得意先を持っていた。だが、その中でケーアイ光学が一ばん大きかったように、いわば、二流どころのカメラ会社としか取引がなかった。このクラスになると、カメラ会社自体が極めて不安定な経営の上に立っているので、加須子も安心はしていられなかった。いつ、相手の取引会社が倒産するか分らないのだ。

実際、ケーアイの場合のように、僅かな利潤で仕事をしてきても、いざ倒産されてみると、六分の一しか売掛金の回収が出来ないような状態である。

といって、今さら「パイオニヤ光学」や「ハイランド光学」に頭を下げて取引を頼みにゆくわけにもいかない。夫が拒絶したときの感情的なものが相手に根強く残っていると思われるからだ。

しかし、東京方面からの受注も警戒しなければならなかった。その気になりさえすれば、いくらでもその方面の注文はある。だが、用心しないと、名も無いカメラ会社が、下請業者に迷惑をかけたためどこからも断られ、その挙句に苦しまぎれに持込んでくる事もあるからだ。

「倉橋さん。いま、どこのを造っていますの？」

久保栄子を呼んで手形の処理を決めたあとで、加須子は職長に訊いた。

「はあ、今はラビット光学の分です。納期が近いですから、しばらくは夜業つづきになるでしょうね」

「よかったわ、納期に間に合って」

ラビット光学は手形は遅いが、わりと金払いはよかった。ケーアイが潰れたあとは、このラビット光学が頼みである。

加須子は工場に入った。
十七、八から二十二、三までの若い女性が、暗い工場でレンズ研磨の操作をしていた。
加須子が通るとその女子従業員たちは、

「お帰んなさい」

「今日は」

と云ったりして、小さく短かい挨拶を送る。可愛い眼を加須子のほうにチラリと動かすだけで、あとは熱心に仕事を見つめている。針山のような黒い坊主頭のピッチにレンズを一つ一つ貼りつける子もいるし、研磨機の中に薬品を注入する子もいる。眼の油断が少しもできない。ダイヤモンド砥石で荒研ぎする「砂かけ」は男子が多い。

加須子が見て回ると、どの女の子もちょっと頭を下げたり、軽く微笑んだりする。女子従業員というよりも、まるで女学生の寄宿舎にやさしい先生が巡回にきたような感じだった。

加須子は出来たレンズを掌にのせて見たりする。不透明の玉はまだ陶器のおハジキのような感じだが、磨かれたレンズは魂まで吸込みそうな澄明《ちようめい》さを持っている。この曲率や勾配《こうばい》度は注文会社の指定による。同時に受注したカメラメーカー二社のレンズを研磨すると混乱が起きるので細心な注意が必要だが、これは職長の倉橋の管理だった。管理が十分でないと生産の能率も上らない。だから二社のメーカーのレンズの研磨を引きうけている下請では、たとえば「テッサー」と「ズイコー」とをいっしょに磨くこともある。

倉橋市太は上伊那郡高遠町の農家の生れである。中学を出るとすぐに下諏訪の石川研磨所という下請の零細企業に入った。石川という親方がレンズ研磨では名人肌の職人だったので、倉橋はその徒弟として住みこんだ。はじめから腕先で磨いた。五年が年期だったが、十年で親方がようやく彼を一人前に認めてくれた。みっちりと腕を仕込まれたのである。

石川は、倉橋が二十五歳のときに死んだ。その妻は夫の死後、その仕事をつづける意志がなく、石川研磨所は閉鎖された。このとき、倉橋市太の腕を見込んで中部光学に入れたのが加須子の亡き夫憲太郎であった。倉橋ほどの腕の職人だから、ほうぼうのレンズ研磨業者から誘いがあったが、彼はそれを断った。憲太郎の人間性に魅力を感じたのであろう。

事実、中部光学は倉橋市太の腕によってカメラメーカーに好評を博し、業績が伸びたのである。オートメ化の時代、カメラ研磨だけが人間の腕によるのである。レンズ研磨は、磨く者の微妙なカンの閃きによる。一種の神韻的な才能といってもいい。千分の二ないし千分の三といった曲率の誤差がメーカーの仕様書の許容量だが、それができるのは天才的な腕を要する。倉橋市太は数少ないその一人であった。

いま中部光学は親会社ともいうべき大手メーカーのケーアイ光学の倒産によって決定的な打撃を受けている。中部光学は女性経営者だ。いくら職長一人が優秀でも、支えきれないかもしれない。そのとき倉橋を引き抜こうという他の下請レンズ研磨業者が彼を狙《ねら》っている。いや、もうその誘いははじまっているのだが、倉橋の意志は動いていない。

もっとも、レンズ研磨が正確でも、親会社とするカメラメーカーの品質検査という関門があって、そこをすんなりと通れないのが、この業界の旧い体質の矛盾である。――

加須子は、自分になついている若い女子従業員たちを見ると、東京から持ち帰ったちょっとした土産物《みやげもの》まで渡したくなるのだ。三十人くらいだから一人一人の家庭の事情まで分っている。その点は大企業の会社と違い、家族的な親密感に結ばれていた。

「社長さん」

後ろから女事務員が呼びに来た。

「お電話です」

「どちらから？」

「さあ、男の方ですけれど、商売上のことでちょっとお電話に出て戴けば分ると申されております。電話は松本からです」

加須子は、東京のケーアイ光学で出会った山中重夫が、近いうちに温泉回りをするからお訪ねするかもしれないと云った言葉を思い出した。まさかと思うが、その予感が胸にきた。

加須子と一緒に工場を見回っている倉橋が横から不審そうな眼を向けた。加須子は山中が遊びにくると云ったことは倉橋には黙っていた。

事務所に戻って受話器を耳にすると、

「奥さんですか？　ぼく山中です」

予感通りの声が聞えた。

「一昨日は、どうも」

加須子が仕方なしに挨拶すると、

「やあ、奥さん。いま、松本近くの浅間温泉に来てるんですよ。どうです、あなたにぜひ引合せたい人があるから、今夜、こちらでご一緒に夕食を差し上げたいんですが」

彼はその旅館の名前を云った。浅間温泉では一流だった。

「ええ、ありがたいんですけれど、今日はちょっと……」

「まあ、そうおっしゃらないで……実はね、その方は、つい、近くの、ある大きな光学会社の専務なんですよ。そう云うと、あなたも地元ですから心当りがあるでしょうが、そんな関係で上諏訪では人目に立ちやすいので、わざとここを択んだんです」

「…………」

「奥さん、決してあなたの工場に悪い話ではありませんからね。それはぼくが保証します」

電話の山中重夫の声はしきりと誘った。

加須子は、山中の電話が切れたあと考えた。

地元のある大きな光学会社といえば、「パイオニヤ」か「ハイランド」しかない。そこの専務を山中は紹介したいと云うのである。加須子の心が動いたのは、たった今、倉橋市太と、その大手のカメラ会社と提携できたら、という希望を話合った直後だからである。

けっきょく彼女は誘いを承諾《しょうだく》した。一つは山中の執拗《しつよう》な電話に負けたからでもあるが、彼の云う通り、実際にそういう大会社の首脳と接触が出来たら、という期待が湧いてきたのである。ただ、相手が山中では十分に警戒の必要があった。自分だけに現金に換えられる小切手を渡し、あとの債権者には詐欺《さぎ》同様に不渡小切手を渡した人物だ。実際なら、その電話はニベもなく拒絶したいところだった。

加須子は、ケーアイ光学の森崎社長が自分の意志で、あのような詐欺行為をしたとは思えない。やはり山中という得体の知れない男が悪知恵を授けて、その誘惑にかけたようにしか考えられない。森崎自身は永年の取引で、それほど悪い男とは思えないのである。

加須子は倉橋を呼んで、電話の一件を話した。但し、そこでは山中の名前は出さずに、東京で知り合った或るカメラ問屋の名前を使った。山中のことを云えば、ケーアイの整理の経緯をたった今話しただけに倉橋に引止められるに違いなかった。いや、あたまから彼に怒鳴られるだろう。

加須子の気持としては、もし、そんな大手会社と契約が出来たら、あとは仲介者の山中に退いてもらったらいいと思った。

「そうですか。そりゃぜひ行って下さい」

倉橋は何も知らずに明るい顔になった。

「やっぱり、なんですね、捨てる神もあれば、助ける神もあるということですね。ケーアイさんが潰れた直後に、こういう話が舞込んで来るんですから」

「だって、まだ海のものとも山のものとも分らないわ。行ってみなくてはね」

「そりゃそうですけれど……ぼくには何んだか明るい希望が持てそうですな。社長、もし、その話が出たら、最初が大事ですから、これだけは頑張って下さいよ。つまり、うちはご覧のように、機械が全部古くなっています。これを新式にするには相当な資金が必要だし、その点を強調して機械の貸与を条件に交渉するんですな」

「倉橋さんは気が早いのね」

加須子は笑った。

「話だけではまだ分らないわ。たとえ、そういうことがその席で出ても、本当に決るまでは何度かの折衝《せっしょう》があってからでしょ。そのときでいいと思うわ」

加須子が母屋に戻ってみると、東京に行っている義妹の多摩子から速達が来ていた。

多摩子は、女子大を卒業したあと、或る画塾に入って絵の勉強をしていた。

「お姉さん、すみませんけれど、三十万円ほど送って戴けませんか。だって、わたくし、今とても貧乏しているんです。こちらに居ると、思いがけないほどお金がかかるのよ。みんなに誘われたら、ときには奢り返さなければいけないし、目に見えないお小遣いが要るわ。それに、ほら、もうすぐ制作シーズンでしょ。わたくし、今度は岡谷に帰らないで、グループと一しょに九州を一周したいのです。お願い。もし、よかったら、郵便為替《かわせ》でアパート宛に送って戴きたいわ。九州から変ったお土産を送ります。多摩子」

加須子は顔をしかめたが、この申込みにはいやとは云えなかった。死んだ夫の唯一の妹だった。義理もあるし、それに、多摩子は家の実情など無関心で、いくらでも工場が儲かっているように信じ込んでいる。

多摩子は性格は朗かだが、お天気屋さんでもあった。亡夫が可愛がってきただけに、いつか、そんなわが儘な性格に育ってきている。

これまで彼女の要求で、どのくらい送金したか分らなかった。女子大を卒業したら、こちらに帰るかと思うと、そのまま東京の画塾に入って、アパート住いをしている。そのアパートも贅沢な部屋らしい。つましくしていれば、送った金額の半分以下でもやってゆけるのに、多摩子は一どきに二十万円とか三十万円とかを要求してくる。それが少しも多いとは思っていないらしいのである。

多摩子は、カメラの値段がそのまま大幅な利潤となって、レンズの下請会社にも潤《うるお》ってくるように考えているらしい。

加須子は、もう郵便局が閉まっているので、翌朝、早速、為替を送金することにした。鏡に向って大急ぎで化粧し、またさっき脱いだ着物を身にまとった。

「今からですか？」

襖が開いて、ひょっこり倉橋が入って来た。加須子はあわてて、帯を締めていない着物の懐ろを押えた。

もっとも、倉橋は、連絡がある限りお手伝いを通さずに自由に入って来る。事務的な用事は、いちいちお手伝いの取次を待っていられないのだ。

倉橋は加須子の姿を見てちょっとたじろいだが、素早く用件だけを告げた。

「では、ここに、この伝票を置いておきます」

倉橋は場所を探すようにしていたが、結局、鏡台の横にそれを置いて、少々あわてて部屋を出て行った。加須子は、眼を伏せて顔を赧めた倉橋の表情が後味《あとあじ》悪く頭に残った。

倉橋市太は、亡夫が生きている頃から信頼されていた者で、誠実な男だった。まだ独身を通している。死んだ夫が何度か妻君の世話をしかけたが、いつも断っている。まだ早いと云ったり、相手が気に入らなかったりして、世話好きの夫もとうとう匙《さじ》を投げた。

――あいつは変っているな。誰か好きな女がいるんじゃないか。

そんなふうに云ったが、倉橋には別段そういう女の噂も聞えなかった。実際、彼の性格からして隠し女を持っているとは思えなかった。

倉橋市太が結婚したがらない理由に、加須子だけは或るものを感じていた。夫が死んでから加須子の忠実な補佐役となってからは、その予感をさらに強めた。が、加須子は、そのことを一度も表情に出したことはなかった。倉橋に遇うと、いつも事務的な顔しか見せなかった。

倉橋市太もまた仕事の用事しか加須子には云わなかった。夫が生きていたときと加須子に対する態度は全く変っていない。ただ、奥さんを社長という呼び名に変えただけだった。それと、この小さな工場を全責任で背負っているという責任感のようなものが、彼の気概みたいなものになっていた。

今も倉橋市太は事務的に入って来たのだが、そこに思わぬ加須子の着更えの場に遇い、ぎごちない様子で早々に引返した。それは、普通に男が入るべきでない場に足を踏み込んだという狼狽《ろうばい》だけではなかった。加須子は、倉橋の一瞬の表情に、はじめて彼の事務的でない、抑えた感情を見た思いだった。

倉橋市太は、朝は誰よりも早くやって来る。夜は遅くまで一人でいる。残業の従業員が全部帰ったあとも、次の日の仕事の手順や、その日に出来上がったレンズの検査に残っているのだった。

親会社のメーカーのレンズ研磨の検査はきびしい。とくにレンズの曲率仕様が厳密だ。曲率はレンズの解像力を左右する。検査をきびしくすることが、カメラメーカーの購買層からの信用につながることになる。また、倉橋市太はニュートン検査に必要な原器の製作をこつこつとやる。

この原器というのは、一般には厚い青ガラスのような硬い材料で正確に造られる。レンズの研磨面の判定は、この原器が目的の曲率ごとに規準となるのである。レンズは光に当てると色の縞を呈するが、この縞をニュートンリングという。これには、むずかしい原理があるが、要するに、この原器と研磨した面とがぴったり一致すれば、この光の縞は一色となり、正確な研磨が完成したことになるのである。

この原器の製作は高度の技術を要するが、倉橋の腕は、原器造りにかけてはいかなる大工場の熟練工にも引けはとらなかった。

義妹の多摩子がときどき帰って来ては、この倉橋の働きぶりを見て、

「倉橋さんはお姉さんが好きなんじゃないの？」

と不用意に云ったことがある。

加須子がたしなめると、

「あら、だって、工場の女の子たちは、そんな陰口を云ってるわ」

と舌を出して、加須子を上眼使いに眺めたものだった。


加須子は、岡谷から松本行の列車に乗った。

「おや、どちらへ？」

同じ列車の中で知り合いの婦人に話しかけられた。そのひとは松本まで一しょだったので、途中の退屈はなかったが、加須子は、今はひとりの時間がほしかった。これからの経営の行方や、山中の話の分析など静かに考えてみたかった。

松本駅で降りると、タクシーで浅間温泉に向かった。

浅間温泉は東側のなだらかな丘陵《きゅうりょう》の裾にある。温泉街に入ると、坂道に沿って旅館が両側に並び、かつては井筒の湯だとか、梅の湯だとかいう宿の看板が出ていたが、今では立派な鉄筋ホテルになっている。

山中重夫が指定した宿は浅間観光ホテルというのだった。土地では一流とされているが、それはほとんど温泉街のはずれの山の中腹にあった。

ここからの景色は雄大な展望となっている。すぐ下に松本平が展がり、北アルプスの山々が対面に見上げるばかりに隆起している。乗鞍、穂高、槍の峰々がつづく。ただ、今はそれが蒼然《そうぜん》とした夕靄《ゆうもや》の中に消えて盆地の人家の灯がキラキラと輝くだけであった。そのホテルは、すばらしい眺望を収める場所を択んで建っていた。

玄関に入って名前を云うと、フロントにはそれが通じてあったとみえ、

「どうぞ、お上がり下さいませ」

と招じられた。

加須子が廊下を案内されて進んでいると、先に走った部屋係の注進で分ったのか、廊下の曲り角から、山中重夫がにこにこして歩いて来た。

「やあ、社長さん」

彼は顔一ぱいに笑みをたたえた。

「ようこそ。あれほどおすすめはしましたが、果して来ていただけるかどうか心配だったのですよ。いや、これでほっとしました」

山中重夫は、この前のケーアイ光学での債権者会議で見たときの態度とは、まるで違っていた。磊落《らいらく》で、大そうお世辞がよかった。

「この前は、どうも……」

廊下で加須子がとりあえず礼を云おうとすると、

「いや、それはもういいですよ」

彼は笑いながら手を振った。

「あれは、奥さんには特別内緒の贈りものですからね。もう、そんなことは云いっこなしにしましょう」

そのとき、山中の背後にひょっこり顔を出した者がいる。当のケーアイ光学の森崎社長だった。尤《もっと》も、正確に云えば、同社は解散しているから、前社長と呼ぶべきかもしれない。

だが、加須子は、こんな所に森崎信雄までが来ていようとは予期していなかった。森崎も多少照れ臭そうな顔をしていた。

「今日はね、山中さんの誘いで、急にこっちに来たんですよ。ぼくもいろいろと、今度の事件で心身ともに疲れましたからね」

「いや、そのことそのこと」

横から山中がすかさず云った。

「森崎さんは、当分、静養する必要がありますからな、ぼくがこっちに連れ出したんですよ」

山中はそう云って、さあ、どうぞこちらへ、と誘った。

それは廊下をいくつも曲った奥になっている。女中さんが襖《ふすま》を開けた。

「さあ、どうぞ」

山中が加須子を先に入れようとした。が、加須子は、部屋の中に誰かが居るような気配を覚えた。すぐに脳裏《のうり》を走ったのは、電話で告げられた、ある大手会社の専務のことだった。

「山中さん」

加須子はためらって訊いた。

「どなたか、ほかにいらっしゃるんでしょ？」

「はあ」

山中はうなずいて、小さな声になり、

「実は、電話でも申し上げた通り、お引き合せしたい方がいらっしゃるんです。まあ、お会いになって決して損はございませんから」

「どなたでしょうか？」

当人に会う前に、なるべく予備知識を持っていたかった。

「いや、それは御本人にお会いしてからにしましょう。つまり、あとの愉しみですよ」

一体、山中も、森崎も、どうして、二人揃って、こんな所でその専務と会っているのだろうか。

加須子には、ケーアイ光学の整理問題と絡《から》んで、一抹の疑問が走った。

山中は、土地の大手会社の専務だと云った。それなら、パイオニヤかハイランドだ。パイオニヤの専務は五十ぐらいの年配だが、ハイランドは三十二歳の青年だった。これは社長の従弟《いとこ》に当る。

「さあ、どうぞ」

山中と森崎に促されて加須子は部屋に入った。だが、そこは控の間で、間は襖が閉めてある。

「お見えになりました」

山中が外から中に声をかけて襖を開いた。

加須子の眼に映ったのは、上座の床の間を背にして、顔の細長い、眼鏡を掛けた青年が、二人の芸者を侍《はべ》らせて、盃を手にしている光景だった。

ハイランド光学の専務だ。はじめて会うが、名前だけは早くから知っている。

「やあ」

専務は加須子を見ると、急いで盃を卓に置き、坐り直した。

4

ハイランド光学の専務は弓島邦雄といったが、この名前は業界に響いていた。社長の弓島順平は病弱で、社の基礎が安定した今では、従兄弟《いとこ》である専務の邦雄が社長の代理役でほとんど社を切り回している。最近は、邦雄専務の販売マーケット攪乱《かくらん》策で、大手業者の間には大小の悶着《もんちゃく》が起っていた。

だが、いま、加須子の眼の前にきちんと膝《ひざ》を揃えて坐っている弓島邦雄は、どう見ても礼儀を心得た青年紳士だった。面長の顔に、縁無《ふちな》しの眼鏡がよく似合う。鼻筋は通っているが、唇はうすい。眼鏡の奥の眼が俊敏な表情を湛えている。仕事のできる若手経営者に感じる洒落《しゃれ》た威厳といったものを彼は持っていた。

「専務、こちらが中部光学の遠沢さんです」

傍の森崎が自分も膝を折って紹介した。

「いや、どうも」

弓島専務は、畳の上にきちんと両手をついて、

「弓島でございます。……今日はどうも無理なお誘いをいたしまして。ご迷惑じゃ

なかったでしょうか？」

　客には馴れたほほえみを加須子に向けた。

「いいえ。……あつかましくお邪魔にあがって申しわけございません」

「専務」

　森崎が笑った。

「じつは、遠沢さんには、この部屋に入るまで専務さんのことはお伝えしてなかったんです」

「ほう。どうしてですか？」

　専務は、怪訝《けげん》そうな眼つきを森崎に向けた。

「まことに申しわけないことですが、遠沢さんには、或る大手のカメラ会社の専務さんとだけお伝えしていたんです。そのほうが遠沢さんも愉《たの》しみだろうと思いましてね。いや、決して失礼ではありません。遠沢さんとわたしとは永い間のおつきあいで、その気心はよく分っておりますから」

　森崎は頭に手をやった。

「しかし、森崎君、そりゃ少しひどいよ。いくら大手の光学会社といってもウチばかりじゃありませんよ。パイオニヤ光学さんもあるからな。何といっても、あちらはわたしとこよりも事業が広いし、規模も大きい。遠沢さんはパイオニヤ光学さんの専務にお会いになるつもりでこられたんじゃないでしょうかね」

そう云いながら、専務は微笑をつづけている。

「いやいや、どういたしまして。それはないでしょう。第一、パイオニヤ光学さんは、安定してると云えば聞えはいいですが、いまハイランド光学に押され気味で焦《あせ》っていらっしゃるというのが、岡谷の町の正直な噂です。わたしがお引き合せしようとする対手《あいて》がパイオニヤさんでないぐらい、遠沢さんのほうでとっくにご承知ですよ」

「森崎君は、いつも口が巧いからね」

「いえいえ、本当です。ねえ、山中さん」

「専務、それは森崎さんの云う通りです。何と云っても、ハイランド光学は次々と新しいデザインは出すし、業界では型破りの商法をやってらっしゃるし、日の出の勢いですからな。実は、遠沢さんもハイランド光学の専務さんだとご承知で見えたんですよ」

「おやおや、そうですか」

専務は、眩《まぶ》しい眼つきをした。

森崎と山中のやり取りで、加須子は自分の身体が宙に浮くような感じだった。ふたりの云い方は、弓島への阿諛《あゆ》としか思えない。

尤も、加須子も、ここに入る前から会見の対手がハイランド光学であろうことはほぼ見当がついていた。パイオニヤ光学は古いだけに下請業者が系列下し、固定している。新規に入り込む余地があるとすれば、最近伸びをつづけているハイランド光学であろう。

「さあ、どうぞ」

森崎と山中が専務の指示通りに、加須子を彼の真向いにすすめた。

「今日のお客様は、何と云っても中部光学さんですから」

山中がくどくすすめるので、加須子も弓島と対い合う席に膝を進めた。

待っていた芸者がいち早く加須子の前に料理を差し出し、銚子を持った。加須子が一杯だけ注《つ》いでもらうと、

「どうも」

弓島の声で四人が乾杯のかたちとなった。

「おめでとうございます」

突然、森崎が云ったので、弓島は声をあげて笑った。

「何がめでたいんだね？」

「いや、専務さん。とにかく、これでハイランド光学の系列態勢が増強されたと思うと、社運のためにも、また中部光学さんのためにもおめでたいと申し上げたのです」

専務は笑っているが、加須子はとまどった。今の森崎の言葉は、すでに契約が出来上がったあとで云う挨拶なのだ。どういうつもりなのだろうか。

「いや、それはまだ早いな」

弓島はさすがに顔をしかめた。

「遠沢さん」

彼は、加須子に眼を移した。

「お気になさらないで下さい。森崎君は気が早い人でしてな。それでケーアイ光学という身上《しんしょう》を潰したのです」

森崎は両手で大形《おおぎょう》に頭を叩いた。

「これはやられました。まいりました」

「しかし、森崎君があぁ云ったので、なんだか、ぼくも話が気楽に切り出せるようになりました。……君たち、ちょっとここを外してくれないか」

専務は芸者二人をはずさせた。

「実は、遠沢さん。ご承知の通り、わたしは悪名の高い男でしてな。さぞかし、ここに私が坐っているのを見られて、警戒なさっていることでしょうね」

加須子は、小さく首を振るよりほかなかった。事実、弓島邦雄といえば、業者の間には評判が悪い。協定は平気で破るし、市場の獲得には横紙破りだといわれている。若いだけに、独走が目立つ。

「しかし、自分でも評判の悪いことはよく分っているんです。ですが、今のカメラ業界を見ていると、何でもかでも協定々々でお互いを縛り合っています。まあ、よそ様の悪口を云いたくありませんがね。これは要するに、老舗《しにせ》の大手会社が新興会社を牽制《けんせい》する意味でこしらえたものです。商売はあくまでも自由競争の立場に立たないと発展はありません。わたしは社長の意志もたまには無視してやることがありますから、大目玉を喰いますがね。しかし、全体としてわたしのこの方針には社長も賛成なんですよ」

「それはその通りですな」

森崎がすかさず口を挿し入れた。

「専務さんは、徳川家康のやり方でしょうね。常に独創的で、一歩々々、着実に戦略を進めていらっしゃる。その点は敬服しますし、今のお話を伺っても全く同感のほかありません」

「それは少し違うな」

山中が反対した。

「違う？　どう違うんだ？」

森崎が気色ばむと、

「君は徳川家康と云ったが、専務は秀吉だよ。天才的な独創性こそ、秀吉の本領だからな。そこにもってきて社長という家康型の沈着型のタイプがうしろに大きく控えているので、専務も思う存分腕が揮えるというもんだよ」

「なるほど、家康と秀吉か。そう云われれば、全くそうかもしれんな」

森崎が深くうなずいた。

弓島邦雄は、微笑でその話を遮った。

「秀吉とか、家康とかいう武将を経営者に結びつけて考えるのは、かつての流行《はやり》らしいが、ぼくはそれにには根本的な誤りがあると思うな」

「専務、それはどういう理由《わけ》です？」

山中が真顔で訊いた。

「家康にしても、秀吉にしても、ご承知の通り、戦国乱世の人だ。これは、敵国を侵略するのにどのような手段を用いてもかまわんという手法だ。しかし、現在のコマーシャルにはそれは許されない。それぞれに秩序もあるし、商業道徳もある。それを侵すと、業界から村八分を喰うからね。それに、根本的には商法という法律があって斬り盗り強盗はできないしくみになっている。そういう点で、アウト・ロウ式の戦国時代を持ってきても駄目だ」

「ははあ」

「現にそうだろう、わたしなんざ、少しばかり小さな協定を破ったといって業界からお叱言《こごと》を頂戴している。それでさえこの通りだ。もし、秀吉や家康の真似をしてみなさい。どんなことになるかね？」

「すると、専務さんは誰を崇拝なさるんですか？」

「無いね」

「え？」

「無いよ。わたしは、第一、商売を戦争に見立てることが嫌いなんだ。これは戦争じゃなくて、あくまでコマーシャリズムに乗った取引だからね。他人様《ひとさま》のものを強引に奪うということはできない。その点は、全く兵力を持たない知恵と知恵との比べ合いだ。それに、われわれには商売相手ばかりがあるわけではない。常にお客様という大衆がいる。大衆は恐ろしいからね。どんなに大宣伝をしても、老舗《しにせ》ののれんの古さにものを云わせようとしても、いいものは必ず支持するし、大衆の眼は誤魔化《ごまか》せん。……秀吉も、家康もいいさ。しかし、これには大衆がいない。互いにやり合うばかりだ。大衆のいる現在の商売の世界に、相手だけがいた戦国時代を持ってきても駄目だろうな」

「いや、さすがに専務さんは鋭い。なるほど、常に大衆を意識されているところなどは敬服の至りです」

山中重夫が云うと、森崎信雄もそれに同じた。

「われわれは、つい商売敵《がたき》ばかり目につきますから、気持が小さくなるんですね。さすがに、ここまでのしてこられたハイランド光学を背負って立っていらっしゃるだけに、大きな教訓を得ましたよ」

「いや、つい、恥《はずか》しいおしゃべりをしましたが、話を本筋に入らせましょう」

専務は黙って聞いていた加須子に表情を改めて云った。

「実は、遠沢さん、わたしの会社はおかげさまで商売が軌道に乗りましてね、海外からも注文が来るし、問い合わせが非常に多くなっています。これはありがたいことです。ところでこれは目下の社の秘密になっていますが、近いうちに、或る種の新型カメラをさらに発売したいと思っています。いま、それがどういう種類のものかお話するのは、ちょっと勘弁していただきたいのですが、要するに新製品は大量生産でゆきたいと思うんです」

森崎も、山中も膝に手を置いて謹聴している。

「ついては、問題は、その生産に追いつくだけの部品が揃うかどうかということですがね。殊にレンズの場合は、これはいま二つの下請会社に出していますが、とても間に合わない。といって、あちら様のものもこちら様のものも同時に引き受けているレンズ屋さんでは心もとない。第一、そこからわが社の設計の秘密が洩れては困りますからね……いやいや、わたしは、そういうレンズ屋さんの商業道徳は信じていますよ。信じているが、この世界の競争もまた厳しいもんでしてね。なかには従業員を買収して設計図を偸《ぬす》み取る業者もあるし、また、その組立て一個分を盗み出して分析検討する会社もあると聞きます。日本人の悪い癖で、少し売れると、すぐにそれを真似する。独創性はないが、模倣性は強いわけですね。……わたしは、そういう意味で中部光学さんと契約をしていただきたいと思うんですが、いかがでしょうか？」

弓島はひどく下手《したで》だった。

「はあ」

加須子は、このような調子で交渉が来るとは思ってもいなかった。

ハイランドのような大手筋は——今では押しも押されぬ大手業者にのし上がっているこの会社が、下請機関を決めるとすれば、その過程でいろいろと面倒な折衝《せっしょう》が必要なはずだった。調査だとか、技術試験だとかいうようなことを経て、先方から厳しい条件を付けられる。そのような交渉には、さまざまな人が入れ替り立ち替り現れる。つまり、大手カメラメーカーでは下請に恩恵的な態度に出てくるのが普通であった。したがって、必要以上と思われるくらいのきびしい製品検査も、過酷な納期延滞の罰則も、前提的な条件になっている。

製品の能力査定のあとも、かなりな時日と、面倒な曲折を経て、ようやく相手方の営業部長あたりが責任者として最後に顔を出すというのが普通の順序である。この席のように、専務が直接に最初から出て来て、こちらの意向も聞かないうちに契約を結びたいというのは、夢のような話だった。立場が逆になっている。これでは、ハイランドのほうが中部光学に哀訴《あいそ》しているような態度だ。

それに、当の相手が自分で云うように、業界で相当憎まれ役を買っているくらいな手腕の弓島邦雄だ。加須子は、話を聞いていてもしばらく現実感がなかった。

「ほう、お気に入らないのでしょうか？」

弓島専務はうつむいている彼女の顔をやさしげにのぞいた。

その眼は、男たちの例の視線と違わなかった。

「いいえ」

加須子は顔をあげて、

「あんまり思いがけないお話なので……」

「そりゃそうですな」

すかさず森崎が云った。

「ぼくも横で聞いていておどろいているんです。こんな好条件の交渉をハイランドさんが出された例を聞いたことがない。そりゃほかの下請会社には強《きつ》いもんですよ」

「森崎君」

専務は制した。

「君はそんなことを云うが、わたしは相手会社の内容は十分に検討して話しているつもりだよ」

「はい」

「君は、現在のぼくの下請機関が相当しんどい条件になってることを云いたいんだろう?」

「いいえ、そ、そんな……」

森崎が失言にあわてると、専務はそれにかぶせた。

「隠さなくてもいいよ。それが正直なところ業界の常識になっているらしいからね。しかしね、およそ商売をするのに、儲けを度外視してやる奴はいないね。そう云っちゃなんだが、いま、ぼくの社の傘下にある下請屋さんは、うちで造るものよりも高いものを造っている。つまり、そうでなければ営業がやってゆけないのだ。しかし、うちとしては、わざわざ高い下請屋さんに任せて利潤がうすくなっているんだから、自然とほかのほうで厳しくなるのは当然だ。ねえ、君、そうだろう?」

今度は山中に云った。

「はい」

森崎が山中と一緒にうなずいた。

「そうそう」

弓島邦雄は気がついたといったように云い出した。

「君たちはカンダ光学のことを云ってるんだろう？　この前倒れたばかりの」

「いいえ、そうでもありませんが……」

「いや、そう思うのは尤もだよ。カンダ光学さんは、うちの有力な下請機関だったからね。ずいぶん世話にもなった。うちがこんなに大きくなるまで、相当な協力をしてもらっている。その恩は忘れないよ。しかし、恩義と商売はあくまで別ものだ。これに下手なセンチメンタリズムを入れると、かえって下請屋さんのためにならない」

「はあ」

「カンダ光学だって、社長の神田隆平さんにはぼくはしばしば注意しておいた。あんたのところは経理が少々甘いんじゃないかってね。事実、ルーズだったんだよ。それがたたって、到頭《とうとう》、潰れてしまった。まあ、ウチとしてはどうにも救いようがなかった。もし、あのとき、カンダ光学のほうでウチの経理管理のようなものを受け入れてもらえれば、ああいう事態にはならなかっただろうがね。へんにこっちが乗っ取るぐらいに勘ぐられて、云うことを聞いてもらえなかったのが悲運だよ。君、会社が潰れてしまっては、何と云っても元も子も無くなるんだからね。在庫品を叩《たた》き売っても大した金にならなかったそうじゃないか？」

「はあ」

「あそこは融通手形を濫発《らんぱつ》しすぎた」

弓島は新しい煙草に火をつけ、口から勢いよく煙を吐いた。

しかし、加須子が聞いているところでは、カンダ光学の場合は、そんな事情ではなかった。業界の噂では、いま弓島自身が云う通り、ハイランド光学の乗っ取りを怖《おそ》れて警戒しはじめたのを、ハイランド光学が逆に根に持って圧し潰したということになっている。

大手カメラ会社に付いている下請業者ほど弱いものはない。もし、親会社にその気持があれば、下請業者を倒すぐらい赤子の手を捻るようなものだ。現在、長野県のカメラ関係の下請業者は、七百八十軒あると云われている。したがって、業界の興亡の激しさではさまざまな悲劇が生じている。

カメラのレンズは発注会社の設計によって造る。これを研磨したものを他のカメラ会社に持ちこんでも役に立たない。といっても、苦し紛《まぎ》れに発注会社へ換金化を条件に値引きして売ろうものなら、忽ち足もとを見られて信用を無くしてしまう。カメラのレンズは特殊ガラスなので、潰しがきかない。つまり、カメラ研磨の下請業者は全く融通の利かない商品を造っているわけである。したがって、一般商品の中小企業がダンピングと融通手形の両面操作によって急場を切り抜けてゆくのに対し、こちらは融通手形だけでやってゆかなければならない。

その融通手形も、それ自体が割引と町の金融業者への持込みを目的としているから、その穴埋めに次から次へと融通手形を発行するという悪循環に陥って、負債は見る間に雪だるま式に大きくなる。

ここにカメラ研磨の下請業者が、大手の絶対君主的な命令に屈服しなければならない運命の理由があった。

「いや、失礼しました」

弓島専務は加須子に向いた。

「まず、わたしのほうの希望を申しますと、近く売り出す新型カメラ用の分として、あなたのほうにもレンズをお願いしたいのですが……」

「………」

加須子は返事が出なかった。弓島の示した注文数は、現在の中部光学の生産能力をはるかにオーバーする。

「どうでしょう、出来ますか？」

「とてもそれだけの能力はございません。現在、わたしのほうは旧い研磨機四台でやっているような状態で、自信がございません」

「よく分っています」

専務はうなずいた。

「お宅の状態は、失礼ですが、調査をすでにやらせてもらって分っています。ついては、もし、これが本契約になれば、わたしの所にある研磨機を二台貸与ということにしようじゃありませんか？」

「…………」

「いや、わたしのほうは、今度、スイスから新式研磨機を三台輸入することになりましてね。これを入れると、現在手持の二台分が余ることになっています。まあ、わたしのほうから云えば、廃物利用といったところですから、気軽に借りていただいて結構なんですよ」

その研磨機は、専務の謙遜《けんそん》にもかかわらず、ハイランド光学では現在も主要な生産機械となっている。加須子の持っている研磨機はすでに十年も前のもので、ハイランド光学のそれと比べると、精密度といい、生産能力といい、比較にならなかった。もし、それを貸与してもらえれば、現在のレンズ研磨能力は二倍になることは確実だった。

「それから、そういうような生産が進めば、当然、わたしのほうの会社としては系列の中に入ってもらうことになるので、金融面のほうも出来るだけお世話することにいたしましょう」

何もかも好条件だった。普通なら、こちらから申し込んで、さんざん恩をきせられて決めてもらえるような条件ばかりである。それが何の予告もなしに先方から切り出されたのである。

「ただ、一つ、条件みたいなものがあります」

専務は云った。

「それは、わたしのほうの機械を二台貸与することになり、さらに金融面のお世話をするということになれば、中部光学さんの生産を管理するということもやらせていただきたいのです」

やはり専務は野放図《のほうず》な好意を見せたのではなかった。押えるところはちゃんと押えてきている。

「といって、そう堅苦しいことではありませんよ」

彼は笑った。

「失礼ながら、わたしのほうにはあなたの社に何の野心もありません。これは工場の規模からいって分っていただけると思います。ただ、レンズ研磨の過程は、生産管理が行き届いているかどうかによって能率が違いますからね。そういう点で、わが社のしかるべき技術者をお宅に派遣して近代的な管理をしたいと思うんです。そういう技術導入によって、あなたのほうも新しい経営状態に入って行かれるのじゃないかと思いましてね。……いや、失礼ながら、もう、お宅のことは何もかも調査ずみですよ」

宴席は、それから一時間と少しで終った。用事が済んだあと、芸者が入ったりなどして賑やかになった。ここでも森崎と山中とが弓島専務に幇間《ほうかん》のように奉仕した。

「では、ぼつぼつ引き上げましょうかな」

弓島は腕時計を見て、気軽に云った。

「そうだ、遠沢さんは岡谷だから、ぼくの帰り途だ。お送りしましょう」

森崎と山中も一緒かと思うと、これはそのまま旅館に残るらしい。彼らふたりと芸者とが弓島と加須子とを玄関まで見送った。この両人は何か女たちに下心があるようだった。

「遠沢さん、よかったですな。専務があア云われるなら、何と云ってもお宅の発展ですからね。ハイランド光学が力を入れたとなれば、世間的に信用が違ってきますよ」

森崎も山中も大きな声ではやし立てる。

加須子はまだ疑問がある。この森崎と山中とが弓島にくっ付いていることだ。何と云っても、森崎の倒産の仕方は奇怪といわなければならない。不況のために倒産したという単純なケースとは考えられないのである。山中にいたってはインチキ師と同じだ。不渡小切手を出して債権者の決済をしている。それは山中が持ちこんだ知恵か、あるいは森崎が頼んだ芝居か、いずれか分らないにしても、両者がコンビで共謀したということははっきりしている。

森崎は倒産したカンダ光学の売掛金を理由にして、下請から天引き五割を「棚上げ」したが、これだってどういうカラクリがあるか分らない。ケーアイ光学は、はっきり偽装倒産といえそうである。

それにしても、山中が加須子にだけまともな小切手を渡したのは、弓島に近づかせるための工作だったのだろうか。

ともかくそういう不道徳な両人を、弓島が側近めいた人物として近づけているのはどうしたことであろうか。この点がはっきりしない限り、加須子も専務の誘いには素直について行けなかった。ハイランド光学ともあろうものが、そんな寄生虫的な人間を寄せつけているのは納得がゆかなかった。

「いや、あのふたりはね……」

車の中で、弓島専務は加須子の控え目な疑問に笑いながら答えた。

「いずれ、こちらから手を切るつもりです。あなたのご心配には全く同感です。……実は、あのふたりは、前からぼくの周辺に近づきたがっていましてね。ぼくもむげに追っ払われないから、まあ、酒を呑む分には構わないだろうと思ってやっていますが、たしかに誤解を招くようです。安心して下さい。その辺は明朗にしますよ」

車は浅間温泉のゆるやかな勾配を下りて国道に入った。夜の松本市の灯は少なくなり、桑畑や葡萄畑の暗い景色となった。光といえば、この国道を往き違うトラックのヘッドライトくらいである。向うの高い所に灯がちらついているのは塩尻峠であった。穂高も、槍も闇の中に消えている。

「どうでしょう、さっきの話は？」

弓島は車の動揺に乗じて、加須子のほうに身体を寄せるようにして訊いた。

「突然であなたもおどろかれたでしょうが、こういうことは部下にやらせると、とかく話の行き違いになったり、手間取ったりして、こちらの真意が通じないことがありますからね。ぼくとしてはなるべく早くあなたのお耳に入れたかったのですよ」

「たいへん結構なお話ですけれど」

加須子は控え目に云った。

「ただ、わたくしのほうにも、このお話を相談したい者がありますから、その上で御返事したいと存じますわ」

「ごもっともです」

弓島はルームランプの消えた座席で答えた。

「そりゃいろいろと御都合もあることと思います。しかし、あなた御自身はどうですか？　経営者でいらっしゃるから、その立場で個人的な御意見も伺いたいものですな」

「わたくしはありがたいお話だと存じております」

「ああ、そう思われますか」

「わたくしどものような小さなレンズ工場が、ハイランド光学さんの御支援を受けるとは思いませんでしたわ。それに、お話は夢のような条件で……」

「いや、それはね、わたしのほうとしてもお願いするからには、とことんまで御面倒をみたいわけです。わたしの性格としては中途半端なことは嫌いでしてね。援助するなら、少しぐらいわたしのほうが犠牲になってもお世話したいのです。その代り、これはどうしてもわたしのほうには都合が悪いとなれば、はっきりとそれは申し述べますよ」

「はい」

「それに、遠沢さん、ご承知のように、カメラ業界は日進月歩ですからね。古い経営ではとても新しい競争に打ち勝てません。どうでしょう、そう云っては口はばったいようですが、もし、あなたにご異存がなかったら、ぼくが、あなたの相談される方、多分、工場を見ていらっしゃる方だろうと思いますが、その人にお会いしましょうか?」

「はあ……」

専務は性急だった。しかし、どうしてそんなに契約を急ぐのであろうか。弓島自身は、自分でせっかちだと云っているが、それにしても、これまでのハイランド光学のやり方を見ていると、少し違うようである。

車は広い平野を突っ切って峠にさしかかった。相変らずトラックやハイヤーが光

の筋を流して通過している。すれ違うたびに加須子の顔が照らされた。弓島は、それをちらちらと横から見ていたが、

「遠沢さん、じつを云うと、ぼくは、あなたが独りであの工場をやってゆかれるのがいじらしくてならないんです」

低い声で云った。

加須子は、はっとなった。言葉の調子が流れを変えてきた。

「なにしろ、こういう業界は、大の男が四苦八苦してやっている状態ですからね。多分、あなたのほうも、いま連繋《れんけい》をもっていらっしゃるラビット光学さんからも、極東光学さんからも、相当きつい条件で仕事を受けていらっしゃると思うんです。なにも、ぼくはラビットさんや極東さんを非難するわけではありませんが、それは想像できますよ。値段もずいぶん安く叩かれていらっしゃるんでしょうね？」

「…………」

加須子は黙っていた。しかし、それは事実だった。現在の状態では、原価に僅かなマージンがあるだけで、人件費がやっと出せる程度だった。回転資金にも窮している。これでは新しい機械だとか、近代的な設備だとかいうことには及びもつかない。

だが、それが大企業の下請に対する無慈悲な要求だった。大企業自体が安い原価計算で経営を成り立たせている以上、下請のほうが無理なコストを要求することはできない。

「うちから今度お貸しする機械を入れてごらんなさい。生産は確実に二倍にはなるし、人員もずっと少なくて済みます。女子従業員でも人件費はバカになりませんからね」

それは専務から云われるまでもなく、加須子にはよく分っていた。しかし、ここではまだ、その機械を貸与されるにしても、その貸与料の条件を具体的に聞かされたわけではない。それらは、一応、加須子のほうで受諾の意志が決ってから交渉に移されることになる。

塩尻峠を越えると、諏訪湖周辺の町が一どきに眼に入ってきた。黒い円形の湖面をめぐって、湖畔の町の灯が光の砂になって美しくばら撒かれていた。

「遠沢さん、ぼくがこんないい条件を出すのは、あなたに好意を持っているからですよ。それは分って下さい」

弓島邦雄は云ったあと、眼下の上諏訪の美しい灯に酔ったように、ふいに加須子の手を強く握った。——

予期しないことではなかったが、加須子は全身が嚇《かっ》となった。

5

加須子は、岡谷の町に入って自宅のすぐ前まで弓島専務に送られた。この辺は夜の十時をすぎると、ほとんどの家が戸を立てて暗くなっている。北国の屋根の低い、庇《ひさし》の深い家並みはひっそりと眠りに入っている。

「じゃ、よろしく」

弓島は加須子が降りるとき、もう一度その手を強く握った。

こんどは加須子も前ほど不意のおどろきはなかった。弓島の意図を知った。

加須子は、弓島の乗ったベンツの赤い尾灯《テールランプ》が狭い町巾を消えて行くまで、そこに彳《たたず》んでいた。弓島への礼儀からではなく、彼から受けた不意の衝撃のため、すぐには家の中に入れなかった。弓島の手の感触が、自分の掌に塗りつけられたように残っている。

「お晩です」

近所の男が加須子に挨拶して通った。

「お晩です」

加須子は、この土地の方言で答えて家の内に入った。ぼんやり立っている姿を人に見られたのが家に入るきっかけになった。

「お帰んなさい」

倉橋市太が作業服のままで出てきた。

「あら、倉橋さん。まだ残っていたの？」

「はあ……ちょっと仕事が残っていましたし、それに、今夜の話がどうだったか気になったものですから」

倉橋は工場の中心的存在だ。カメラレンズはオートメ機能の最新研磨機でも磨けるが、それはまだ基本的な作業で、微細で精密な仕上げは指先で行なわなければならない。カンと、外科手術のような鋭い感覚的な指が必要なのである。倉橋市太はレンズ研磨熟練工の中で、数少ないその才能の持主だった。

「あとで話すわ」

加須子は倉橋をそこに残して居間に入った。じぶんでも倉橋に冷たいとわかった。

「百合さん、お茶を下さいな」

お手伝いさんの持ってきた温かい湯呑《ゆのみ》を掌で囲った。しばらく、ここで気分を鎮めたかった。

今度の弓島の申し込みをどのように受け取ったらいいのだろうか。旅館での話と、暗い車の中での彼の行動とが二重になって揺れてくる。

「百合さん、倉橋さんを呼んでちょうだい」

倉橋もせっかく残っていて、話を早く聞きたいのだろう。

倉橋に邪険になっていたのは、弓島からうけた衝撃がまだ消えていなかったせいだった。倉橋には悪かった。

「お呼びですか？」

倉橋が肩を曲げて入って来た。

「まあ、そこにお坐んなさい……わたくしの留守に、何か急な用事はなかった？」

加須子はすぐにはハイランド光学からの話が切り出せなくて、そんなことで延ばした。

「はあ……太田さんが来ました」

倉橋は面白くない顔つきで答えた。

「太田さん？」

「ほれ、太田育太郎さんです。社長はいませんかと云って、ひょっこり現われました」

「どういう気持でしょう？」

加須子も眉を寄せた。

太田育太郎といえば、この辺の、いや、東京の光学業界でも札つきの人物となっている。

「気味が悪いわ。案外、うちの経営が良くないとみて、顔を出したんじゃない？」

「さあ」

倉橋は浮かない顔をした。

「何か云っていましたか？」

「別に。……社長が留守だというと、黙って帰りましたが、また、明日来るそうです」

「手形のことは、何か云っていました？」

「いや、ぼくらにはそんなことは云いませんよ」

太田育太郎は四十四、五歳くらいの押し出しのいい中年紳士だ。彼は奇妙なときにその顔を出す。

太田は、今は没落したが、その父親は曽《か》つて大銀行の幹部であった。彼は、その父親の名前を利用したりして銀行筋に顔を売り、もっぱら融通手形の仲介人をアルバイトにしている。実際は何かの仕事を持っているらしいが、そのほうはそっちのけで、儲けになるとみると、このアルバイトに専念するから、半分はこれが「正業」かもしれない。

たとえば、彼は、どこかの光学関係会社が不渡を喰って銀行操作に苦しんでいると聞き込むと、必ずといってもいいほどその押しのいいスタイルを見せる。

太田育太郎は、困っている業者があると、そこへ来て、融通手形の「相乗り」を勧誘するのである。取引銀行の貸出しが塞がって困っている業者は、新規開設の便宜をはかるという太田の親切につい乗って了《しま》う。ワラをもつかむ心理だ。事実、太田は融通手形の相手役を探してくる。業界ではこの相手役を「花嫁」と云っている。その結果、無事にその手形は交換され、換金化されるのだが、こういう花嫁を仲介するから、太田は「仲人」である。

これで困りきっている業者はひと息ついて太田に恩を感じるが、太田はわざと、その業者からの礼金を取らない。困ったときはお互いです、と鷹揚《おうよう》に笑っている。しかし、これがあとで手厳しい報酬となって依頼側に戻ってくるのだ。

そうして太田は頃合をみて、

い。

——ちょっと金が入用なのだが、三百万円ほど、手形でいいから、拝借ねがいたい。

と、体よく持ちかける。そのときの態度は心得たもので、貸してくれなくても、貸してくれても、どうでもいいような顔をする。この場合余裕綽々《しやくしやく》とした態度が必要であった。

業者は、前にも融通手形の仲人になってもらって恩を受けていることでもあり、この余裕のある態度に、つい欺されて断りかね、中込通りの手形を切ってしまう。太田は、これを他人名義の銀行割引か、町金融で換金化してしまい、その期日になっても、きまって不払いとする。こうして彼の魔手にかかったものは光学関係だけでも数十軒に上っていると噂されていた。

こういう噂が伝わるのは業界では早い。しかし、あつかましい太田は、どこ吹く風かといいたげな顔で、また新しい犠牲者を探して業界をのし歩いているのだった。金融が塞がって吐息を吐きつづけている業者には、太田は恰《あたか》も死人を待って上空に舞っている禿鷹《はげたか》であるかもしれない。

加須子もまた、いま、その太田育太郎が現れたと聞いて愉快でない気分になった。

「ところで社長」

倉橋が云った。亡夫の社長のあとをついだ加須子を倉橋はそう呼んでいた。

「太田のことはさておいて、今夜の話というのは何でしたか？」

眼を加須子の正面に据えていた。

倉橋市太は加須子の説明を聞いて首をかしげた。

「そりゃおかしいですな。ハイランド光学ともあろうものが、なぜ、うちをそんなに優遇するのでしょう？　しかも、うちはケーアイ光学の一件で相当な痛手を蒙《こうむ》っているんです。これが救済なら話が分りますがね。全面的にバックアップするという、その根拠が納得《なっとく》できませんね」

加須子もそれを云われると、説明のしようがなかった。相手の好意といえば、これまでだが、しかし、向うも商売人だ。専務の弓島邦雄は業界きっての凄腕だと云われている。ただの好意だけでは理由にならないのだ。

「わたくしもよくわからないわ。でも、も少し様子を見てみましょう。そのうち、はっきりとした条件を示されると思うわ」

倉橋は何か云いたそうだったが、気を変えたように、当日の仕事の報告を済ませると、頭を下げた。

「では、ぼく、これで失礼します」

「すみませんでしたね、遅くまで」

加須子は倉橋を玄関まで見送った。その倉橋市太の孤独な後姿が寝静まった夜の町に黒い影を曳《ひ》いていく。彼の孤独が月光の中に吸い込まれていきそうだった。

加須子にはじぶんに寄せる倉橋の気持が分っていた。彼は一度もそれらしい言葉を吐いたことはないが、加須子に寄せる好意が、彼の仕事に打ち込む姿勢になっている。実際、夫の死後、工場の体制が少しも揺るがないのは倉橋のおかげだった。

加須子は、その倉橋に義妹の多摩子をと希望しているが、これは両方で承知しないだろう。多摩子は倉橋のような職人タイプは好みでない。彼女はもっと洗練された都会的な男性に興味があった。顔がそうであるように、性格も派手だった。彼女は岡谷に帰ると、倉橋を何かと冷やかすような態度に出る。

倉橋はそれを軽く受け流しているが、彼が多摩子のような女性を好まないのも加須子にはよく分るのだ。しかし、倉橋をあのまま独りで置いては気の毒だと思う。彼の気持が感じられるだけに、彼の独身は加須子にとっても危険だった。しかし、いま倉橋市太を手放しては、この工場が駄目になる。

地味で、目立たない倉橋の性格だから、ハイランド光学の弓島専務は彼と合わないにちがいなかった。だが、倉橋の主張どおりになっていると、この会社はいつまでも名の知れない二流カメラ会社を相手にしていなければならない。それでは成長がない。そういう意味でハイランド光学の今度の提案は加須子には一つの希望になっていた。

ハイランド光学にはいろいろと悪評がある。下請に対してえげつないとか、過酷だとか、冷酷だとかいうのである。しかし、それは分析してみると、かなり合理的な経営方針のための非難だった。親会社と下請会社との間は、とかく、この合理的な商業主義が古い人情や温情といったものでぼかされている。これではいつまで経っても近代工業として立遅れになる。加須子は、レンズ研磨の下請会社のハイランド光学に対する非難を、遅れた人情主義からも出ていると思っていた。そういう面からみると、ハイランド光学の急速な伸び方は、一面、その経営合理主義からも成功したともいえるのだ。彼女は、もし、ハイランド光学と契約することになれば、そのときはそのつもりで先方の方針に、対処すればいいと思った。

問題は対手の出方である。今夜の浅間温泉での会合は、いわば下交渉の瀬踏みのようなもので、先方もこちらの態度を見るため、具体的なものはあまり示さなかった。ただ、ハイランド光学に新しいレンズ研磨機が輸入されるので、それまであったものを二台貸与しようということと、金融面の面倒をみるということであった。

それが交渉段階でもっと細密な協定に入るのは、これから先なのだ。

ただ、気がかりなのは、その専務が札つきの山中と森崎とを身辺に近づかせていることだった。加須子にはそれが不安である。その会社が合理的であればあるほど妙な性質の人間は排除しなければならないのに、専務が彼らを側近のように目をかけているのはどういう心境からだろうか。

帰りの車の中では、弓島は、あの二人は近いうちに切るつもりだと云っていたが、加須子は、それがはっきりしない限り一抹の不安を感じる。

とくに山中重夫は、不渡小切手を出してケーアイの下請の売掛金を抹消《まつしよう》させた詐欺犯人である。彼は、そのことによって多数の債権者から手形を回収しているのだ。これは犯罪すれすれというよりも、詐欺行為そのものである。

それから三、四日経った。あれきり弓島専務からは何も云ってこない。だが、彼がこの工場の生産状態や製品の成績を見えないところで試験していると思うと加須子は緊張した。倉橋に製品の検査を厳重にするように云ったのも、その考えからである。

そのような日がつづいた或る日、帳簿を見ている加須子のところへ、倉橋が少し興奮したような面持でやって来た。

「社長、山中と森崎が会社を起したのを知っていますか？」

「え、それ、ほんと？」

「どうも本当らしいです。ぼくはよそから聞いて来たんですが、確実な噂だというんですよ」

「会社って、何をやるの？」

「やっぱり長くいた世界ですから、光学関係しかありませんよ」

「どこで？」

「さあ、詳しいことは分りませんがね。……ハイランド光学の弓島専務が金を出してるという噂もあります」

「でも、おかしいわね。森崎さんは倒産した直後だし、山中さんはあんなふうに東京でへんなことをやってこっちに逃げてる人でしょ。そういう点では森崎さんも共犯かもしれないわ。そんな人がどうして堂々と会社なんか起せるのかしら？」

「うしろにハイランド光学がついているからでしょうね。東京の債権者も、ハイランド光学が援助しているといえば、自然と森崎や山中を告訴するということも無くなりますからな。告訴しても一文も取れませんから。それよりも有力な大手の支援があるといえば、少しでも金を取返したいため、かえって示談《じだん》に持ってゆくでしょう。逆に痛めつけられた債権者のほうが尻尾《しっぽ》を振って、森崎と山中のところに行くかも分りませんね」

それはそのとおりだった。レンズ研磨の下請業者は資力が無いし、立場が弱い。欺《だま》されたと怒って告訴しても三文の得にもならないのだ。それよりも、売掛金を少しでも回収したほうが得だ。これが森崎と山中の二人だけの会社設立だったら、もう相手にする者もないし、欺《あざむ》かれた債権者も警察沙汰にするに決っている。が、ハイランドが背後にいて金が入るという見込みがあれば、そんな愚かな手段は取らない。

「二人はやはり策士ですね」

倉橋は感歎した。

「けれど、おかしいわ」

加須子は、暗い車中で手を握った弓島専務のささやきを思い出した。近く二人とは手を切るとはっきり云っていた。

新会社設立は森崎と山中の宣伝だろうか。

弓島専務に取入ることによって、いかにもハイランド光学から金が出るように思わせ、債権者の追及を一時逸《そ》らして、おもむろに再建した事業を軌道に乗せるという戦術もありうる。

「どこにその会社を置くのでしょう？　まさか東京ではないでしょうね？」

「連中はあつかましいから、何をするか分りませんよ。こうなると、やっぱり森崎さんのケーアイ光学倒産は偽装でしたね。利の薄い下請業者を泣かせて、ひどい人たちですね」

倉橋は憤慨したように云った。彼は、二人のうしろに弓島専務が控えていることで、森崎と山中に反感をよけいに募らせたようだった。

義妹の多摩子が帰って来た。

加須子が工場を見廻っているとき、お手伝いさんの百合が迎えに来てそう告げた。加須子は実際の妹ではなく、夫の妹なのでそのままにもしていられなかった。一緒に工場を回っている倉橋にあとを頼んだ。

「多摩子さんは、もう帰ったんですか？」

倉橋はなんだか浮かぬ顔をしていた。

「この前の手紙では、たしか、九州のほうに旅行すると云っていたじゃないですか？」

「早目に切り上げてこっちに帰ったんでしょう」

倉橋は、加須子の答えが聞えぬように研磨機に屈《かが》み込んだ。

加須子が引返すと、多摩子が暗い家の内がぱっと明るくなるような派手なグリーンのスーツをきて立っていた。

「こんにちは」

多摩子は嫂《あね》にぺこりと頭を下げたが、その顔もうす暗い家の内では白く浮き立っている。眼が大きいし、笑っても表情が豊かだった。

「お帰んなさい……お変りないのね？」

加須子は義妹にほほえんだ。

「ええ、なんともないわ」

多摩子は活発に両手を拡げてみせた。

「九州じゃなかったの？」

「そのつもりだったけれど、一緒にいった友だちと喧嘩しちゃったの。だから、途中で名古屋からこっちに回って来たわ」

「いけないわね。また、わがままを出したんでしょ？」

「だって、詰まらないんだもの……お嫂《ねえ》さん、今夜は何かご馳走してちょうだい」

「ええ、精一ぱいするけれど、あなたのお口に合うかしら？」

多摩子は、加須子の身装《みなり》をじろじろ見ていたが、口をすぼめて、

「お嫂さん、もう少し、どうにか恰好をつけられないの？」

「これ？　だって、仕事着だわ」

「そりゃ、分っているけれど。もう少し派手なものをお着になったほうがいいわ。お嫂さんは綺麗《きれい》なんですもの」

「そんなお上手を云ったって無理よ。これで、工場のみんなと一緒に働いているんですからね。お洒落している暇はないわ」

そこへ倉橋がのっそりと入って来た。

「ああ、お帰んなさい」

倉橋は多摩子を避けるような眼つきで云った。

「ただいま」

多摩子は、にやにやして倉橋を見ていた。倉橋はその視線を避けるようにして、

「社長、いま森崎さんから電話がかかっております」

浅間温泉以来初めての連絡であった。

「何でしょう。あなた、聞いて下さい」

「聞いてみました。森崎さんは、今夜の六時半から『絹半』で山中さんと一緒にお目にかかりたいと云っているんです。なんですか、社長に夕御飯を差し上げかたがた了解していただきたいことがあると云っています」

「了解って、何でしょう？」

「自分たちで作る会社の一件ではないですか」

加須子は、ハイランド光学に橋渡しをしたのが、とにかく森崎と山中だと思うと、その申し込みを無下《むげ》に断われなかった。「絹半」は、上諏訪の一流割烹《かつぽう》旅館だった。創始者が「絹問屋の半七」だった。

「とにかく、話だけ伺ってみるわ。そう云って下さい」

「分りました」

倉橋が何か云いたそうにしていたが、そこに多摩子がいるので黙って出て行こうとすると、

「ね、倉橋さん」

多摩子が呼び止めた。

「あなたは、いつ見ても働きづめなのね」

「そうでもありませんよ」

倉橋が不愛想な調子で答えた。

「いいえ、そうじゃないわ。いつ帰って来ても、あなた、そんな作業服で一生懸命になってて、ちっとも変らないわ。何か面白いことないの？」

「面白いことなんかありませんよ」

「あなた、結婚まででしょう？」

「はあ。……ぼく、電話がかかっているのであっちへ行きますよ」

倉橋は両肩を張るようにして、出て行った。

「逃げちゃった」

多摩子は舌を出した。

「多摩子さん、そんなことを云うもんじゃないわ」

さすがに見かねて、加須子はたしなめた。夫が生きているころから、多摩子は倉橋には勝手なことを云っていた。それが、東京に出てたまに帰ってくるようになっても変らない。多摩子の眼には、十年一日のようにこの田舎で働いている倉橋が、愚直に映るのかもしれなかった。

この倉橋がいるからこそ、夫が死んでからでもとにかくこの工場を護っていけたのだ。多摩子の東京での好き勝手な生活に必要な仕送りができるのも、いわば倉橋の働きによるといってもそれほど見当違いではない。多摩子にはそのへんのことが分らないのだ。倉橋とは、あまり長く同じ家にいたので、彼女はかえって気がつかないでいる。

「ねえ、お嫂《ねえ》さん、倉橋さんってガールフレンドいないのかしら？」

多摩子は、煙草《たばこ》をとり出して云った。

「知らないけれど、多分、いないんじゃないの」

「あの人、いくつになる？　もう三十五、六ぐらいじゃないかしら？」

「そうね」

「だって、わたしが高校に行くころから、もうおじさんみたいな感じだったんだもの。早くお嫁さんを貰ってあげないと可哀想だわ」

「あんないい人だから、その気になれば、いくらでも来る人がいるんじゃないの？」

「あら、じゃ、結婚しないつもりなの？」

加須子は軽くあわてて云い直した。

「いいえ、あの人の気持はどうかしらないけれど……あんなふうにひとりでいるんだから、そんな気がするわ」

「なぜ、結婚しないんでしょう？」

多摩子はほほえんではいるが、その眼は嫂に向って或る追及を表わしていた。

「知らないわ」

「お嫂さん、聞いたことないの？」

「ええ、あんまり仕事でばかり毎日話合っているから、つい、そんなプライベートなことは訊きにくくなってるの」

「そうかしら？」

多摩子は、加須子の顔に意味ありげにニヤニヤと笑いかけた。いまに「倉橋さんはお嫂さんが好きなのよ」と云い出しかねなかった。

加須子は察して、頬を赤くし、急いで話を変えた。

「そんなことよりも、ねえ、多摩子さん、早く着更えてゆっくりと落着いたらどう？　今夜はあなたの好きな天ぷらを揚げてみるわ」

「ああ、つまらないわ」

多摩子は煙草をふかした。

「お嫂さん、ご招待でしょ。わたしひとり家の中でぼそぼそといただくのは意味ないわ」

加須子は、しまったと思った。うっかり義妹が帰った最初の夜というのを忘れていた。夫が生きているときから、多摩子は兄夫婦の行く所にはどこにでもついてきた。夫がたった一人の妹だからというので可愛がっていたのだ。それだけに甘えん坊となり、現在のわがままな性格をかたちづくっている。

その義妹の性格が分っていながら、帰った最初の晩に料亭への招待を承知したが、あれはやはり断るべきだった。

しかし、今ではもうどうにもならなかった。これから理由を設けて先方に断っても、今度は多摩子が邪推して、かえって妙にひねくれてくる。彼女には義妹の気まぐれな性質が肉親のように分っていた。

事務員が入ってきた。

「あの……ハイランド光学の弓島専務さんがお見えになりましたけれど」

「え？」

加須子は仰天した。急な来訪である。事前の連絡は何もなかった。狼狽した。

「何人でお見えになったの？」

専務が来るくらいだから、さぞかし、そのあとに営業部長だとか、技術部長だとかいう首脳部がくっ付いているだろうと思った。

「あの……お一人でございますけれど」

これも加須子を妙にあわてさせた。この前の晩、車の中で急に握られた弓島専務の手の感触を思い出した。

「とにかく……応接間にお通ししておいて」

加須子は、鏡台の前に坐って手早く顔を直した。多摩子は、それをうしろから見ていて、訊いた。

「ハイランド光学の専務さんってどなた？」

「弓島さんとおっしゃる方よ。ハイランド光学というのは、あなたもご存じでしょ。大きなカメラ会社だわ」

「知ってるわ、そのくらい。……その専務さんがどうしてうちに独りで見えたの？」

「詳しいことはあとでお話するわ。いずれはあなたにも相談しようと思ってたことなの」

「へえ……わたし、お嫂さんと一緒に、その専務さんにお会いしようかしら？」

あとの言葉は呟くようだった。

加須子は、多摩子の移り気を知っているので止めようと思ったが、せっかく東京から帰ったばかりの日に、その出端《でばな》を挫《くじ》くのも悪いと思った。それに、今夜「絹半」に招かれたこともある。多摩子がこれ以上ひがんでは困るのである。

「そうね……あなたもこの会社の重役さんだから、一度お会いしておくといいわね」

一応、株式会社になっているので、多摩子は取締役になっていた。亡夫の唯一の肉親だった。いわゆる同族会社である。

「うれしいわ。わたし、着更えないでちょうどよかった」

多摩子は、子供のように片脚を畳の上で跳ねていた。

「あら」

化粧してきた嫂の顔をしげしげと眺め、

「お嫂さんってほんとにおきれいなのね。だから、も少しお洒落《しやれ》なさるといいと云ったのに」

加須子は苦笑して応接間のほうに行きかけた。うしろから多摩子が小声で、

「そのお支度もお更《か》えになるといいわ」

と注意したが、無視した。この上、わざわざ着物を着更えてまで弓島専務に会う

と、あとで多摩子にどんなことを云われるかしれない。

応接間のドアをあけると、長身の弓島専務は手をうしろに組んで壁の油絵を見ていたが、足音を聞いて振り返った。

「やあ、今日は」

弓島専務は明るい調子で云い、顔一ぱいに微笑をひろげた。

「先夜は大へんご馳走《ちそう》さまになりまして」

加須子は両手をついた。

「いや、かえってご迷惑かけました」

弓島の眼が加須子のうしろに視線を移した。加須子が身体を少し開いて多摩子を前に出すようにし、

「わたくしの妹で多摩子と申します。……こちら、ハイランド光学の弓島専務さんです」

「今日は」

と、多摩子はにこにこしてお辞儀をした。

「お妹とおっしゃると……ああ、亡くなられた御主人のお妹さんですね？」

弓島は、加須子に眼でたしかめ、

「どうも失礼しました。弓島です」

「嫂《あね》がお世話になっています」

多摩子は大人びた言葉を述べた。

「いや、こちらこそ」

「どうぞ」

三人は、まるいテーブルを囲んで腰を下ろした。が、すぐに多摩子は、ちょっと失礼、と云って出て行った。

「美しい妹さんですね」

弓島が、ドアを煽って出た多摩子のうしろ姿を眼におさめて云った。

「なんですか、身体《なり》ばかり大きくなって……主人のたったひとりの妹ですから、わがままいっぱいに育てました」

「失礼ですが、いま？」

「はあ、東京で絵の勉強をしています。女子大を出てから、そのままずっと東京に残っていますわ」

「なるほど……あなたも大へんですな」

弓島は、事情を察したように云った。加須子には、その一言が胸にこたえた。若い専務だが、人生の機微が彼には分っているような気がした。

「ほんとに、こないだは失礼しました」

弓島は声を低めて加須子を大きな眼でじっと見たが、その視線に複雑な表情が出ている。加須子は、胸を衝《つ》かれたように眼を伏せた。

「ぼく、あとであなたの気を悪くさせたんじゃないかと思って心配してたんです。それでしばらくはご連絡もできなかったんですが、今日はもう我慢ができなくなって、独りでお宅を視察という名目にしてやって来ました。加須子さん、憤《おこ》ってはいらっしゃらないでしょうね？」

急に名前で呼ばれた。加須子には返事ができない。弓島が独りで来たと聞いたときから純然たる視察ではないとは思ったが、いきなりそんな言葉を彼から聞こうとは思わなかった。応接間の空気が加須子に重いものとなったとき、軽い風を流し込むように多摩子が茶を持って入って来た。

「どうも」

弓島も急に表情と語調を変えて多摩子を見た。

「いま、お嫂《ねえ》さまから伺ったんですが、東京のほうで絵のご勉強をなさってるんですって？」

「ええ。でも、道楽ですから駄目ですわ」

多摩子は専務の顔から加須子に眼を移して、しおらしくうつむいた。

「けっこうなご趣味ですな。一度、デッサンなり、拝見したいもんですね」

「とてもお目にかけられるシロモノではありませんわ」

「ご謙遜です。しかし、なんですな、そういう芸術をやっていらしって、この実家に帰ってこられると、レンズ磨きみたいな殺風景な仕事には興味がないでしょうね?」

「あら、そんなことはありませんわ」

加須子が横から云った。

「妹は、これでもこの会社の役員ですから」

「へえ」

専務は、わざと眼をまるくした。

「それなら、少し敬意を払わなくちゃいけませんね」

「ええ、そうですわ」

多摩子は胸を張ってみせた。

「いずれ、お嫂さんからもお話があるかもしれませんし、ぼくからもお願いすることがあると思いますが、今日はそれにはふれないとして、とにかく、これからお宅と仲よくお仕事をしてゆきたいと思っています。そのためお宅の工場をちょっと見学に来たんですよ。重役さん、ご案内をねがいます」

弓島専務は、加須子の案内で廊下を出て工場のほうに行った。重役さんとふざけて呼ばれた多摩子も一緒になっている。

「汚ないところですわ。ハイランド光学さんから見ると、まるでガラクタ倉庫みたい……」

加須子が云うと、

「いや、そんなことはないですよ」

と、弓島は愛想がよかった。業界の一部では、傲慢《ごうまん》だとか、不遜だとかいわれているのに、ここでは謙譲な態度だった。

弓島は、それぞれの職場を順々に見て回った。レンズ研磨機の前に立つとその機械を眺めて、「どうも、これは少し古いようですな」と加須子に微笑した。

「ええ、もうすぐ廃品にしてもいいくらいです」

加須子も苦笑した。

「どうです。うちの工場にあるのを二台使ってくれませんか？　これから較べると精密度もいいし、能率がぐっと違いますよ」

ハイランド光学の下請け工場になれば、すぐにでも機械を渡してもいい口吻《くちぶり》だった。しかし、それは確かな条件を取決めたあとである。

弓島は、従業員がピッチからレンズを外す作業場に来ると、その一つをつまみ上げ、明るい窓のほうにかざして見ていたが、

「ははあ、これはラビット光学さんのものですな」

と、つぶやいて元に戻した。

一枚のレンズは、バラ玉といって組合わせる以前だから、どこの光学会社のものとも分らない。さすがに弓島はそれを見抜くだけの鑑識眼を持っていた。

そこを離れると、芯取《しんと》り場で倉橋が従業員たちの後ろに立っていた。加須子は弓島をそこまで連れてきて倉橋を眼で呼んだ。

「倉橋さん、ハイランド光学の弓島専務さんですよ」

倉橋は笑顔を見せないで、作業帽子の庇に手を当てただけだった。

「うちの職長をやっている倉橋です」

加須子が紹介すると、弓島専務は、その長身を作業服の倉橋のところに歩《ま え》ませた。

「あなたが倉橋さんですか？　お名前は以前から伺っております。確かな腕を持っ

ていらっしゃるということを承知していますよ」

倉橋が黙っているので、加須子は間に入った。

「いいえ、お宅の技師さんなどから較べると、倉橋などは何といっても古いタイプの職人ですから、とても追いつきませんわ。でも、この人がいてくれるから、なんとかわたしのほうも持ちこたえているのです」

「技師といっても近ごろのはダメですよ。学校仕込みの知識ばかりが先走って腕のないのがいますからね」

弓島はそこまで云って、話を変えた。

「しかし、何ですね。近ごろのレンズ造りは昔のようにカンに頼るというようなことでなく、科学の発達で設計などは全部コンピューターでやっているくらいですから、古い職人的な工程を合理的に処理する技術傾向は非常に進歩しましたね」

レンズ研磨技術の近代化が進む中で、旧い手工業の職人の時代は去ったと弓島がことさらに云っているのは、倉橋の不愛想な態度が気にさわったからららしかった。が、倉橋の加須子に寄せる気持を早くも敏感に察しての反感ともとれた。黙っていた多摩子が、後ろから口を出した。

「そら、近代的な科学には及びませんわ」

「科学は日進月歩ですからね。カメラ業界がこれほど大量生産時代に入ったのもそのお蔭《かげ》です。昔はレンズ造りといえば、よほどの腕を持った人でないとやれなかった。それがカメラの量産を阻《はば》んでいた原因でもあったですからね」

弓島のこの言葉は、そこを歩き出して次の組立作業場に向う途中だった。倉橋は弓島の後姿を眼を光らせて見ている。

加須子は、今の弓島の短かい言葉が倉橋の気持を悪くしたと思ったが、弓島を案内している手前、倉橋のところに戻るわけにはいかなかった。確かに理論からいけば弓島の云う通りなのだが、この場合、彼は倉橋の「古い腕」を批判したことになる。弓島の言葉は柔かだったが、倉橋の耳にはそれが毒に聞えたであろう。同時に、そんな話に合槌を打った多摩子の無神経さが耐えられなかった。

多摩子はレンズの工場のことなど何一つ知らない。が、少しは自分の工場に働いている人たちの気持も考えてもらいたかった。一体に、大資本の工場に対して中小企業の従業員は一種のコンプレックスを持っている。それが、ときとして大工場に対する反撥になっているのだ。

倉橋には、ここに弓島専務が入って来たことすら気に入らないに違いなかった。ハイランド光学からの話があって以来、倉橋の様子にはいらいらしたところが現れている。

「おや、きれいですな」

弓島は、ガラス窓に映っている山岳風景を賞めた。湖面につづく連山の山頂は青い。ここからは反対側になっているが、穂高、槍の頂上は白いはずであった。

「多摩子さん」

弓島はふりかえって、

「あなたは絵を勉強してらっしゃるが、こういう景色をご覧になると、すぐにキャンバスを持ち出すような衝動に駆られませんか？」

「そうですね。でも、わたくし、こんな景色には興味がありませんわ」

多摩子は、いくぶん浮き浮きして云った。

「ほう、どうしてですか？　ぼくらのような素人でも、こういうものを見ると絵心が動いてくるんですが」

「でも、こんな景色は通俗ですわ。ちっとも芸術的な感動を覚えないんです」

「そうですかね。やっぱり専門家となると、われわれとは考え方が違うんですね」

「だって、こんな絵葉書みたいな景色は誰だって軽蔑《けいべつ》しますわ」

「あなたはここで生れて、ここでお育ちになったのだから、そんなふうに軽蔑されるのかも分りませんね。失礼ですが、絵はどういうふうな傾向のものですか?」

「具象《ぐしよう》のほうではなくて、抽象《ちゆうしよう》のほうに惹かれているんです」

「ははあ。すると、前衛絵画ですね」

弓島は面白そうに云った。

「弓島さんは絵などお好きなんですか?」

「いや、そのほうは一向に駄目です。従兄弟の所には、いろいろと画商が持ってくる絵が自然と集っていますがね。ぼくはそういうものは嫌いだから、連中も寄りつきませんよ。……でも、多摩子さんの絵なら、一枚譲って戴いても結構ですな」

「あら、まだご覧にならないくせに」

「しかし、それは分りますよ。あなたがどんな絵を描くかぐらいは。きっと素晴らしいエスプリのある画面だと思いますね。まだこちらにしばらくいらっしゃるなら、二、三枚拝見したいものですね」

「ここには置いていませんわ。みんな東京のほうにあるんです。専務さんこそ東京にいらしたら、お電話でもかけていただけません?」

「結構ですね。ぼくは東京の営業所に月に二度ぐらいは行きますから、そのうち連絡しましょう」

「お待ちしてますわ。……東京にご出張のときは、どのくらいご滞在ですか？」

「用事によりけりですが、長くて三日でしょうね」

「その三日間、お仕事で一ぱいですか？」

「仕事といえば仕事ですが……つき合いがありますからね。やはりゴルフをしたり……」

「夜はバーなどへいらしったり……」

「ははははは。まあ、そういうところですな」

弓島が煙草を取り出すと、多摩子は素早く華奢《きやしや》なライターをその先にさし伸べた。

加須子は、多摩子の言葉つきや態度にまたはらはらしてきた。これが応接間だったら何とも思わない。しかし、ここは職場の中なのだ。多勢の女子従業員が黙々として働いている。その人たちへの気持も考えてやらなければならなかった。多摩子は、初対面の弓島にすっかりなれなれしく振舞っている。

弓島も多摩子の態度に断りもできず、仕方なしにつき合っているところが見えないでもなかった。だが、若い多摩子にはそれが分らないらしい。彼女の言葉はつづいた。

「ねえ、弓島さん。ゴルフをなすってらっしゃるなら、一度、ゴルフにお供したいわ」

「ほう、あなたもゴルフをおやりになるんですか？」

「あなたも、は失礼ですわ」

「すみません。ハンディはどのくらいです？」

「それはいま申し上げられません。でも、弓島さんはシングルなんでしょ？」

「ということにこの前まではなっていましたがね。今度、クラブのほうで水増しの連中を一斉に単価の切り下げをしましたからね。つまり、一種のデノミネーションをやったんです」

「それだったら、ぜひ、教えていただきたいわ」

「ほう、また急に弱気になったものですね」

「ほんとのところ、ゴルフの腕はそれほどではないんです。ディスコだったらよく行くので馴れてるんです」

加須子は、さすがに我慢ができなくて、

「多摩子さん」

と呼んだ。

「あちらに行きましょう。専務さんもお忙しいんですから」

弓島は、さすがに気を利かして、

「どうも、こんな所で失礼しました」

と、加須子に謝った。

それから残りの各職場を見て回ると、三人はまた応接間に坐った。女事務員が待っていて、おしぼりや果物などを出した。

「どうも、失礼しました」

弓島は、手を拭いただけで起ち上がった。

「おかげでお宅の工場をすっかり頭に入れることができました」

「ゆき届きませんで。それに、汚ない所をご覧に入れて、ほんとに恥しゅうございますわ」

「いえいえ、どういたしまして。ただ、これはいま拝見したあとの感想ですが、やっぱりぼく個人の意見からすると、工場管理の或る程度の改良は必要のようですね。まだまだ能率の上げられる余地があると思います。いや、いずれ、このことは次にお会いしたときにゆっくり申し上げたいと思います」

「いろいろありがとうございました」

「多摩子さん、今日はあなたがいらっしゃったので、とても愉しかったですよ」

弓島はうしろの多摩子へほほえみかけた。

「わたくしも。……ハイランド光学の専務さんがこんなに話の分る方だとは想像しませんでしたわ」

「そりゃ光栄です。ぜひ、この次は機会をみて軽井沢あたりにお供しましょう」

弓島専務は二人に送られて玄関へ出た。待たせてあるベンツに乗ると、窓から手を振って走り去った。

加須子は多摩子と並んで立っていたが、客の去ったあとは、瞬間、何となく空虚に似たものが残る。

「ねえ、お嫂《ねえ》さま。弓島さんってとてもスマートじゃない?」

多摩子はまだ興奮の冷めない顔つきをしていた。


上諏訪の旅館街は湖畔に沿っている。もとK製糸会館だった建物もホテルに建て代っている。湖岸の桟橋からは白鳥の形をした遊覧船が出る。

「絹半」からはその桟橋が近くに見える。加須子は正確に六時半にその正面入口に着いた。多少とも招待されている手前、身なりを改めてみたのだが、できるだけ地味にして来た。出るときに多摩子の眼を意識していたからでもある。日本座敷に案内された。

森崎と山中は大喜びの様子で、彼女を迎え入れた。

「ようこそ……」

二人は加須子を上座に据えた。先夜はまことに失礼しました、と両人とも気持が悪いくらい丁重《ていちょう》である。

簡単に乾杯の真似ごとがあってから、山中がにこにこしながら、

「今日、ハイランド光学の専務さんがお宅にいらしたそうですね?」

と首を伸ばした。

今日のことがもうすぐ筒抜けだから、この二人と弓島との連繋の深さがそれだけでも分る。

「なにしろ、専務さんは働き手ですからね。若さにまかせて動きすぎるくらいですよ。しかし、頭もいいし、行動力もあるし、業界としては怖るべき存在ですね」

森崎がまたぞろ弓島の礼讃をはじめた。

一体、この二人はいつまで上諏訪あたりをうろうろしているのだろうか。加須子

には、両人が弓島を精いっぱい利用しようと企んでいるようにしか考えられない。しかし、弓島ほどの男だから、彼らに利用されるほどの甘さはないであろう。弓島はそれなりにこの両人を手なずけて、案外、手玉に取っているのかもしれない。しかし、具体的なことは何一つ分らなかった。分っているのは、森崎が自分の経営していたケーアイ光学を偽装倒産させて相当な資金を懐ろに握っていることだ。

「いろいろお宅にもご迷惑をかけましたが」

と、今夜の用談に森崎は入った。

「実は、今度、われわれで栄光精密光学という会社を起すことになりましてね。いずれ具体的なことは申し上げますが、ひとまず、それだけをお耳に入れておきます」

今日、倉橋が報らせたことは嘘ではなかった。倉橋はその噂を聞き込んで今朝、加須子に伝えたのだが、噂は事実であった。

「それはおめでとうございます」

加須子はまず挨拶した。偽装倒産で何かをやるということは分っていたが、やはり光学関係の会社を起した。そのうしろに弓島が控えていることは云うまでもない。

「いや、ほうぼうにご迷惑をかけましてね、まことに汗顔《かんがん》の至りですが、今度は奮起しますよ」

森崎は力んでいる。

「一応、わたしが社長ということになって、この山中さんには専務として万事を見ていただくことにしています」

「どうぞよろしく」

山中が頭を下げた。

「こちらこそどうぞ。……で、工場はどこにお建てになりますの？」

「はあ、いろいろ考えましたが、この上諏訪もあまりいい土地が残っていないので、思い切って駒ケ根にしようかと思ってます」

「駒ケ根ですか。伊那の？」

「ええ。辰野から飯田までの途中です。駒ケ岳の山塊と天竜川にはさまれた南北に細長い伊那盆地です。空気は澄んでいるし、絶好の所だと思うんです。理想的な光学工業の最適地だと思いましたね」

「それはいい所をお択《えら》びになりましたわ。工場はいつごろお出来になりますの？」

「そうですな。まあ、おいおい計画するとして、来年あたりに完成させようと思っています。そう急ぐこともありませんからね」

新事業をはじめる会社が工場の設立を急がないというのは、どのような理由からだろうか。

6

山中と森崎とは、しきりと加須子をひきとめた。

二人の言葉だが、

「ハイランド光学の弓島専務さんをよろしくお願いしますよ」

と、さかんに加須子に云った。最後に「絹半」の玄関に送りに出て来たときも、また繰り返すのだった。

「弓島さんをよろしく願います」

どういう意味なのか。よろしくお願いします、というのは具体的に何を指しているのだろうか。二人の言葉にしては少し筋が違っていた。

森崎も山中も警戒を要する人物である。今ではこの両人は業者間で札つきとなっている。彼らの言葉を一々開き直って訊き返すと、かえって面倒な話になりそうだった。

向うで出してくれた車に乗って岡谷に帰る途中、暗い湖畔を走りながら、加須子はもう一度その言葉を真剣に考えてみた。

彼らのその挨拶は、どこか、今日の弓島専務の来訪とつながっているように思われる。

おかしなことだった。よろしくお願いします、というのは下請けの立場である自分のほうから、ハイランド光学に云うべき挨拶なのである。

ここで彼らの言葉の調子が、弓島個人の感情にかなり重点をおいていることに気づく。ハイランド光学というよりも、弓島をよろしくお願いしますといっているのだ。

この前、浅間温泉からの帰り、車の中で囁やかれた弓島の言葉といい、手を求められたことといい、加須子は暗い気持になった。想像が当っているなら、森崎と山中は自分たちの立場から弓島の意図を忖度《そんたく》して、加須子を弓島に接触させようと努力しているようにみえる。

二人は駒ケ根で新しい会社を起すといっていたが、当然、その背景には弓島の援助がある。だから、二人にとって弓島は大切この上ないスポンサーだった。その弓島に気に入られるため、二人がじぶんを弓島に近づけさせようと努力しているなら、まるで取巻きか、幇間《ほうかん》のようだ、と加須子は思った。

憂鬱な気持になって家に戻ると、ピアノの高い音が聞こえていた。かなり激しい旋律だった。

ピアノは義妹の多摩子のもので、彼女の部屋にそのまま置かれてある。その部屋は、多摩子が数年前、東京に行くまで使っていたもので、少しも内の模様を変えることなく保存されていた。多摩子は岡谷に帰ったとき、まるで外出先から帰宅したように部屋が以前のままになっていないと気に入らないのである。

加須子が部屋で着物を着替えていると、その音が突然やんで、襖が開いた。

「お帰んなさい」

多摩子が顔を出して、活潑に云った。

「ただいま」

加須子は多摩子の表情を見て安心した。さっきのピアノを聞いたとき、多摩子の感情が心配になったのだが、彼女はにこにこ笑っている。

「どうだった、ご招待は？」

派手なネグリジェを着た多摩子は、横のソファにどすんと尻を落すと、脚を宙に突き出すような格好でぶらぶらさせた。

「ええ、通りいっぺんのご挨拶だから、何ということもなかったわ」

加須子はなるべく多摩子を刺戟《しげき》しないように自分の言葉に気をつけた。

「そう。宴会なら芸者なんかも来ていたでしょう？」

「そんな人はいなかったわ」

「ケチなのね……もっとも、お嫂《ねえ》さんだと、男の人たちは、なまじっか芸者なんか呼ぶよりもずっと眼を愉しませたに違いないわね」

「へんなことを云うのね」

だが、加須子は多摩子が思ったより機嫌がいいので、ほっとした。

「絹半」に出掛けるときから考えて、もっと多摩子に僻《ひが》まれているかと思っていた。

「多摩子さん、愉しそうね」

「あら、どうして？」

「だって、今もピアノを弾いてたし、うきうきしてるみたいだわ」

「わたしは単純だから、すぐ様子に現れるのね。お嫂さん、どうして、わたしが愉しそうにしているのかご存知？」

「さあ……久しぶりに自分の家に帰ったので、それで愉しいんじゃない？」

「ううん、そんなケチなことではないの。教えてあげましょうか」

多摩子は加須子の傍に来て、小さい声で云った。

「さっき、弓島さんに電話したの」

「え？」

と、加須子が思わず厳しい眼になって多摩子を見ると、

「ほら、おどろいたでしょう？」

多摩子は平気な顔でいた。

「何と云ってお電話したの？」

加須子は胸が騒いだ。この際である。弓島には慎重にしなければならないのだ。多摩子には、あまり関係ないこととはいえ、自分勝手なことをされては困るのである。

「あのね、弓島さんをゴルフにお誘いしたの」

「…………」

「そしたら、明日は駄目ですって。軽井沢だと遠いから、都合がつかないと云うのよ」

「それはそうよ。あちらは忙しいから、あなたの勝手通りにはいかないわ」

「その代りね、お嫂さん」

多摩子は、くつくつ笑った。

「明日午後から弓島さんとドライブを約束したわ。弓島さんは、スポーツカーのすてきなのを持っていらっしゃるんですって。だから、それで、茅野から登って蓼科《たてしな》高原に行くことにしたわ。いま高原がとてもいいんですって」

加須子は返事もできなかった。

「それから、いろいろなことを約束したわ。弓島さんのコレクションも、お家《うち》へ拝見に行くことにしたわ……あんな人物がこの諏訪の田舎にいるなんて、想像もしなかったわ」

加須子は、多摩子の軽挙をこの場でたしなめるわけにもいかなかった。もしそれを云えば、この義妹はどのような反撥を向けてくるかしれなかった。小さいときから我儘《わがまま》に育てられてきた娘だった。感情の波が多く、それがすぐ露骨《ろこつ》な態度に出てくる。――

「弓島さんは忙しい方だから、あんまりお邪魔しちゃダメよ」

加須子は、消極的にそう云うほかなかった。

「大丈夫だわ。弓島さんだって、わたしと遊ぶのは愉しいんだもん」

多摩子には、全然加須子の意志が通じなかった。わざと通じないふりをしているようにもみえる。

多摩子は、お寝みなさい、を云って、ハミングしながら、羽根のようなネグリジェを翻《ひるが》えして去った。


翌朝、多摩子は入念にお洒落をして、十時半には靴をはいていた。

「こんなに早く出かけるの？」

加須子は云った。

「十二時という約束だもの、今から行かないと遅くなるわ。弓島さん、もう車を出して用意してるにちがいないわ。じゃ、行ってきます」

足を浮かすように出て行ったが、そのとき加須子にちらりと向けた多摩子の視線には、闘志みたいなものが点じられていた。

——その晩、多摩子は遅くなって帰ってきた。加須子が心配になっていた矢先に、表に車の着く音がした。

多摩子は赧《あか》い顔をして足もとがあやしくなっていた。

「お酒、呑んだの？」

加須子がきびしい眼になってみつめると、

「そんな顔しないでよ」

多摩子は酒臭い匂いをさせて笑った。

「どこで呑んだの？」

「松本まで行ったの。……今日は素敵だったわ。弓島さんの運転で蓼科《たてしな》を回って茅野《ちの》に下りてきたのは夕方だったわ。蓼科、とてもきれいだわ。お昼《ひる》食はあそこのホテルで戴いて、ずっと上のほうまで二人で歩いたの。白樺がとても素敵で、スケッチでもしたくなったわ。まだ東京の連中がやってこないので、そりゃ静かだったわ」

加須子は、多摩子が弓島にどんな狎《な》れ狎《な》れしい態度をとって散歩したか、ひやひやした。

「別荘もまだ人が入って居なくて、誰も歩いていないの。夏場の混雑とはまるきり違ってたわ。それで、蓼科山の上まで行ったの。……歩きながら、弓島さんとはいろいろな話をしたわ。あの人、絵にもくわしいし、音楽も分るし、それに、わたしの知らないことを一ぱい話してくれたわ。商売の話を全然しないのが気に入ったわ」

「そんなご迷惑をかけてもいいの？」

「平気よ。彼だって十分愉しんでいたんだもの。わたしといい友達になってほしいと云ってたわ」

「………」

「それから、山を下りて富士見の本社に帰るのはつまんないから、いっそ松本まで行こうということに話がまとまって、一気にこの岡谷を通り過ぎてドライブしたの」

「その相談はどちらから云い出したの？」

「まあ、お嫂《ねえ》さんって、こまかいのね。そりゃ、わたしのほうかもしれなかったわ。だって、あのままの気分をこの家に帰ってぶち壊したくなかったんですもの」

「弓島さんもあなたにねだられてご迷惑だったわね」

「そんなことはないわ。だってバーに行ってもわたしを横に引きつけて放さなかったんだもの。……東京と違って、地方のバーも結構おもしろかったわ。そのバーは弓島さんの行きつけとみえて、マダムなんかずいぶんチヤホヤしてたわ。でも、わたしのほうをいやな顔して偸《ぬす》み見していたから、きっとジェラシーを起してたのかもしれないわ」

「つまらないことを云うのね。……それで、ここまで弓島さんに送ってもらったの？」

「ええ。でも、遅いから家の前で失礼すると云って帰ったわ」

多摩子は弓島を完全に自分の手中に収めたような気持でいた。それは加須子に対する皮肉ととれないことはない。

多摩子は可愛いがられて育ったせいか、いつも自分が中心になっていなければ承知できない性質だった。弓島が加須子を訪ねて来て、話をするのが多摩子には不満だったのだ。その気持が、必要以上に弓島に向って積極的な態度に出なかったとはいいきれない。

二人きりで蓼科にドライブしたり、松本まで足を延ばして酒を呑んだということは、昨日初めて逢ったばかりの間柄ですることではない。弓島はそうした多摩子に仕方なしにつき合っていたのだろうか。

だが、多摩子は、その報告に有頂天《うちようてん》になっていた。

「弓島さんと交際するのは結構だけど」

加須子は控え目に云った。

「あんまり羽目を外しては駄目よ。あなたは結婚前ですから、こんな田舎にいるとすぐ噂になることだし、誤解を受けると詰まらないじゃないの」

「あら、そんなこと平気よ」

多摩子は眼を光らせた。

「この土地そのものが旧いんだわ。そんなこと気にかけていちゃ、わたしなんか生きられないわ。人の思惑なんか勝手だわ」

「それはそうだけど、やっぱり、世間的な配慮も或る程度は必要だと思うわ。殊に、あなたの場合、ご両親もいらっしゃらないし、兄さんも亡くなったあとだから余計に目立つわ。わたしの立場も考えていただきたいの」

「お嫂さんって、旧弊《きゆうへい》なのね。わたしのことでお嫂さんの責任になるという考え自体が、封建的よ。わたしだって、もう独立した人格ですからね。お嫂さまの監督を受けているなんて嫌だわ」

「そういう意味じゃないのよ。そりゃ、わたしは、あなたを子供だとは思っていないし、あなたの行動は、あなたが責任を持っているとは思っているわ。でも、世間の眼は好奇心に満ちていますからね。弓島さんだって、お仕事の忙しい方だし、同じお付き合いするにしても、節度が必要だということを云いたいのよ」

「ご忠告ありがとう」

多摩子は平然と微笑した。

「でも、わたしは自分の自由にしたいの。東京でも、自分の自由意志で何でもしてきたわ。お嫂さんは世間のことをすぐおっしゃるけれど、世間の気に入るようにしていても、いざというとき、世間はどれだけ責任を持ってくれますか？　たとえば、この会社が潰れて一文無しになっても、誰も一銭の援助もしないわ。そのときは、また嘲笑《あざわら》われるだけだわ。世間て、そういうものよ……わたし、いつも思っているんだけど、お嫂さん、あんまりそういう気兼ねばかりして、自分の自由を束縛しすぎているわ。少し、のびのびしていただきたいわ」

「わたし、旧いのかしら」

加須子は苦笑した。

「ええ、旧いわよ」

多摩子はそう云ったあと、加須子をじっと見すえた。表情が変っていた。

「弓島さんは、お嫂さんが好きよ」

「多摩子さん！」

とうとう義妹からその言葉が吐かれた。加須子がもっとも恐れていた言葉だった。

「いいえ、云うわ。嫂さんだって、弓島さんの気持を知ってるくせに」

多摩子は中年女のような形相になっていた。

「でも、わたしは弓島さんをけっして嫂さんには渡さないわよ。弓島さんは絶対にわたしのものにするわ。だって、わたしは弓島さんを愛してるんだもの」

強い声だった。加須子への嫉妬がそこに渦巻いていた。

加須子は声が出なかった。自分でも顔から血の色がさめてゆくのがわかった。

「いいこと？　よくおぼえておいてちょうだい！」

多摩子は蒼い顔でヒステリックに叫ぶと、自分の居間へ駆け去った。脚がもつれていた。

加須子はしばらくそこから動けなかった。まわりが傾いてゆく感じだった。

加須子は、亡夫のあとをうけて、その事業を育てることに精いっぱいのつもりだった。それが夫の遺志だと思っている。また、ここに働いてくれている従業員も、倉橋をはじめ、みんないい人ばかりだった。この工場を閉鎖することで従業員たちの期待を裏切りたくなかった。何とかして繁栄する工場に伸ばしたかった。

現在の下請レンズ研磨工場は、どこも例外なしに苦しい経営をつづけている。今のカメラブームとは全く逆な現象だった。それは、大資本のカメラ会社が経営の合理化と市場の獲得に狂奔《きょうほん》している結果、その皺寄《しわよ》せを全部下請業者にかぶせている。流通過程は、次第に昔の面影をなくしてきている。このいわゆる流通革命が逆に生産過程を規制し、そのことが下請業者を苦しい状態におかせている。

レジャーブームに乗ったカメラの売れ行きの底に、このような窮迫した業者が数百社も存在していることなど誰にも想像ができない。

次々と発売される新しいデザインのカメラ、宣伝文句にウタわれているさまざまな特徴、そこには売らんかなのためのデザイン改良がめまぐるしいまでに行われ、そのたびに下請業者は親会社の要求に喘《あえ》ぎながら従《つ》いて行っている。昨日までの型は今日には通用しない。前に下請けに発注した部品については、その廃棄の補償すらみてくれない会社もある。

メーカーの下請け工場泣かせは、納入するレンズの「検査」だった。レンズの微妙な曲率は千分の二とか千分の三を許容範囲として、これ以外は「不合格」とする。それにはたぶんに検査係の「眼」による主観が働く。工業試験場あたりに持ちこんで争ってもダメだ。たとえ勝っても、アトの仕事をくれなくなる。まして、レンズの研磨がきれいでないとかいった難癖をつけられると、主観によるので、下請は泣き寝入りするしかない。メーカーがその気になれば「不合格」の名で、いくらでも下請けの納入品を調節することができるしくみだ。そのような犠牲の上において有名カメラ製造会社が繁栄の道を進んで行っている。

むろん、下請業者にも横の連絡はある。だが、それは特定の親会社に付いた下請業者の親睦団体のようなもので、共同の利益を守るための闘争もなければ団結もない。いや、かえって相手の脚をことあらば引っぱろうとする豺狼《さいろう》の群れでもある。

加須子がハイランド光学の弓島の話に心惹かれているのは、そういう経営の状態からだった。

だが、東京で絵の修業をしている多摩子には、そんなことなどまるで理解がなかった。彼女は兄の遺した工場がひとりで回転し、ひとりで利益を上げているように思い込んでいる。

加須子はそれが寂しかった。

夫が死んだとき、婚家を去る決心になったことがある。それを押し止めたのは、倉橋をはじめ従業員たちだった。自分たちで何とかこの中部光学を盛上げてゆきたいから、ぜひ加須子に残ってほしいという懇望だった。それも世間では、夫の遺した会社に加須子が未練をもって、横取りするように考えているらしい。

多摩子の気持の中に、その世間的な歪《ゆが》みが潜《ひそ》んでいないとは云い切れないのだ。彼女は家付の娘だ。この家の財産や、中部光学の経営を継承するなら、自分こそ、正系だと考えているかもしれない。つまり、よそから婿を貰って、それをこの会社の社長にし、業務をつづけてゆくという場合である。世の中に、このようなケースは極めて多いのだ。

加須子の場合はどうだろう？　婚家に残って夫の遺した会社を経営してゆくことが、彼女自身の再婚を不可能にしている。いってみれば、死んだ夫のために犠牲になっているようなものだった。事実、彼女が自由を得ようとすれば、ここを飛び出したほうがはるかに束縛がなかった。

弓島から加須子に電話がかかったのは、その翌日だった。

「いや、昨日はどうも、多摩子さんを引っぱり回して恐縮でした」

弓島は礼儀正しい言葉だが、親愛をこめて云った。

「早くお帰しするつもりでしたが、つい、長くなってご心配をかけました」

「いいえ、こちらこそお世話になりました。多摩子はあんな調子ですから、さぞご迷惑をかけたことと思います」

加須子は礼を云った。

「とても朗かなお嬢さんで、おかげでぼくは昨日一日仕事を忘れて愉しく過しましたよ。あとでバーに行ったのですが、少しお酒を召し上がりすぎたんじゃないですのです」

か」

「はあ、なんだか、そんなふうでしたわ」

「ぼくはご本人が酒を呑めるとおっしゃるものだから、つい、お止めできなかった

やはり想像の通りだった。多摩子は調子に乗って、バーで自分から酒を求めたにちがいない。弓島がすすめたのではなかった。

「どうもご迷惑ばかりかけまして済みません」

「しかし、ご本人を叱らないで下さい。この次は、ぼくの少し蒐《あつ》めている物を見たいとおっしゃっています。多摩子さんもだが、そのときはぜひあなたにも来ていただけませんか」

「はい、ありがとう存じます」

「ぜひ、そうしていただきたいのです。ぼくは多摩子さんもおつき合いして愉しいんですけど、あなたとああいう一日を持ちたいと思っています。近いうちに、そういう時間を作っていただけませんか」

「はい……」

「これはぜひ考えておいて下さい。では、失礼します」

「わざわざ恐れ入りました。……あの、多摩子が部屋におりますから、代りましょうか」

「いいえ、それには及びません。これで失礼します」

弓島は直接加須子に誘いの言葉を投げかけてきた。電話だが、話の順序として自然のかたちだった。挨拶の上から通り一ぺんの愛想とも思えない。加須子は、この前の夜の車の中で彼に握られた手の記憶を呼び戻した。

弓島は本人自身で工場を見たことでもあるし、かねがね、その希望を何らかのかたちで具体化してくるだろう。それは完全な商売上のことで、個人的な感情を挿んだ商談ではない。弓島自身が条件を出してくるか、それとも別な重役を代理として寄越《よこ》すか、とにかく近いうちにハイランド光学としての意思表示があるはずだったが、弓島の個人的な気持が、その条件をどのように表示してくるか、さすがに加須子もその日が待たれた。

加須子は工場を回った。

職場のどの子も親しみの眼を女社長に向けてくる。従業員は、一日一回でも加須子がこないと寂しいと云っていた。

芯取《しんと》りの所で倉橋が作業していたが、加須子がくると顔をあげた。

「まだあちらのほうから何とも云ってきませんか？」

横にほかの従業員が居るので小さな声だったし、はっきりとハイランド光学とは名前を挙げていない。

「いいえ、まだですわ」

「おかしいな。この前から、あんなに専務自身が熱心に接触してくるのに、肝心の商売の話が遅いというのはどういう理由《わけ》でしょう？」

「いろいろ都合があるんじゃないですか」

実際、弓島専務がワンマンだといっても、社長もいることだし、他の重役陣もいる。契約的な条件をまとめようとすれば、やはり、その辺の調整をするのに時間が必要にちがいなかった。

しかし、倉橋の疑問は単純な意味ではない。彼はそのことによって弓島の野心が加須子にだけ抱かれていることを言外にほのめかしていた。

倉橋は不快げな顔をしている。近ごろ、彼がこんなに憂鬱な顔を始終見せているのも珍しいことだった。それも弓島の接近がはじまってからだ。加須子は、この工場に大事な存在である倉橋の気持を何とか柔らげたいのだが、今すぐにその方法を考えつかなかった。

小さな下請工場では大きな変化が見えると、必ずといっていいほど、前から居る古い従業員たちに不安を与える。自分たちの城が大きな勢力に侵触されてくるような危惧《きぐ》と、新しい侵入者に対する本能的な反感からだった。それは倉橋だけでなく、いま素直に自分の仕事にかかっている従業員全部の雰囲気でもあった。誰しも自分の工場を大事に思っているし、愛情があるのだ。

だが、倉橋の場合は、弓島個人に対する反感がその反撥を駆り立てていた。加須子は、倉橋のその気持の底に潜んでいるものが分るだけに憂鬱である。といって、ハイランド光学からの交渉が屈辱的なものと分って全面的に拒絶段階になっていない今、これを頭から拒否するわけにはいかなかった。そこに下請企業の弱さがあった。

「社長」

事務所の事務員が加須子を呼びにきた。

「ラビット光学の権藤さんがお見えになりました」

「そう」

中部光学で請けている仕事の半分は、ラビット光学の製品の下請けになっている。権藤三郎はラビット光学の営業部長で、八十キロ以上もある肥った男だった。顔もまんまるく、顎などは赤ん坊のように、二重にくくれていた。

　如才のない笑顔の権藤は、現在、発注した製品の仕上り状態など訊ね、もう少し納期を早くしてくれとか、近ごろはレンズの精密度がどの会社も進歩しているので、その点を考慮して研磨にも気をつけて欲しいなど希望を云った。だが、話しているうちにそれが前置きの世間話的なものであることが分った。

「ときに遠沢さん、最近、お宅とハイランド光学との提携《ていけい》がちらちら噂になっていますが、本当ですか？」

　もうそんなことが業界のニュースになって流れているのか。

「いいえ。そんなお話はまだありませんわ」

　加須子も商売上、一応、否定しなければならない。それは自分のところだけでなく、ハイランド光学の立場も考慮したからだった。

「そうですか」

　権藤は笑顔をつづけた。

「どういうところからそんな噂が出たか、ぼくも分らないが、業界では専らの取沙汰です。少々、気になる話ですがね」

　彼は小さな眼で加須子をじっと見た。

権藤が気になるというのは、ラビット光学はパイオニヤ光学の系列会社となっている。パイオニヤ光学で売り出している一眼レフ「パイロ」は、実はラビット光学で製造しているのだった。そこで中部光学がハイランド光学の下請けに契約となると、ラビット光学としてはパイオニヤへの気兼ねがあるわけである。殊に、老舗のパイオニヤ光学とハイランドとは猛烈な販売競争をやっていた。現在、パイオニヤは、新興会社であるハイランドを目の敵《かたき》にしている。

またハイランドのほうはパイオニヤ光学に追いつき、追い越す、というのが合言葉になっているくらいだった。熾烈《しれつ》な競争は、東京・大阪の大手問屋筋を通じて繰り返されている。

たとえば、パイオニヤが新しい製品を出すと、すぐにハイランドがそれを追うような新製品を出す。またハイランドで新しいデザインのカメラを出せば、パイオニヤもそれと同型に近いカメラを出す。どちらも相手が自分のほうの真似をしていると云い合っていた。

権藤は加須子の釈明で一応了承したらしい。彼はまた無邪気な笑いに返って、

「いや、業界はいろいろというものですね。実は、わたしのほうは、ご承知のようにパイオニヤさんにお世話になっているんだが、今度、怪情報が相当流されていま

してね」

「怪情報って、何ですの？」

「おや、ご存知ない？」

権藤はそれならと云って、ポケットをごそごそ探していたが、

「実は、これですよ」

と、茶色の封筒を出した。

「まあ、一応、この怪文書のなかみを読んで下さい」

加須子はそれを披《ひら》いた。活版に印刷されたパンフレット形式の薄い紙が三枚ばかり綴じられてある。その見出しみたいな文字を見たとき、加須子は眼を瞠《みは》った。

「パイオニヤ光学の経営状態が危機――重役陣は乗り切りに苦慮」

加須子は封筒の消印をみた。東京の「四谷局」となっている。

加須子の頭に、突然、山中と森崎の顔が泛んだ。

しかし、あの二人は駒ケ根に本拠を置いたはずだった。

加須子は、頭の中でそれを消し、印刷文字をよみはじめた。――

7

業界はちょっとした情報にも敏感である。信じられないことだが、パイオニヤ光学に対する怪文書がそれを実証した。

諏訪を中心とする光学機械業者の中の老舗であるパイオニヤ光学に、穏かでない噂がささやかれはじめた。東京の四谷局から発送された「怪文書」は、なかなか穿《うが》ったことを書いていた。よほど業界またはパイオニヤ光学の内部に通じている人間の手で記事が書かれたと思えた。

殊に会社の内部にふれた部分には、その文書によって初めてなるほどと思えるところがある。一ヵ所か二ヵ所だけでもそういう部分があれば、あとは全部それを信じたくなるものだ。たとえ一部に間違った説明があっても、それは戦術的に故意に歪《ゆが》めて書いたのだと解釈される。

この怪文書の内容は、要するに、経営陣の不明朗な点を衝《つ》いていた。社長派と他の役員との間に、いま冷い隙間《すきま》が出来ていて、それがどのようなかたちで現れているかを具体的に指摘してあった。文書にはいちいち実名が挙げられてある。

のみならず、パイオニヤ光学の機械の性能についても、疑問の点をいくつか提出していた。

パイオニヤ光学は、かつて、アメリカの或る特許を取り入れたカメラとは全然関係の無い録音機を売り出したことがある。その前評判がよくて市中の株価が一斉に上騰《じょうとう》した。

ところが、その製品を大量生産してみると、ほとんど買手がつかなかった。なるほど、その録音機は、在来のものよりずっと簡単だし、また新しい工夫も施されてある。アメリカで評判なので、これはいけると思ったらしく、パイオニヤは高い特許権を払ってアメリカの商社と技術提携をしたのだった。

アメリカで売れるから日本でも売れる、というところに同社の役員たちの錯覚《さっかく》があった。つまり、日本の庶民はまだ、それを日常生活の中に持ち込むだけの基礎が無かったわけである。このため売れ残りの品は続々と返送されて、在庫品は倉庫に山のようになった。株価が急下降したのはいうまでもない。

その痛手がまだパイオニヤ光学に残っている。

一方、カメラ業界は熾烈《しれつ》な競争が日々つづいている。或るメーカーが新しいカメラの型《タイプ》を売り出して評判を取った。パイオニヤがあわててそのあとを追った。同社としてみれば老舗であるし、そのマークにものを云わせて大いに売りまくろうという肚《はら》だったが、宣伝費をぼう大にかけたわりには足が伸びない。というのは、最初にそのカメラを出したメーカーが、すぐに進んだ技術改良を行ったからである。パイオニヤはここでまた不評を取った。

しかし、なんといっても業界の古顔だし、カメラ愛好家にはその社名が行き亘《わた》っている。以上の失敗にも拘《かかわ》らず、以前から定評のある幾種類かのカメラはまだ安定した売れ行きを示していた。従って、二つの失敗を重ねたからといって、すぐに社運がどうなるというものでもなかった。むしろ、さすがはパイオニヤさんだと、その基盤の強靭《きょうじん》さにかえって信用が増したくらいだった。

同社はまたまた新製品を企画している。近年、カメラは次第に人間の頭脳を機械化しつつある。「シャッターを押すだけで写ります」式の宣伝が行われている現況だが、パイオニヤは、このように手間暇のかからないカメラに、さらに在来の三五ミリの特徴をとり入れた性能の付属器具を売り出した。いってみれば、「手で押すだけで写る」というインスタントカメラ式の不満が玄人筋にあるので、それを解消し、しかも同じ科学的操作で複雑なレンズ効果を狙ったのである。

もっとも、これは現在同社が極秘にしている。だが、ぼつぼつ、その噂は業界紙などに現れていた。

だが、その実体はまだ秘密のうちにあった。業者のどこもがその内容を知りたいのである。

怪文書はそれをすっぱ抜いていた。もっともこれはどこまでが真実か分らない。しかし、その性能の欠点がまことしやかに挙げられてある。結論としては、この新型カメラも、前の録音機と、次の失敗カメラの場合のように完全な敗北に終るであろう、としてあった。

最後にはこういう情勢が銀行筋に反映して、金融面もかなり逼迫《ひっぱく》していると指摘していた。表面は大メーカーを装って平静に見せかけているが、内実はなかなか苦しいとある。

業界に対する動揺は、この「怪文書」をめぐって少しずつ現象の上に現われはじめていた。

重工業と違ってこのような消費産業は、微妙なところから波をひろげるものだ。諏訪を中心とした不安な漣《さざなみ》は、すぐに東京の業者に反映した。

それはメーカー筋ばかりではなく、その販売店などにも不安を起させた。だが、不安を最も感じているのは、パイオニヤの下請業者だった。これは直接自分の生存にかかっている。切実な生活問題なのだ。

これまでの大きな業者が倒産しているのを見ている下請の眼は、その噂が大きな動揺になった。たとえば、大手筋でも場合によっては手形を遅らせることはある。それは、そのときの金繰り次第だが、普通のこの商業操作が、怪文書の文句によって悪く解釈されるのである。

カメラの部品ほど融通の利かないものはない。不用となれば三文の値打も無くなり、スクラップに売り払うほかはないのだ。

東京の下請業者の不安は、忽ち諏訪のほうに撥ねかえってくる。云うなれば、諏訪と東京との間を噂は往復し、共鳴音を発した。

その噂は、加須子のところには、過日ラビット光学の営業部長権藤三郎が運んできた。

「遠沢さん、パイオニヤ光学もえらい噂を立てられましたな。諏訪の者はみんな疑心暗鬼でいますよ」

加須子はラビット光学からレンズの研磨を請負っているので、権藤には愛想よくつき合っていた。権藤はいい人間で、ただ自社の商売大事を考えている。

「でも、あの怪文書は根も葉も無いことでしょ？」

加須子が云うと、

「いや、そうでもありませんよ。あれは本当かもしれない、という噂が多いんです。現にパイオニヤに下請がずいぶん入っていますが、その半分は動揺してるといいますね」

「でも、たった一枚の紙片《かみきれ》が、そんなに影響を与えるもんでしょうか？」

「それはですね、なかなか穿った怪文書なので、みんなだいぶ信用しているらしいんです。パイオニヤのほうもあわてて怪文書の発送先を調べたらしいですが、これは全然分らないということですね」

「一体、誰がそんなことをしたんでしょう？」

権藤は加須子の不審顔にささやいた。

「これは大きな声では云えませんが、パイオニヤのほうでは、もしかするとハイランド光学が金を出してそういう操作をやらせているんじゃないか、と考えているらしいですよ」

「まさか」

加須子は笑って打ち消したが、実は自分にもそういう予感がないでもない。山中と森崎の顔が二つ並んで泛んでくる。それに、大きくハイランド光学の弓島専務がかぶってくるのだ。

「ハイランド光学ともあろうものが、そんなことをするわけはありませんわ。あれくらいになったんですもの。パイオニヤと競争するのだったら、もっと正々堂々とおやりになるでしょ」

これは、半分は加須子自身の希望でもある。

「さあ、どうでしょうか。ハイランド光学の弓島さんは、なかなかやり手ということですからね」

誰の思いも同じらしい。

「けれど、あの怪文書は、内部の人でないと分らないことが書いてあるじゃありませんか」

「さあ、それです。これも黒い噂ですが、怪文書を書いた連中は誰かに糸を引かれている。その引いた男は相当な金をばら撒《ま》いて、パイオニヤ光学の内部にスパイを作っているそうですよ」

加須子は笑い出した。スパイと云われても実感としてはぴんとこない。産業スパイというのがあるらしいが、自分のような下請業者には縁遠い存在だった。

「いや、あなたは笑うけれど」

と、権藤はいっそう声を低めた。

「これはかなり確実な方面からの噂ですがね、パイオニヤは連日のように役員会議を開いているそうですよ。そのためかどうか分りませんが、銀行筋の金融が本当に緊《し》まってきたそうです。恐ろしいもんですね。あの怪文書にデタラメが書いてあれば、そんなことはないのですが、三分の一でも真実な点があれば、銀行というのはすぐ警戒しますからね。……それに、どうやら、下請業者のほうがパイオニヤの発注にいい顔をしなくなったそうです。ですから、これが製品に反作用して納期が遅れたり、いま貰ってる手形の割引を同社に持ち込んだりしてるそうです」

「困ったものですわね」

「ほんとうに困ったもんです。誰が画策《かくさく》してるか分りませんがね」

人のいい権藤も溜息をついた。

「もし、こういうことが業界の一部で行われているとしたら、業界にとってまことに不祥事です。外部に対しても業界そのものの信用にかかわります」

権藤はそう云ったが、

「あなたのほうはパイオニヤさんの仕事をしてないから、まあ、波はかぶらないほうですね」

その言葉は、加須子が近々ハイランド光学と手を握ることを知っているような口《くち》吻《ぶり》でもあった。

加須子はまた駒ケ根に新しい会社を起したという山中と森崎のことを心に泛べる。そういえば、あれから二人は全く顔を見せなくなった。

軽井沢のゴルフ場で、ハイランド光学の専務弓島と多摩子とはゲームが終ったあと、ホテルのロッジでお茶を喫《の》んでいた。多摩子の顔は汗ばんで上気していた。弓島はスマートなスポーツマン姿になっている。袖の短いオープンシャツは、真赤な地に黒でチェックが入っている。痩せて背が高いので、芝生に立つと長いズボンがひどく似合った。

「今日は弓島さんの実力を拝見して恥ずかしくなったわ」

と、多摩子は今日一日でいくらか赤くなった顔に皓《しろ》い歯並びをみせた。

「そんなシングルの腕前とは存じあげずに挑戦したのが恥ずかしいわ」

「いや、ぼくもあなたの腕があれほどとは思いませんでしたよ。案外でした」

「ひやかしてらっしゃるの？　でも、先ほどはわたしのゲームが遅いらしくて、芝生の上でじりじりしてらしたわ」

「いや、青空を見ていたんです」

「いえ、きっとそうだわ。……それとも嫂《あね》のことを考えてらしたの？」

「お義姉《ねえ》さん？」

「わたし、知ってるわ」

と、多摩子がいたずらっぽい眼をした。

「何をです？」

「弓島さんが嫂《あね》に心を惹《ひ》かれてらっしゃるの、よく分るわ」

「そんなことはありませんよ。……ただ、ぼくは、お義姉《ねえ》さんが女ひとりであれだけの商売を切り回してらっしゃるのがいじらしいのです」

「いじらしいというおっしゃり方は、そもそも愛情を感じてらっしゃるからですわ」

「いや、ぼくはフェミニストですから、女性が悪戦苦闘してるのを見ていられないんです」

「フェミニストなら、わたくしも弓島さんの同情の中に入るわけですわね？」

「あなたに同情される点があるのですか？」

「それだから、ほかの人に、真実が分らないわけね。外見だけじゃ内面は窺《うかが》えないことよ。わたくし、ひとりで東京で絵を勉強してるから、すごくのんびりした娘だと思ってらっしゃるでしょ？」

「当らずといえども遠からずですな」

「まあ、憎い。きっと弓島さんは、たまに帰ったわたくしが、こうしてあなたをお誘いして遊んでるから、そういう印象を持ってらっしゃるんだわ。……わたくし、なにも好きこのんで東京にひとりで行ったり、家を脱けてこんなところに遊びに来てるんじゃないんですの」

「ほう、どういうわけですか？　差支《さしつか》えなかったら伺わせて下さい」

弓島は、半袖シャツから出た腕を椅子の背に凭《もた》せ、煙草をくわえてライターをつけた。

「いや。そんな投げやりなポーズをとって。本気で聞く気のない証拠だわ」

「伺いますよ」

弓島は背中を起した。

「そう改まられると、なんだけれど……ねえ、弓島さん、嫂はああして亡くなった兄のあとを受けてひとりでやってるでしょ。その点、わたくしは嫂を尊敬してるんです。でも、その半面、わたくしの立場もつらいんです。田舎の人は、嫂だけが働いてわたくしがぶらぶらしてるように見てるかもしれないけれど、嫂はどこにも行かないでしょ。本人も当分結婚する意志はないと云ってるけれど、あの若さですし、あの通りきれいですから、再婚の話がないとはいえませんわ」

「そりゃ、そうですね」

「現に二つ三つあったのを、みんな嫂は断っています。そして、死んだ兄の遺志を継いで、今の中部光学をもっと大きくしたいと云うのです。それを見届けたら、結婚するかもしれないと、嫂は笑ってましたけれど。ねえ、弓島さん、人間の意志にかかわらず、物ごとはその通りにはいきませんわ。もし、中部光学が嫂の努力にもかかわらず伸びなかったら、どうなるのでしょう？　きっと嫂はそれを口実に……いいえ、口実とは云いませんわ、嫂の信念から、そういう状態を見たら、再婚の話もまた先に延ばすでしょう。そして、いよいよ、あの家に残ることになります」

「そうですね」

弓島はいつの間にか真剣な態度になっていた。

「そうなったら、嫂の結婚は永遠に遠ざかるかも分りません。まさか養子を貰ってということは考えられませんからね。その場合、わたくしはどうなりますの？　血のつながっていない嫂が孤軍奮闘してるんですもの、わたくしだって別な人と結婚し、あの家を離れるなんてことはできなくなります。といって家付の娘としてよそから養子を貰うということもできませんわ。もし、そうなって、あの家を継いでごらんなさい。世間の人は何と云うでしょうか。嫂のほうに同情ばかりして、非難の矢はみんなわたくしに集中しますわ」

「………」

「わたくし、こんな土地に居られなくなります。今でも白い眼で見られてるんですもの、もし、そんなふうになったら、それこそ大へんですわ。……わたくしとしては、できるだけ嫂の今の商売を妨《さまた》げたくないんです。小姑ぶった顔をして仕事のほうに口を出せば、嫂だってきっとやりにくいに違いありません。そういうわたくしの気持がみなの人には分らないんです」

「いやア」

弓島は大きくうなずいた。

「あなたがそれほどの深謀遠慮を持っているとは知りませんでした。白状しますけれど、ぼくもあなたを誤解していた一人です」

「でしょう？」

多摩子は弓島の顔をのぞいた。

「弓島さんでさえそうですから、みんなそう思ってるのは当然です。そこにいま云ったような事情を考えると、わたくしの将来は真暗ですわ」

「そうですかね」

「あら、そうですわ。嫂だって気の毒です。あんなにきれいで、若いんですもの。もし、中部光学がうまくいかないとなると、嫂の青春は中部光学と心中ですわ。わたくし、それでいま頭が痛いんです」

「ははあ、では、どうしたら一ばんうまい解決がつくと思いますか？　あなたもそこまで考えてるなら、一つのビジョンがあるでしょう？」

「そうですね……でも、云いにくいわ。嫂に悪いから」

「いや、お義姉さんには何も話しません。むろん、ほかの誰にもこのことは云いません。ぼく一人の胸に蔵《しま》っておきます。そして、その解決方法が最良だと思ったら、及ばずながらぼくも力になりますよ」

「そう。うれしいわ」

と、多摩子は弓島の前に椅子を進めた。

「それはね、思い切って嫂に現在の商売を廃《や》めてもらうことなの」

「なんですって？」

「そりゃ、嫂にとっては死ぬほど辛いかもしれないわ。でも、それは現在だけです。先ほどからくどくどと云ってるように、嫂が中部光学と心中状態になってお婆ちゃんになり、色香も失せてしまえば、嫂はどうなるでしょう？　誰も引き取ってくれる人も無し、結局、養老院かどこかへ行くしかないわ。今だったら、あの通りきれいですから、弓島さんも心を動かしてらっしゃるし……」

「まさか」

弓島は煙たそうに煙草を吸った。

「わたくし、思うんですの。嫂にはこれまでのお礼として財産の半分ぐらいは分けてもいいと思っています。そして、無理にでも遠沢家の籍を抜いてもらうんです。と云うと悪い云い方に聞えるかしれないけれど、嫂を完全に自由に解放してあげたいんです」

「ははあ。で、あとの中部光学は？」

「弓島さん、それから先は、ハイランド光学の専務さんのお考え一つですわ」

「うむ。で、そのときの中部光学の責任者はあなたがなるわけですか？」

「死んだ兄にはほかに肉親がいませんから、わたくしということになりましょう。これで子供でもいたら別ですけれど……」

「なるほど」

弓島は煙草ばかり吹かしていた。

「そりゃわたくしだって、今の中部光学をやれと云えばやりますわ。今は仕事が分らないけれど、その気になって一生懸命に覚えれば覚えられると思うんです。幸い、兄が一ばん信頼していた職長で倉橋というのがいます」

「ああ、知っています。この前、お宅の工場で会いましたよ。それに業界でも評判の人だそうですね」

「優秀なんです。だから、彼にいろいろ聞けばいいと思うんです。そして、彼だってわたくしのいい助手になってくれると思いますわ。恰度《ちょうど》、今の嫂のように……」

「うむ」

弓島は考え込んでいた。

「あら、ずいぶん思案してらっしゃるのね。弓島さんは嫂が責任者でないと、積極的にうちを援助して下さらないんですか？　わたくしじゃ不足なのかしら？」

「多摩子さん、そんなに僻《ひが》まないで下さい」

「だって……」

「いや、こういうことは仮定の問題の上に立って云うべきじゃないと思うんです。仮りにですね、あなたがそんなつもりでも、お義姉さんが反対したらどうします？　もう少し中部光学の前途を見届けたい、そのためにしばらく自分を置かしてくれ、と頼まれたらどうします？　あなただって、今までのお義姉さんの努力の前に、そうむげには断り切れないでしょう。いくらあなたがお義姉さんを解放してあげたいと云っても、お義姉さんの意志でその好意を受取らなかったら、それきりでしょう」

「……………」

「しかし、多摩子さん、ぼくはすっかり敬服しましたよ」

「何をですか？」

「いや、あなたがそこまで考えていらっしゃるとは思わなかった。ぼくはもっとあなたがのんびりした……」

「お転婆娘《てんばむすめ》？」

「まあ、遊びたい盛りのお嬢さんだと思ってたんです」

多摩子は恥しそうな顔をした。

「業界で切れ者だと云われてる弓島さんにそんなに賞められると、身が縮みますわ」

多摩子は本当に身体をよじらせた。

「いや、本当です。お見それしましたと云いたいですな。少なくとも今日のあなたのゴルフの腕前とは正反対です」

二人は顔を見合せて微笑した。

「でも、今日は弓島さんにわたしの秘密を全部話しちゃって、気がせいせいしたわ。今まで背負《しょ》っていた荷物を半分くらい地面に投げ出したような感じだわ」

「そうですか。そんなにぼくを信頼してくだすって光栄です」

「本当です。ほんとにわたくし、弓島さんを信頼してますわ。わたくし、ここでは結論が出なかったけれど、もっと自分の考えを深く掘下げてみたいと思います。そして、ときどき、弓島さんに相談してもいいでしょうか？」

「喜んでそのご相談に応じます。ぼくもできるだけ力になりたいです」

「うれしいわ。……ねえ、弓島さん、これも仮定の問題としてまた叱られるかもしれませんが、嫂を解放してあげたら、嫂はどうなるんでしょう？」

「そうですね、むずかしい予想ですね」

「嫂は本当に女らしい女だと思います。たまたま、亡くなった兄が光学関係をやっていたので、それに夢中ですけど、今度仮りに別な旦那さまができて、全く違った職業を持っていたら、それにも懸命に打ち込むと思いますわ」

「そういう方かもしれませんね」

「よく云われるように〝可愛い女〟のタイプでしょ。でも、わたくしね、こんなこと思いますわ。嫂はもうこういう商売なんか懲《こ》り懲《ご》りだということをね」

「…………」

多摩子は弓島の表情を上眼使いにじっと見た。

「そりゃ死んだ兄のために今は一生懸命やっていますわ。でも、それはさっき説明した通り、たまたま、旦那さまがそういう仕事関係だったからだと思うんです。それだけに遠沢家を出たら、一ぺんに夢がさめたようになると思います。その反動として、今度は逆なタイプの旦那さんを択ぶと思いますわ。たとえば……」

「たとえば、何ですか？」

「たとえば、お役人とか、銀行員とかいった堅いサラリーマンの奥さんか、でなかったら画家とか彫刻家のような芸術家の妻ですわ。嫂はどんなところに行っても、きっと旦那さまのいい協力者になると思います。でも、光学関係は懲り懲りだと思いますわ。その反動の気持も分らなくはありません」

弓島が煙草の灰を長くして深刻な沈黙をつづけた。

「あら、弓島さん、どうなすったの？　煙草の灰が落ちますすわ」

「いや、どうもしません」

弓島は灰を灰皿にこぼした。

「あら、こんなおしゃべりをしてる間にずいぶん遅くなりましたわ。弓島さん、今日お帰りになるの？」

「ええ、そのつもりで来ましたからね」

「そう。……わたくし、今晩泊ろうかしら。いいえ、ゴルフじゃなくて、明日ゆっくりとこの辺をスケッチしたいわ」

多摩子は弓島をじっと見た。誘い込むような瞳だった。

弓島の顔に動揺が顕《あらわ》れた。彼は返事をしなかったが、その動揺が彼女にはよく分った。多摩子は微笑した。

「だって、わたくし、いつも東京でしょ。諏訪に帰っても嫂と一緒だし、のびのびとした時間はちっとも持てませんもの。一晩ぐらい、こういう土地で過したいわ。でも、女ひとりでは危険かしら？」

「いや」

弓島が咽喉に痰《たん》の絡《から》んだ声を出した。

「危険ではないでしょう」

「でも、こういう土地にはプレイボーイが相当多いそうですね。わたくし、ダンスが好きだし、遊ぶことが嫌いなほうじゃないから、自分が怕《こわ》いわ。知ってる方が一緒に泊って下さると、そんなことはないんだけれど……」

「…………」

弓島は多摩子を見ないようにして景色のほうに眼を放っていた。しかし、かすかな昏迷は隠しようもなかった。彼はやたらと煙草を吹かしていた。

そのとき、ボーイが静かに歩み寄ってきた。

「弓島さま、東京の営業所からお電話でございます」

弓島がわれに返ったように多摩子に挨拶した。

「失礼」

「どうぞ」

多摩子は弓島の歩み去る方向に眼を投げた。彼女の唇に複雑な微笑が泛んでいた。

しばらくして帰ってきた弓島は、

「多摩子さん、やっぱり帰りましょう」

と、軽い調子で云った。多摩子が見上げると、彼の顔色は先ほどの感情を洗い流したようになっていた。

「どうなさったんです？」

「いや、東京から連絡があって、至急に富士見まで帰らなければならなくなりました。お送りしますよ」

「でも、これから帰ると夜になるでしょう？」

「仕方がありません。仕事上、どうしても今日中に帰らなければならないんです」

「またお仕事ですのね？」

多摩子はうんざりした顔を見せた。

「仕方がありませんよ」

弓島はなだめるように笑った。

来るときの道を引き返した。軽井沢から下諏訪に行くには、追分から浅間に出て立科町《たてしなまち》を抜ける。この辺までは盆地となっている。立科からは山道になるが、これは蓼科山《たてしな》（二五三〇）と王《おう》ヵ頭（二〇三四）の間に付いている。その頂上が標高一五三一メートルの和田峠である。

夕方遅く、軽井沢を出た車は立科町を過ぎたころにはすっかり暗くなっていた。だが、この辺は平地だから車の速度は早い。上り勾配にかかるとスピードが落ちてきた。多摩子は運転している弓島の横に坐っていた。車は外車である。

「いま何時？」

多摩子が訊いた。

「八時十分ですね」

弓島は腕時計をちらりと見る。多摩子は弓島の腕に触れるように坐っていた。

「あと、どのくらいで着くかしら？」

「そうですね。夜ですから昼間走って来たときよりも、ちょっと時間がかかるでしょう。あと二時間ですね。十時にはお宅にあなたをお届けできますよ」

「そう」

と云ったが、多摩子は何となくもの足りなげだった。

「ねえ、弓島さん。おしゃべりしてもいいかしら？」

「どうぞ」

「でも、わたしの話に気を取られて、運転が危なくなったら大へんだわ」

「大丈夫ですよ、何でも話して下さい」

弓島は微笑《ほおえ》んだ。路の一方はところどころ断崖になっている。向うから絶えずトラックが来てすれ違い、そのヘッドライトが眩しく当る。

「さっきの話だけど……」

「ああ、加須子さんの問題ですね？」

「ほら、お嫂《ねえ》さんのことだと、すぐに運転の手許が狂いそうだわ」

「大丈夫ですよ」

弓島は、山路を這《は》っていくヘッドライトの光芒《こうぼう》を眼で追っていた。

勾配《こうばい》はいよいよ険しくなってきた。しかし、弓島は器用にハンドルを切っていた。

昼間だと渓谷美をみせる景色だが、今はすっぽりと闇に隠れて、両側の山林が黒い帳《とばり》となって夜空も狭くしていた。ただヘッドライトの光芒だけが、未知の世界を掃くように次々と路の両側の草を映し出しては消していく。

「いま、何時？」

「もう、九時を過ぎました。もう少しです。この峠を越えると下諏訪の町の灯が見えて来ますよ」

弓島がそう云ったとき、車はその坂道の途中で急に速度を落した。

「おや」

弓島が云ったとき、車はひとりでに停った。弓島はあわてたように、方々を動かしている。

「どうしたんですか？」

「どこか故障らしいです。ちょっと待って下さい。いま見ます」

弓島はそう云って、車から下りた。懐中電灯を持って前部の蓋《ふた》を開け、屈み込んで調べていた。その度に、ヘッドライトが点《つ》いたり消えたりする。

弓島は蓋を開けたまま戻って来た。

「エンジンの一部分に故障が起きたようです。ちょっと厄介かもしれませんが、やってみます」

後部のトランクを開けて、自在スパナや金槌や、ねじ回しなどの七つ道具を持って、またエンジンをのぞき込んだ。

「大丈夫なの、弓島さん？」

多摩子は車から降りた。

「あ。勝手に降りられては困りますよ。ここはトラックがひどく通っていますからね」

「でも、心配だわ。直るのかしら？」

「そうですね」

弓島は汚れた手を避けて、腕のほうで額の汗を拭いていた。

「厄介なところが故障したんです」

「外車でも、あんまり当てにはならないのね？」

「精密な機械ほどこわれやすいですよ。弱ったな。こんな和田峠みたいな場所でエンコしちゃったら、どうにもしようがないな」

「向うからたくさんトラックが来るじゃない？　あの人たちに頼んで修理してもらったらどうかしら」

「駄目ですよ。部品が合いません。こういうときには外車は不自由ですな」

「調子のいいときは、すごく快適だけど」

「それは、車に限りません。人間でも同じことですよ。多摩子さんなんか、殊にそうだな」

弓島はまだごとごとやっていた。時間は三十分、四十分と経ってゆく。黒い森に包まれた夜気は冷たく肌に滲《にじ》んでくる。

「弓島さん、大丈夫？　直るの？」

弓島はまだ懸命に懐中電灯を頼りにやっていたが、しばらくして腰を伸ばした。

「駄目ですな」

と、がっかりしている。

「駄目？　そいじゃ、どうなさるの？」

「町から人を呼んで修繕させるよりほかありません」

「でも、こんな所で連絡のつけようはないでしょう？」

「それで困るんです。電話のある所も遠いし……」

多摩子は心配そうな顔は少しもしていなかった。かえって唇に明るい微笑が出ていた。

「ねえ、弓島さん、この車を追越して下諏訪に行くトラックに連絡をお頼みになったら？」

「そうですな。それよりほかに方法はないですね。電話のあるところまで引き返すには大へんだから。……それとも、ぼくが向うから来るトラックに便乗して町まで行きますが、あなたは一人だけ残っていますか？」

「嫌よ嫌よ。とんでもないわ。もし、こんな所にわたくしが独りぼっちで坐っているんだったら、車を放って弓島さんと一緒に行くわ」

多摩子は弓島の腕にしがみついた。

「冗談ですよ」

弓島は多摩子に手を取られて、静かな呼吸を少し乱した。

「待って下さい。トラックを停《と》めましょう」

弓島は向うから来るトラックを手をあげて停めた。トラックからは運転手と助手が降りて来てくれたが、こっちの車を見ただけで引き返した。とても外車では自分たちの手に負えないというのであろう。

この返事は、これから和田峠へ上って行く側の車にも共通だった。構造がよく分らない、部品が違う、それだけであっさりと見放されてしまった。

最後の手段として、峠へ上って行くトラックを弓島は停めた。

「君、悪いが、下諏訪に行ったら、こういうところに連絡して、すぐに迎えの車が来るようにしてくれませんか」

彼はそう頼んで、五千円札を礼に出した。

「そうですね、今が十時だから、これから町に入ると一時間ぐらいかかるけど、電話ボックスを見つけたら連絡しましょう」

トラックの運転手は五千円札だけをポケットに入れて走り過ぎた。この動かない車を尻目に通過する自動車を見ていると、情けなくなった。

そのトラックも、夜が更けるにつれて次第に数が減ってきていた。

「仕方がありませんね。迎えが来るまで、この車の中で頑張りましょうか。外に立っていても同じことですよ」

「そうね」

「あなたも手伝って一緒に車を押して下さい。邪魔にならない所に置くんです」

バスのすれ違いのために造られた待避《たいひ》場所のような所があった。二人は、坂の下に向ってやっとそこまで車を押し戻した。

弓島は多摩子と後部のクッションに並んだが、ルームランプも、ヘッドライトも消えている。

「救助はいつ来るかしら？」

多摩子は煙草を吸っている弓島に云った。真暗な車内は、その煙草の火だけが赤く息づいていた。

「分りませんね。さっきの運転手に頼んではいるが、うまく連絡がつくかどうかはアテにならないしね」

「たとえ連絡がついても、今から準備して富士見を出たんでは、まだ当分時間がありますわね」

「そうですな」

二人はしばらく黙った。が、言葉の無い代り妙な圧迫感が二人の間に落ちた。

「多摩子さん、話でもお聞きしましょうか」

弓島が、その息苦しさを逃れるように云った。

「そうね。でも、話すことはこれまでみんなお話したような」

多摩子もさっきの軽い調子を失っていた。

「じゃ、あなたの小さいときのエピソードでも聞きましょうかね」

「そんなもの、面白くないわ。わたくし、小さいときの記憶を呼び起すのは悲しいんです。だって父も母も早く死んだでしょ。あとは兄だけでやってきたんです。やっぱり兄妹だけでは両親がいるときと違いますわ」

「そうですね」

「それに、間もなく兄は今の加須子さんを貰ったでしょ。わたくしはのけ者になったわ。それから東京の生活がはじまったんです」

「ああ、それだ。東京の生活だと、あなたはずいぶん学生や若い男の友だちにもてたでしょうね?」

「ううん、みんなそう思うから、わたくし、損してるわ。顔立ちがこんな派手なほうでしょ。眼につきやすいんですわ。ですから、よっぽどわたくしには何かあると思ってるのね。弓島さんもそう思ってらっしゃるでしょ？」

「それはさっき云いました。あなたの話を伺って認識を改めましたよ」

「わたくしは、本当は寂しい女です。親しい友だちなら、それを知ってくれていますわ。それに、男友だちとはわいわい遊んでいますけれど、決して好きになれる人がいないんです。遊んでいても、ちゃんと限界は守ってますわ」

「あなたに愛情を寄せた人もいるんでしょう？」

弓島はむやみに煙草を吹かしつづけていた。

「そりゃ、この年ですもの、無いのがおかしいわ。でも、わたくしが興味を全然感じないんです」

「へえ、不思議ですね」

「ちっとも不思議じゃないわ。わたくしの愛情の対象になる男は現れなかったというだけなの。……でも、今はその現象が少しずつ変化してるようだわ」

「多摩子さん、寒くないですか？　毛布をかけましょうか？」

弓島は話を逸《そ》らした。彼は車内の後部に重ねて置いてある毛布を一枚引っぱり出した。

それを闇の中でひろげて多摩子の膝にかけた。

多摩子は、ありがとう、と云って、自分でそれをひろげていると、弓島の手とふれ合った。

多摩子は弓島の手に縋《すが》った。

「弓島さん……」

山道を往来する深夜のトラックは、いたずらに離れたところを往来していた。

弓島が動揺しながら黙っていると、

「弓島さん……抱いて。寂しいから抱いて」

と多摩子が弓島の胸にいきなりしがみついた。

弓島が衝動的に多摩子の身体に両手を回わすと、彼女は、顔を仰向けて、ぶるぶる震えていた。激しい心臓の動きが弓島の胸に伝わる。

弓島は、多摩子の初心《うぶ》な恐怖を知ると、全身に熱いものが漲《みなぎ》ってきた。彼は、多摩子の顔を自分の顎に下から打つように引き上げると、彼女の唇を血の色が無くなるくらいに吸った。長い時間だった。

「ああ」

突然、多摩子が痙攣を起したように身体を動かした。弓島はその抵抗を静かに封じた。ことごとくライトを消したこの車は闇の中の石になっていた。

8

多摩子は午前三時ごろにふいと帰って来た。

多摩子は、ただ友だちのところに遊びに行くと云って、朝早く出たままだった。普通なら電話で連絡があるはずなのに、夜十一時になっても何もないので、心当りのところに電話をかけてみた。多摩子の友だちは、狭い岡谷や諏訪の町だから限定されている。

どの家も多摩子は来ていないと云った。

加須子には微《かす》かな胸騒ぎがする。この二、三日の多摩子の言動から、ハイランド光学の弓島専務が泛んでくる。ゴルフの話をしていたし、つい先日は、茅野《ちの》までドライブして来たと例の調子ではしゃいでいたから、今度も弓島と一緒ではないかと思う。しかし、さすがに弓島のところに、多摩子がお邪魔していませんか、とは電話できなかった。

加須子は、夫が死んだあと、多摩子に対して責任感を持っていた。万一のことがあっては亡夫にもすまないし、世間からもやはり義理の姉では駄目だと非難されそうである。

床に入ってもいろいろ考えて睡れない。表は義妹のためにわざと戸締りしないでおいた。車の音がするとはっと眼を開いた。そんなことで熟睡ができない。

時計が三時を五分過ぎたとき、今度ははっきりと表に自動車の停る音がした。微かだが、多摩子らしい声が何か挨拶のようなことを云っている。誰かに送られて来たのだった。

加須子は着更えをしていなかったので、そのまま起きた。が、玄関には何となく気おくれがして出られなかった。そこに見てはならない場面を眼にしそうだったからである。

加須子が佇《たたず》んでいると、表で車の走り去る音がした。戸が静かに開いた。その場に立って義妹を咎《とが》めるように迎えるのもどうかと思い、加須子は一応居間に逃げ帰っていた。すると、多摩子の足音が忍ぶように彼女の部屋へ入ってゆく。

加須子はそっと廊下に出て、閉め切った襖の外から小さく呼んだ。

「多摩子さん」

微かに着更えの音がしていたが、それがぴたりと止んだ。返事がなかった。

「多摩子さん」

もう一度呼んだ。

「はい」

突慳貪《つっけんどん》な高い声が返った。

加須子は、その声だけですでに多摩子の感情を読み取った。だが、やはり明日までは待ってはいられなかった。

「あけてもいい？」

「どうぞ」

襖を開くと、多摩子は着ていたスーツを脱いで、今度はばさばさとネグリジェを着ているところだった。その顔はにこりともしない。無用な者が入って来たときの表情で加須子を睨《にら》みつけていた。

「何んなの？」

スタンドの一方的な照明が女の眼の端を光らせている。

「心配したわ。どうして遅くなったの？」

加須子はできるだけやさしい声で云った。

「友だちのところに行ったの」

多摩子は硬い声で答えると、ベッドの端にばさりと腰をかけた。髪も縺《もつ》れている。顔つきもいつもの彼女ではなく、どこか尖っていた。それは嫂《あね》という闖入者《ちんにゅうしゃ》を迎えたからでなく、ずっと前からの変化のように思えた。加須子は、その顔を見ただけで自分の予感が当ったような気がした。

「ずいぶん心配したわ」

加須子は義妹の顔を見て云った。その髪も土埃《つちぼこり》にまみれたように白っぽくなっている。

「そう。どうもありがとう」

多摩子は笑わないで礼を云った。

「友だちってどなた？　さっき、あなたは車で送られて来たわね？」

「そう。……お嫂《ねえ》さん、それが誰だかお知りになりたい？」

多摩子はきらりと眼を光らせた。

「ええ。わたしもあとでその方にお礼を申し上げなくちゃいけませんからね」

「お嫂さん、つまらない肚《はら》の探り方をしないでいただきたいわ」

「何んですって？」

「お嫂さんは、わたしの口から弓島さんに送られてきたと云わせたいのでしょう?」

「…………」

「分ってるわ。お嫂さんの気持。……そうよ。わたし、今日は朝から弓島さんとご一緒だったの。軽井沢までゴルフに行って来たわ」

「軽井沢に? ずいぶん遠くに行ったのね。それだったら、今朝の出がけにそう云ってくれればよかったのよ。よけいな心配をしないで済んだわ」

「嘘《うそ》ばっかり」

多摩子は嫂を下から掬《すく》うような眼つきで凝視した。

「わたしが正直に云ったら、お嫂さんはきっとわたしを止めたにちがいないわ。いま、弓島さんと一緒だったので安心だとおっしゃったけれど、よけいに気持をいらいらなさってるんじゃない?」

「多摩子さん、ヘンな云い方は止めましょう」

加須子も顔から血の気が退《ひ》いていた。今までも心理的な暗闘がこの義妹との間に無くはなかったが、こんなにはっきりと彼女から敵意を持たれた云い方をされたのは初めてだった。

「ほら、お嫂さんの眼つきは、こんなに遅い時刻まで弓島さんとわたしが何をしていたかと問いたそうだわ」

「………」

「はっきり云います。お嫂さんがあとで弓島さんに挨拶のしようもあるでしょうからね。……軽井沢のゴルフ場を出たのは七時ぐらいだったわ。普通だと、ここには十時に到着する予定だったの。ところが、乗せていただいた弓島さんの車が和田峠でエンコしちゃったの。あんなところで故障だから、どうしようもなかったの。電話の連絡もずっと先まで行かなければならないし、通る車だってちっとも停ってくれないの。見て見ぬふりをしているの」

「そう」

加須子はその話をなるべく虚心《きょしん》に聞いていた。

「弓島さんは、それでも通りがかるトラックを無理に停めて、ハイランド光学に救援車を寄越すよう連絡を頼んでいらしたわ。弓島さんの車は外車だから、たとえほかの車が停ってくれても、普通の運転手では歯が立たないのよ。わたしたちは、夜中の一時ごろにハイランドから迎えの車がくるまで、そこでじっと待っていたわ。……遅くなった事情はこれだけよ」

多摩子は、そう吐《は》き出すように云うと、唇を嚙《か》むように閉じた。

「多摩子さん、それは大へんだったわね。わたし、そんなことと知らなかったものだから、ご免なさいね」

加須子が一応謝ったが、多摩子は応えなかった。硬い表情のままである。

加須子は、その義妹の反抗的な顔つきで胸が塞《ふさ》がった。いやな想像が湧いてくる。

多摩子の態度は、自分の弱点を衝《つ》かれるのをおそれ、それを逆手にとって攻撃的に出ているようにも思えた。日ごろの多摩子の性格では、弓島との間が何んでもないのだったら、もっとこの義妹は無邪気な態度に出るはずだった。それが全く顔つきも言葉も人が変ったようになっている。そのくせ、その視線は嫂《あね》の眼を妙に煙たがっていた。

「じゃ、もう遅いからお寝みなさい」

加須子は、今晩はそっとして自分の居間に引揚げようとした。

「お嫂さん、ちょっと待って」

多摩子が止めた。

「わたし疲れてるせいか眼が冴《さ》えて、今すぐに睡れないの。恰度いいわ、お嫂さんに少しお話したいことがあるの」

妙に改まった云い方で、それも挑戦的な口調だった。

加須子は起ちかけて坐った。彼女のほうが息の詰る思いだった。

「どんなお話？」

加須子は訊いたが、多摩子はすぐには云い出さなかった。眼を伏せているが、それは何か大事なことを云い出す前に、その言葉を自分の心で吟味しているような様子に似ていた。

「じゃ、思い切って云うわ」

多摩子は顔をあげた。その眼は義姉《あね》を真直ぐに見据えている。

「お話したいことは二つあるの。一つは……」

と、少し強い調子で、

「お嫂さんは、わたしが弓島さんと二人だけで、夜中の和田峠に四時間ばかりいたので、何かあったのだと推察していらっしゃるんじゃない？」

といった。それは訊いたというよりも、云い放ったという感じであった。

「まさか……」

加須子は微笑しようとしたが、唇が凍った。多摩子の顔色も蒼《あお》くなっている。その強い言葉と違って、加須子には多摩子が弓島とどのような時間を過したかを直感できた。

その推察は、多摩子が弓島と二人で和田峠に救援の車を待っていたと聞いたときにも起った。だが、それはまだ半信半疑だった。自分ではそんな忌まわしい想像はしたくなかった。多摩子を信じたかった。

ただ、弓島邦雄の性格を思うと、その不吉な想像が襲ってくる。浅間温泉からの帰りの車の中で、弓島に積極的に出られた行動が思い出される。多摩子は、それでなくとも弓島には狎《な》れ狎《な》れしく甘えていた。茅野《ちの》のドライブに誘ったのも、軽井沢のゴルフをせがんだのも多摩子のほうからだ。

加須子は、一度だか夫に伴《つ》れられて和田峠を車で通ったことがある。当時は中仙《なかせん》道《どう》とはいえ淋しい山間の道だった。あの辺の夜はどんなに寂寥《せきりよう》としているかしれない。多摩子の言葉では、救援車が来るまで二人は事故車の中でじっとしていたらしいから、悪い想像を強く否定できない。その車は多分灯を消して暗くしていたにちがいない。傍の道路を走るトラックや自動車は多かったかもしれないが、恐らくどこかに待避して暗く停っている車に注意するものはなかったのであろう。

「いいえ、わたしはそんな想像はしませんわ」

加須子は云ったが、自分の声が慄えていた。慄えているのは、その直感に彼女の胸が戦慄《せんりつ》しているからである。

「そう。そんならいいけれど、もし、お嫂さんが妙に気を回されると困ると思ったから申し上げたのよ」

多摩子は視線を横に逸《そ》らした。

その蒼ざめた顔色といい、硬張った表情といい、たしかに弓島と何かあったことを告白していた。

加須子は、自分の上に石のように重い責任がかかってきたのを覚えた。相手がほかならぬ弓島なのである。それは恋愛であろうか。弓島に懸命になっているらしい多摩子の前途は、絶対に明るいとは云えなかった。亡くなった夫にどう言訳したらよいか。加須子は坐っていても、自分の身体が揺れ動くのを感じた。

「それじゃ、もう一つのことに移りますわ」

多摩子はややかすれた声で云った。声の自慢な彼女なのだが、極端な衝撃のあとと疲労とで、いつものそれではなかった。

「今までわたしはずいぶんお嫂さんに甘えていたと思うんです。それは申訳なく思っています」

言葉とは違って、その態度には少しもやさしいものはなかった。いわば切口上の挨拶だった。

「わたしもうかうかと東京で好きな絵を習っていたけれど、今度すっかり気持を入れ替えたわ」

「というと、どういうこと?」

加須子には、早くも多摩子の云う言葉が分って、心臓が速くなった。

「やっぱり会社の仕事を習っておきたいと思うんです。それだけではなく、工場の模様もすっかり自分の知識にしたいわ」

「そう。そうしていただくとありがたいわ。前からわたしもそう希望していたんだけれど」

加須子は云ったが、多摩子の言葉はまさに彼女の予想通りだった。

——これが普通の状態で多摩子のその発言があったのなら、どんなに愉しいかしれない。うかうかと一人で東京に出て絵なんぞ習うより、やはり実家に帰ってくれたほうがどのように安心か分らないのだ。世間的な手前もあった。

今までそれを何度云ったかしれないが、多摩子は絶対に聞き入れてくれなかった。それがこの急激な変化である。加須子は、多摩子の心境の変化がどこから来ているのかすぐに分った。それだけに加須子は恐怖を覚える。その恐怖は加須子自身を脅《おびや》かす意味だけではない。多摩子のこの急激な変化の原因がもはや、動かしがたい真実と分ったためである。多摩子のその発言のうしろには弓島がいるのだ。

「ねえ、お嫂さん。これまでお嫂さんから忠告を受けてきたけれど、今度こそはそれに従うわ。お嫂さんだって不賛成ではないでしょ？」

多摩子は上眼使いに掬《すく》い上げるような眼を当ててくる。加須子の言質が取ってあるから、今さら否とは云わせない、といった恐喝《きょうかつ》的な眼だった。

「そりゃ大賛成だわ。多摩子さんがそんな気持になってくれたことを、どうしてわたしが反対しますか」

「そう。そのお言葉を聞いて安心したわ」

しかし、急にそんなことを云い出してどうしたの、と加須子は訊こうとしたが、これは怕《こわ》くて口から出なかった。

「では、東京のほうで習っていらしった絵のほうは、もう止めるつもり？」

せいぜい、それだけを訊いた。

「ええ。止めるつもりはないけれど、あんなの、閑《ひま》なときにいつでもできるわ。それよりも、今日からみっちり家の仕事のほうを勉強します。お嫂さん、何でも教えてね。何でもよ」

何でも、と二度も押すように云う多摩子の気持はどういうことなのだろう？　つまり、経営面の大事なところを匿《かく》さないで全部云ってくれという意味なのだ。その裏を云えば、変に匿し立てをされると困るわ、と云いたげであった。中部光学は加須子が独りで経営してきたようなものだから、さぞかし他人に知られては都合の悪いこともあろう、そういう加須子の秘密をみんな打明けてくれと云いたいのだ。表面の言葉では当り前すぎて反対のしようもないが、裏の意味には多摩子の心がさらけ出ている。

「ええ、いいわ。むろん、喜んでお話するわ」

加須子は答えた。

「そう、うれしいわ。わたし、何と云っても、この家では、兄さんの居ないあと、お父さまの子ですからね、お嫂さんばかり負担をかけていては申訳ないわ」

加須子は、あっと思った。この言葉こそ多摩子の云いたいことなのだ。この家は自分のものだ、あなたはただ兄の妻としてよそから来た人だ、と云いたげである。加須子は眩暈《めまい》がしそうになった。多摩子にこの言葉を吐かせる者が背後にいる。しかも、それは今夜から多摩子のすぐうしろで有力な助言者となっているのだろう。

「それなら、工場の倉橋にもそう云って、あなたに技術のことを分るように話させるわ」

「そうねえ。じゃ、わたしもこれから倉橋とは仲よくして、いろいろなことを彼から教わらなくちゃならないわ」

今まで小バカにしていた倉橋を、多摩子は俄《にわ》かに認める態度になった。

加須子には、この家を自分のものにする野心は少しも無かった。ただ亡夫のあとを立派にやってゆけば責任が済むと思った。それは死んだ夫の遺志でもある。夫は死ぬまで、この事業の発展をどんなに望んでいたかしれない。加須子は、適当なところで多摩子に引渡すつもりでいた。

しかし、肝心の多摩子が家業に見向きもしないので、かえって困っていた。この義妹は光学工業などあたまから軽蔑《けいべつ》し、芸術家を気取って、自分から東京に逃避していた。結婚の対象は芸術家でなければならないようなことを口走っていた。

加須子のジレンマがそこにあった。もし、多摩子がどうしてもこの家を継がないとなると、加須子は一生この家に縛られていなければならない。結婚は考えないにしても、この中部光学を抛棄《ほうき》することができなかった。

だから、多摩子に少しでも仕事に興味を持つようにすすめたのだが、今まで家業に見向きもしなかった多摩子が急にそれに頭を突込むというのだ。それが純真な動機と思えないところに加須子の戦慄《せんりつ》があった。

たった四時間の和田峠の車内での出来事が、多摩子のみならず、いま加須子の運命をも大きく変えようとしている。

そのあと、加須子はよく睡れなかった。すでに外は夜明けの薄明が来ていたが、それが強い光になるまでまんじりともできなかった。

いつものように八時に起きたが、頭が重い。多摩子の部屋は閉め切ったままになっている。加須子は、八時半には母屋から事務所のほうに行かなければならない。そこで今日の仕事の進行予定を決め、倉橋が出勤してくれば、それに従って万事の手順を相談する。

それから、出来上った製品の検査に立会い、製品発送の手筈を整え、今日落さなければならない手形を調べる。金が足りなかったら、銀行に融通を頼み、また明日の手形のことを心配しなければならない。……

「お早うございます」

倉橋市太が飾らない身装《みなり》で出勤してきた。彼は一般の従業員たちよりも二十分は早く来る。これは一年中狂ったことがなかった。

「おや、社長、どうなすったんですか？」

倉橋はおどろいたように加須子の顔を見た。

「どうもしないわ」

加須子は、顔を隠すように指で眼の縁を押えた。

「顔色が悪いですよ」

倉橋はみつめている。

「そう？　自分では別に何ともないんだけど」

「それならいいんですがね」

倉橋が向うに行こうとするのを加須子は止めて、

「ねえ、倉橋さん。ラビット光学の製品は、もうほとんど出来てる？」

「ええ、明日ほとんど全部出来ますから、今日あたり三分の一は運べますよ」

「やっと納期に間に合ったわね。今度はだいぶん量が多かったから大へんだったわ」

「そうなんです。うちの工場としては、ここ一ヵ月、ほとんどあれにかかりきりでしたね」

加須子は、納期のうるさいラビット光学が間に合って安心した。ふと昨夜の多摩子の言葉を思い出し、倉橋に伝えようとしたが、日ごろ倉橋が多摩子に快い感情を持っていないのを察しているので、云いにくいことはあと回しにした。

全部の従業員が揃い、工場からベルトの音が聞えはじめたときだった。ラビット光学から電話がかかってきた。いつも半分は冗談口を云う営業部長が、今日に限ってひどくきびしい声で伝えた。

「お宅にお願いした製品は、都合によって全部解約しますから、納品は中止して下さい」

「あ、何でしょうか？」

加須子には電話の意味が、というよりも声がよく分らなかった。

「あなたのほうにお願いした注文品ですがね」

ラビット光学の営業部長は、今度は一語々々切るようにはっきりと伝えた。

「あれは、都合によって、全部解約しますから、こちらに納めていただかなくても結構だということです。要するに解約です」

「待って下さい」

加須子は眼の前が動きつづけた。

「部長さん、納期は決して遅れません。全部明日中に納められます。もう今日からそちらに搬入《はんにゅう》できるようになっています」

加須子の異様な声に倉橋がおどろいて工場から飛び出し、じっとこちらを見ていた。

「いや、納期が遅れたからというわけじゃありませんよ。もっと根本的な問題なんです。大へん申訳ないが、全部それは破棄して下さい」

「破棄？」

加須子は受話器を持っている指が一本々々痺《しび》れてきた。

「それでは、支払のほうはどうなるんでしょう？」

「支払ですか」

部長の声は冷たかった。

「まあ、見込みがないと思って下さい。こちらとしては不用なものを頂戴しても支払う余裕はないのです。まあ、どこかで始末されるんですね」

「部長さん」

加須子は必死に云った。

「電話で伺ってはよく分りませんわ。これからすぐにそちらに参ります。すぐに参ります」

加須子の眼は血走っていた。相手は黙って電話を切った。彼女には倉橋が近づいて来るのが、まるで影のように見えた。

9

「どうしたんです？」

ラビット光学の電話を切って茫然《ぼうぜん》となっている加須子の横に倉橋が来て声をかけた。彼女の電話の言葉で、彼もただならぬ空気を察して駆け寄ったのだ。

「ラビット光学から、いまウチに出している発注品を全部解約すると云ってきたの」

加須子自身がまだ信じられない気持でいる。

「そんなバカな」

倉橋は急《せ》きこんで訊いた。

「誰から云ってきたのです？」

「営業部長さんだわ。権藤さんよ」

「あの人がそんなことを云うはずがないがな」

権藤営業部長は、納期はやかましいが、根は好人物である。

「理由は何です？」

「何だか知らないけれど、ウチに根本的な問題があると云ってたわ。……ねえ、倉橋さん、いま受けている一〇七番がどれだけ出来て、どれだけ残ってるか、調べて下さい」

倉橋は工場に素っ飛んで行った。その間に加須子は事務所に戻って、急いで帳簿を開いた。一〇七番はラビット光学のレンズ「エルコー」のことで、玉八枚の組合せで、鏡枠《きようわく》の組立て仕上げである。受けているのは半年契約のものだった。

そこに倉橋が戻ってきた。

「第一期ぶんがほとんど出来ています。残りといっても五分の一くらいです。とりあえずあとのぶんは製作を止めておきました」

彼も呼吸《いき》をはずませていた。

「全部駄目になるとして、これくらいだわ」

加須子は倉橋に帳簿の数字を見せた。倉橋は眼を落して低く唸《うな》っている。

「とにかく、電話でははっきり分らないから、わたし、これからラビット光学まで行って来ます」

「権藤さんならぼくもよく知っているから、一緒に行きましょうか」

倉橋は云ってくれたが、

「いいわ。あんまり仰々《ぎょうぎょう》しくしないほうがいいでしょう。またあとで面倒なことになったら、あなたに頼むわ」

加須子は倉橋をおいて母屋に帰り、急いで支度をした。義妹の多摩子は姿を見せない。まだ部屋に引込んでいるのかもしれなかった。

今日は多摩子にかまけてはいられないので、大急ぎで支度が終ると表に出た。倉橋が電話で呼んでくれたタクシーが来て待っていた。

ラビット光学は上諏訪から少し離れたところに建っている。元は諏訪でも有数な製糸工場だったが改造して光学工場向にしたのだ。パイオニヤ光学の系列会社で、一眼レフの「パイロ」はここから出している。中部光学は、この「パイロ」のレンズ「エルコー」の研磨と組立てを一手にひき受けていた。レンズの組立てまでやるのは、よほどその下請けの技術が信用されていなければならない。一〇七番は「エルコー」の符牒だ。

それだけに中部光学にとってはラビット光学は大の取引先だ。亡夫から引継いだ仕事だし、今までもずっと好意的に仕事を出してくれている。それというのも倉橋の技術管理が優秀だからだ。

加須子は車の内で、ふと、この前権藤が来て、ハイランド光学との提携の噂があるが本当か、と訊いたのを思い出した。もしかすると、あのことがこの破約の原因になっているのかもしれない。

しかし、そんな莫迦《ばか》なことはない。単なる噂でいきなり注文品を一方的に破約するなどあろうはずがなかった。

カメラの業界ほど弱肉強食の世界はない。親会社が下請けに出した注文品も、何か気に入らないことがあれば、一方的に破棄を通告される。この場合、契約品に対しての損害補償は全然みてくれない。落度に対する責任は下請側にあるという理屈からだ。ただし、その後も仕事は出してくれる。だが、前の補償をしないから、あとの仕事をしても当分の間はタダ働きということになる。

弱い下請けでは訴訟を起こすこともできない。民事の訴訟となれば、裁判に四、五年ぐらいはかかるし、その間に訴訟費用は嵩《かさ》むばかりである。結局、解決に長くかかるから、前の損は諦めてあとの受注で埋合せをしようということになってしまう。

こういう無理な押しつけで倒されたところもずいぶん多い。下請業者が寄ると触《さわ》ると溜息をつくのはこの点である。だから、カメラメーカーの経営内容は彼らの死活問題に直接響くので、その動向には極端に神経質になる。

ラビット光学の事務所は昔のままだから古めかしい。光線の鈍い、うす暗い部屋だった。

「まあ、どうぞ、応接間で待っていて下さい。今すぐ部長を呼んで来ます」

加須子を見て事務員が云ってくれた。

これも古めかしい油絵のかかっている応接間で落ちつかない気持を抑えて待っていると、十分ぐらいもして権藤が少し体裁《ていさい》の悪そうな顔で入って来た。

「おどろきました。部長さんからいきなりあんなお電話ですもの」

加須子は、できるだけフランクに云いかけた。日ごろから何となく加須子に好意をもって世間話など長くする権藤が、今日ばかりはいつもの笑顔を見せないで気むずかしい顔をしていた。が、人のいい彼は、自分の立場にひどく困惑しているのだ。

「いろいろ事情がありましてね」

部長は電話のときと同じようにいやに切口上で云った。

「実は、上のほうでそんなふうに決定したんです」

「一〇七番のどういうところがいけないんでしょうか？」

加須子もことが思った以上深刻そうなので、自然と顔が硬張《こわば》ってきた。

「いや、製品そのものがいけないとかいうんじゃないんです。電話では説明しませんでしたが、今度、うちで新企画品を出すことになりましてね」

「あら、パイロが変るんですか？」

業界では新製品を出すときは外部に知られるのを極度に警戒する。だから、設計も、試作品も、試験《テスト》も全部極秘のうちに行われる。秘密は大量生産の寸前になってまでも厳守されるのだ。

これは市場効果《マーケット》を狙っていることと、他社がそれを知って模倣品や類似品を造るのを防ぐためである。したがって大量生産に入るまで下請けにも知らされないことが多い。

加須子の質問は、そういう意味だった。

「いや、それは何とも云えませんがね」

権藤は大きな図体をもじもじさせて、

「とにかく、わたしのほうでお宅に発注した一〇七番はすでに使いものにならなくなりました。それは、難癖の口実をつけようと思えばいくらでもできますが、そんなことは云いたくないんです。正直に、解約してくださいとお願いしているんです。その代り、あとのことは十分に考えますよ」

考えておくというのは、新企画品のレンズ研磨を発注するという意味である。下請業者は、いつもその言葉に釣られて泣寝入りをさせられて了う。廃品になった製品はどこに持って行きようもないから、結局、これで妥協《だきょう》せざるを得ないのだ。

しかし、いかにラビット光学でも不意のことだし、あまりに理不尽《りふじん》だと思った。これには何かある。これまでのラビット光学のやり方としては悪質すぎた。

「権藤さん」

加須子も少し改まった。

「新企画で不用になったとおっしゃるけれど、それだったら、もう少し早く云っていただきたかったわ。納期は大丈夫かとおっしゃったのは、つい数日前だったじゃありませんか。わたくしのほうは誠意をもって間に合わせようと半徹夜で頑張ってきましたわ。そんな兆候《ちょうこう》が分っていれば、どうしてもう少し前に製品をストップさせるようにおっしゃっていただけなかったのでしょうか？」

さすがに権藤は頭を掻《か》いた。

「いや、そのことですがね、全く申しわけない。実はぼく自身も予期しなかったことで、急に上のほうで決まってしまったんですよ」

しかし、権藤が逃口上を云っているのがわかるのだ。つまり、実際の原因をぼかしているのだ。

加須子は表情を柔らげた。

「ねえ、権藤さん、ウチの納入レンズが、製品が全部無駄になるのは仕方がないと思います。でも、どういうわけでそんなことになったのか教えていただかないと納得できませんわ。今おっしゃったような理由のほかに何かあるでしょう？　ザックバランに教えていただきたいんです」

権藤営業部長は、加須子の理詰に遭《あ》っていよいよ困った顔になった。彼は眼をしょぼしょぼさせて、返答を考えるように煙草を吸った。

もともと、中部光学によくやって来ては加須子と世間話をしてゆく権藤だ。電話ではともかく、面とむかうと、やはり強気ばかりではいられなくなる。

権藤は椅子を前に寄せ、背をかがめて小さな声になった。

「ねえ奥さん、これはぼく個人の考えとして聞いて下さい」

「…………」

「あなたのほうではハイランド光学に身売りをしたということですが、本当ですか？」

「えっ」

加須子は眼を瞠《みは》ったが、すぐに微笑で打消した。

「そんなことはありませんわ。この前も権藤さんがうちにいらしたときハイランドさんのことを気にされていたようですが、身売りだなんてとんでもありません。……何かそんな噂が飛んでいるんですか？」

「飛んでいます」

権藤はうなずいた。

「しかも、かなり確実な風評としてね。それで、ウチの重役がこういう非常手段に出たんですよ。永年うちと取引をしている中部光学さんともあろうところが、ライバルのハイランドさんにすっぽりと入ってしまうとは、こりゃいくら何でも気分を悪くしまさアね」

「その確実な噂というのは、どういうことなんですか？」

加須子は或る予感で胸が騒いだ。

「あなたのほうに亡くなった御主人の妹さんがおられますね？」

「はい」

加須子ははっとして唾を呑んだ。やっぱりそうか。予感が当った気がする。

「その人と、ハイランドの弓島専務との間に、その話が取決められたそうじゃありませんか」

加須子が返事の言葉を失っていると、権藤はかえって気の毒そうに彼女を見た。

「奥さんはご存じなかったんですか?」

加須子は伏し眼になった。

「わたしのほうに入った情報というのは正確なんです。あなたもご承知のように」

権藤は云った。

「競争会社の多い世界となれば、互いに情報を取っていますからね。それで、うちの重役はカンカンになったのです」

加須子には昨夜の多摩子のことが浮ぶ。深夜の峠路で、弓島とたった二人で車の中にいたのだ。加須子に対する多摩子の昨夜の反抗的な態度も、その忌わしい想像を裏付けている。

それで思い合わされるのは多摩子が吐いた言葉だ。これからは自分も工場をみたいと云っていた。今までは仕事など軽蔑していた義妹が急に態度を変えたのは、彼女が弓島に中部光学をハイランドの系列に入れることを承諾したからではなかろうか。そこには死んだ夫の妹という権利が武器となっている。

つまり、工場は兄のものだったし、いまも肉親の自分のものという多摩子の意識である。

――加須子さんは兄の妻だから、兄の死んだ現在、いずれはその家を立去る人である。正統の相続者は自分だ。兄には子供が無いから、これは当然である。嫂には自分が経営をみるまで一時的に任せているだけだ。……そんなふうに多摩子は弓島に云ったのではなかろうか。

弓島がその多摩子の話を真に受けて、早速《さっそく》会社の誰かに話したのではあるまいか。それがパイオニヤから入れている情報網にひっかかり、早速、重役たちに連絡したと考えられる。まことに電光石火の伝わり方だ。

この想像はおそらく間違いないだろうと思うと、加須子は椅子にかけていても膝《ひざ》が震えてきた。

「そりゃ、まあ、お互いに商売ですから」

肥った権藤は人がよさそうに話した。

「あなたのほうでうちの仕事をやってもらう片手間に、ハイランドさんのほうもやっていけないということは、まあ、ないのです。ただ道義上の問題でしてね。だが、そのことで重役が怒っているんじゃないんですよ。それほどウチは気持は小さくない」

では、何だろう？

「それはですな、近ごろのハイランド光学さんのやり方がキタナイのです。ほら、この前もあなたに話しましたな。パイオニヤの経営を云々する悪質のデマを流す奴がある。明らかにハイランドさんの利益を考えた奴です」

「…………」

「もちろん、ハイランドさんがそういうことをさせているとは思わない。また思いたくないのです。しかし、それはともかくとして、パイオニヤの経営状態をハイランドさんは自己の利益のために悪《あ》しざまに叩き、業界に不安を起させようとするなら、人間、どんなに寛容でも、これは感情的になりますアね。ただライバルということではなしに、……商売はやっぱりフェアプレイでいかなきゃなりませんな。怪文書など流して中傷するというのは卑怯《ひきよう》千万です。それもこちらで実害が無かったら笑っても済ませられますが、業界には真実の把握に不明の人があって、その怪文書のことを半分信用し、ウチに対して不安感を持っているむきも多くなりました。いや、ウチの経理状態を知ってもらえば、すぐにデマだということが分りますがね。しかし、妙なもので、一犬虚《きよ》を吠ゆれば万犬実を伝えるとかいいますな。株価がじりじりと下っていっているんです」

「…………」

「それというのが、下請けや仲間取引で、その不安が敏感に響いたわけですな。火の無いところに煙を立てられて、それが変な具合に曲って取られると、こちらとしても防衛しなければなりません。いま、その怪文書を流した奴の身元を一生懸命に捜していますがね。はっきりと分れば、名誉毀損《きそん》と営業妨害で告訴しようと思っています」

権藤はさすがにここでは語気を強めた。

「そんなわけで、あなたのほうがハイランドさんと提携したという噂が憤慨の的になっているんです。ですから、正直云って、今までの発注は全部ご破算にし、すっきりとしたいところです。損害賠償の点も考えていますが、こちらとしてもあんまり気持がよくないので、まあ、次の発注まで考慮さしてもらいたいのです」

権藤は、半分は内情を話し、半分は上役の意志を伝えた。あとの品を発注するというが、こういうふうに感情がこじれた以上、それも言葉の上の空疎《くうそ》な約束でしかあるまい。いわば注文取消しによって打撃を与え、それでパイオニヤは中部光学の背信に仕返しをしようというのだろう。

契約がこわされると、造った品物は山にでも棄てるほかはない。カメラのレンズは特殊なので、溶解してガラスに還元することができない。

そういう例が今までもたびたびあった。昔は廃品を諏訪湖に棄てたものだが、今は湖水保護のために厳しく止められている。親会社としても、あんまり体裁のいい話でもない。しかし、下請けの側は、どこに持って行きようもない憤りで、湖底に「廃品」になったレンズを投げ棄てたくなる。

「権藤さん」

加須子は、

「そんな話は初めて伺ったんです。あなたのほうは確実な情報だとおっしゃるけれど、肝腎《かんじん》の経営者のわたくしが何も知らないのです。誰がそんなふうに取決めたか、一度調べてみなければなりません」

と、暗に多摩子のことをほのめかした。

「いや、ご尤もです」

権藤はうなずいて、

「肝腎のあなたが知らなければ、うちのほうでもすぐにどうするということも出来ないわけです。いいでしょう。重役にはわたしが云って待ってもらいます。その間にあなたのほうも調べてもらって、はっきりと態度を決めてもらいたいのです」

「分りましたわ。必ず明日一ぱいには確実なことが申し上げられると、思います」

権藤は加須子の言葉でかなり軟化した。むしろ彼は何もかも知って加須子に深い同情をもった。

「急ぎますから、これで失礼します」

加須子は情なくなって、危うく権藤の前で泪《なみだ》が出そうだった。その顔を見られたくないので、逃げるように応接間を出て行った。

車で岡谷の町に戻りかけたが、これからどんなふうに多摩子を問い詰めたらいいか。昨夜のいさかいがまた思い出された。

亡夫の実妹だけに取扱いは微妙である。もし、追及して逆に多摩子に反抗的に出られたら、かえって収拾のつかないことになりそうだ。

(ええ、そうよ。わたしが約束したわ。それがどうしたの?)

凄い眼で睨みつけられ、多摩子に、そう浴びせられる場面が想像できる。

多摩子は昨夜弓島と過ちを犯したのではないか。彼女は、もう弓島に夢中になっているのだ。そこに弓島の罠《わな》がある。いま業界に日の出の勢いで進出し、工場の狭さを嘆いているハイランドだ。工場の拡張が完成するまで、一つでも二つでも専属下請会社をふやしたいところだ。それも極めて優秀な工場を有利な条件で……。

加須子は、車がぐんぐん上諏訪の町を通り過ぎたので、途中で、

「運転手さん、そこで停めて」

と云った。町外れの湖畔だった。

「ちょっとそこいらを歩いて来たいから」

車を待たせて、自分は湖とは反対の丘の斜面を上った。畑の間の径《こみち》を歩き、草の上にしゃがんだ。湖水が下のほうに見え、白鳥の遊覧船からは案内のスピーカーが音楽を流している。真向かいの連山の上に雲が垂れ、塩尻峠の上には雨が降っていた。

どうしたものか。——加須子は、自分の足もとがぐらぐらと揺れるのを覚える。亡夫の遺志を継いでここまで頑張ってきたが、それを一挙に多摩子が覆《くつが》えそうとするのだ。家付の娘という強みであった。

争えば争えぬことはない。いや、分《ぶ》は遥かに自分のほうにあると思う。しかし、狭い地方の町では忽《たちま》ち噂が立つ。その場合、加須子に多くの非難が向けられるに違いなかった。妻は夫が死ねばその家を去る、という古い伝統がここでは生きている。

(欲の深い女《ひと》だ。家も工場も乗取ろうとしている。亭主の妹には何も渡さないそうだ。なんという女だろう)

そういう声がもう聞えはじめていた。

加須子は、しばらくそこにうずくまっていた。自分にその意志がないから、何もかも棄てて出てしまいたいという気持が起る。

しかし、それでは夫の遺志はどうなるのだ。みすみすハイランドの専従となって事業性を奪われてよいのか。いずれハイランドの工場拡張の暁には冷酷無慙《むざん》に棄てられるに決っている。ここまで頑張ってきて、ようやくどうにか伸ばした中部光学を、そんな運命にしてよいのか。

加須子は、家に戻って多摩子に会うよりも、直接に弓島専務に当ろうと思った。多摩子は経営のことは何も分らないのだ。弓島はそれをいいことにして彼女を籠絡《ろうらく》した。――

その責任を弓島に問わなければならなかった。

加須子は町に出てハイランド光学に電話した。

「中部光学の遠沢ですが、専務さん、いらっしゃいますか?」

交換台が引込んで、しばらくして弓島とは違う声が出た。

「中部光学さんですか。はあ、はあ、わたしは総務部長ですが、専務はいま社にいません」

太い声だった。

「いつごろ社にお戻りになりますか？」

「そうですね、二、三会合があるようですから、夜は遅いようです」

「…………」

「お急ぎになりますか？」

先方が訊いてきた。なるべく早くお目にかかりたい、と云うと、少々お待ち下さい、と云い、また待たされた。誰かに訊き合わせているらしい。

それがかなり長く手間どる。一人や二人に訊いているのではなく、どうやら出先にでも電話しているようだった。

「お待たせしました」

さっきの声がひどく叮嚀になっている。

「いま専務に連絡を取りましたところ、午後二時ごろに湖月荘の別館に居るということでございます。そこでよろしかったらお目にかかりたいと申しておりますが」

加須子は考えたが、一刻も早く弓島の真意を訊いてみたかった。

「では、そこにお伺いします」

電話を切って腕時計を見ると、あと二時間あった。このまま家に戻って工場の仕事をみたいが、多摩子のことを思うと、それも疎《うと》ましい。今の場合、多摩子と会わないほうがいいのだ。

加須子は上諏訪の町を歩きながら情なくなってきた。これまで一度もこんな無駄な時間を費したことがない。二時間でも工場に居て点検をしたり、帳簿を見たり、取引先からの電話を聞いたりしたほうが、どれだけ仕事が捗《はかど》るかしれなかった。多摩子が居るばかりにそれもできないで、無意味に町を彷徨《ほうこう》しなければならない。虚《むな》しい気持で二時間を過した。ほしくもない茶を飲みに喫茶店に入ったり、食堂でおいしくもない食事をとった。

思えば、こんな虚しい気持を光学関係の何人の経営者が経験したかしれなかった。加須子が知っているだけでも、この二、三年、東京、諏訪を合わせて百社近い下請けが倒れている。その中には名の知れた会社も少なくなかった。

メーカーはメーカーでまた激しい競争を演じている。絶えず機械を改良しなければならないし、デザインも次々と工夫する必要があった。その上、値段の競争が激化して、絶えず下請けに対してコスト・ダウンが要求される。ようやくそれに耐え、親会社の無理難題を泣く泣く辛抱しても、遂に金繰りがつかなくなり自滅したところもある。

中部光学の場合はケーアイ光学の倒産によりラビット光学が最大の取引先だった。ここを失えば、あとは小さなところばかりだった。現在造っているラビット光学の納品がスクラップになると、それでなくても利潤のうすい商売だ、この打撃は致命的なほど大きい。そのあおりで、手形のやりくりがつかなくなる。

ようやく二時になった。

これで弓島に旅館に呼びつけられたのは浅間温泉のときと二度目である。何となくいやな予感がしたが、夜でないことが彼女に安心を与えた。それに一刻も早く問題の解決をはからねばならない。

湖月荘の別館の玄関で名前を云うと、女中に通じてあったとみえてすぐに上へ通された。細長い廊下を案内されたが、往き遇う女中がじろじろと顔を見ている。加須子は、女ひとりで男客の部屋に行く自分が他人の眼にどう映っているだろうと思わず伏し眼になる。

「お見えになりました」

と、女中が庭に面した角の部屋の障子の外から云った。

女中が障子をあけると、弓島が洋服のまま胡坐《あぐら》をかいていた。卓にはビールと、昼食と思える料理が並べられてあった。

「やあ、いらっしゃい」

弓島は加須子を鋭く一瞥《いちべつ》した。

「お邪魔をいたします」

手を突くと、

「まあ、こちらにどうぞ」

と、卓の向うを指した。女中がそこに座蒲団を持ってきた。

「どうぞごゆっくり」

女中は気を利かしたように障子を閉めた。

「よく出てこられましたね」

弓島は笑っている。先ほどの鋭い眼つきは愛嬌のある眼に変っていた。髪をきれいに分け、髭《ひげ》剃りの跡も匂うばかりだ。

「申し遅れました。義妹《いもうと》が昨日大へんお世話になりまして……」

加須子は声が咽喉にひっかかった。

「いや」

弓島のほうはあっさりとそこを受けた。意識的な軽い答え方が感じられる。

「で、ぼくに特にお急ぎの御用ということですが？」

弓島はすぐ用件にかかった。

これが多摩子と何でもなかったら、弓島はもっと彼女のことを話題にしそうである。昨日一日軽井沢で遊び、昨夜の夜中まで一緒に居たのだから、もっと彼の口から多摩子の噂が出なければならないはずだ。黙っているのは、明らかに弓島がその話から逃げているのである。

「その多摩子のことなんですが……」

加須子が切り出すと、

「はあ」

一瞬弓島は顔を緊張させた。

「何でしょう？」

と、声だけは平静だった。

「昨日義妹がお供をしたときに、何か工場のことで専務さんにお話を申し上げませんでしたでしょうか？」

この質問をうけた弓島はとぼけた眼つきで、逆に加須子を正面からみつめた。

「話というと、どういうことですか？」

向うが避けるなら、こちらから用件を出すほかはなかった。

「よそからの噂ですけれど、義妹が専務さんとお約束をして、うちの工場をハイランドさんのほうに全面的に所属させるようにお話したということですが、それは事実でしょうか？」

「……………」

弓島は黙ってコップにビールを注いでいる。

「そうだ、あなた、ビール、いかがですか？　よかったら、コップをもう一つ持ってこさせますが」

「いいえ、わたくしはいただけませんから」

「そうですか」

弓島はコップのビールをぐっと口に流して、とんと座卓の上へ置いた。

「そりゃどこからお聞きになったんです？　それとも多摩子さんがあなたにそのことを相談したんですか？」

弓島邦雄は両肘《ひじ》を張ったように加須子をみつめた。ビールを一気に飲んだ勢いが弓島を挑戦的なポーズにさせている。

「いいえ、義妹からは聞きません。……多摩子は、あんなふうに長いこと仕事をみていませんので、全然工場のことは分らないのです」

「つまり、あの中部光学に関する限り、あなたでないと駄目だというわけですね？」

「駄目というのではありませんが、一応、わたくしが社長になっております。多摩子も役員ですけれど、いま云った理由で、多摩子が何を云おうと、あまりお取上げにならないでいただきたいのです」

「そうですかね？」

わざと首をかしげた。

「そりゃあなたも今まで亡くなられた御主人のあとを守ってこられた。それはぼくもよく存じあげていますよ。……けれども、多摩子さんの存在も無視できませんからね。ぼくとしては多摩子さんの意見も、御主人の妹さんとして相当尊重しているわけです」

弓島はかすかに笑いながらゆっくりと云った。

加須子は、弓島の表情をみつめて訊いた。弓島が彼女の立場を知っていながら、

「それはどういう意味でしょう？」

業務上何の権利もない多摩子を認めようとするのは、亡夫の妹という血縁関係だけ

の理由だった。そこに弓島の狡猾《こうかつ》な意図がある。
「つまりですな」
と、弓島はあわてないで云った。
「ぼくとしては、もちろん、社長のあなたも中部光学の経営者として尊重していま
す。しかし、同時に妹さんも同じぐらいに尊重しています。というのはですね、多
摩子さんはぼくにはっきり云いましたよ。いずれ中部光学は加須子さんに退いても
らって自分が経営をみるということをね」
加須子は胸が震えてきた。大体の想像はあったが、多摩子が露骨にそう宣言し、
しかも、弓島が何の憚《はばか》りもなくはっきりと加須子の眼の前で云い聞かせたのだ。
「ですから、そう聞いた上は、ぼくのほうとしては将来の経営者である多摩子さん
の言質を信じるわけです。……おや、どうかしましたか？」
弓島は、言葉も出ないで蒼くなっている加須子の顔を見た。
「そりゃね、こんなことは外部のぼくらが云うことはないのです。社内にはそれぞ
れ事情がある。ぼくの社にも世間に云えない事情《こと》もありますよ。あなたと多摩子さ
んの間がどんなふうになっているか、これはよその家庭内の事情だし、そこまでは
立入って聞くことはできません。また失礼に当ります。ですが、われわれとしては

いま云ったように、お宅の事情はともあれ、多摩子さんがあなたの亡くなられた御主人の妹さんであるということを頭に入れて、その言葉を信じるほかはありません」

「そうですか」

加須子はうなだれた。もはや、多摩子がどのような気持で弓島にそんなことを云ったか明瞭だった。すべては和田峠の一夜が加須子を完全に疎外《そがい》していた。

「弓島さん」

加須子は、これだけは確かめておかなければならなかった。

「昨夜、あなたと多摩子が遅くまでご一緒でしたが、そのときにそんなお話が出たのですか？」

「まあ、そうですな」

弓島は動じない顔でいる。

「なぜ、急にそういうふうになったのでしょう？　いいえ、今までの弓島さんでしたら、わたくしにご相談があったと思いますわ。あなたのおっしゃるように、多摩子とわたくしを同じくらいに尊重なさるんでしたら、わたくしを入れて三人でお話があるはずだと思うんです。それを多摩子と二人だけでお話ができたところに、わたくしには……」

さすがにあとは言葉の上で云い表わしていいか分からなかった。

「ははあ、ぼくと多摩子さんの間に何か不純なものがあったとおっしゃるんですか？」

あとの言葉を弓島が平気で引取った。昂奮《こうふん》もなければ特別な感情の動きもみられない。その彫りの深い顔はやさしげな微笑さえある。弓島は自分の言葉の反応を加須子の顔にじっと探ろうとしているのだ。だから、彼の眼はかえって大胆に彼女を見据えていた。

「では、わたくしの想像に間違いはないのですね？」

加須子は対手《あいて》の眼を見返した。精いっぱいの言葉である。そこには企業というよりも、亡夫から託《たく》された義妹への責任感があった。

「ははあ、あなたは何か勘違いしていますね」

弓島は口もとをニヤニヤさせて、

「大体、あなたがそんなことをぼくに云ってくる気持は分りますよ」

と云った。

「どういうことです？」

加須子には弓島の一言が聞き捨てならない。

「あなたは多摩子さんがぼくになれなれしくして来るのが気に入らないのでしょう？」

弓島の云い方に加須子は二の句がつげなかった。

「その気持はよく分るんです。いや、あなたがそうでないと云ったところで、あなたの本心はそれを肯定している。……事実、ぼくも多摩子さんの少し奔放《ほんぽう》すぎるところには辟易《へきえき》しているのですよ……」

「………」

「ぼくは本当は加須子さん、あなたとゆっくり話したいのですよ。中部光学の将来についてぼくなりの意見を吐きたかったのです。ところが、多摩子さんがあんなふうな性格で途中から飛び出し、ぼくに接近して来るのです。一体、あれはどういう気持でしょうな？」

弓島は他人《ひと》ごとのように云った。

「ぼくにしても、ああいうお嬢さんのゆき方にまるきり興味がないでもないのです。そこは男ですからね。新鮮さも感じるし、面白くもあります。これは遊び相手として申し分ありませんからな。そこをぼくが多摩子さんにつけ入られたと云えば云えます」

弓島はそう云うと、卓に手をかけ、それを端のほうに押しのけた。急に加須子との間に隙ができた。邪魔物をのけて、直接彼とつながる空間ができた。この空間は弓島がいつでも縮めることのできるものだった。

加須子は咄嗟《とっさ》に身体を避けようとしたが、弓島の身体が前に泳ぐように来ると、手が彼女の肩を摑んでいた。

「何をなさるのです？」

弓島の胸を手で突っ張ると、彼は荒い息を吐いてその手を外し、彼女の肩を抱いた。

「加須子さん、ぼくは多摩子さんなんかよりあなたのほうがずっと好きなんです。それは前から分っているでしょう？」

弓島は早口に云った。

「そこを放して下さい」

加須子は藻掻《もが》いた。

「いや、放しません。ぼくは多摩子さんが途中で邪魔をしなかったら、もっと早くあなたに愛情を打明けられたと思うんです。多摩子さんが出たばかりにそれが遅れたのです。しかし、ぼくはそれでかえってあなたの本心を発見できてうれしかったですよ。……あなたは多摩子さんに嫉妬《ジェラシー》を起しているのです」

「何をおっしゃるのです。そんな……とんでもありませんわ」

「いや、どんなに否定しようと、女心はぼくによく分っている。あなたがぼくのところに飛び込んできたのも、実は仕事のことよりも、あなたのジェラシーがさせたのです。あなた自身はいま混乱しているから分らないかもしれないが、分析すると、そうなるんですよ」

「放して下さい」

「いや、放さない。ねえ、加須子さん。多摩子さんはまだ子供です。あの人は何も知らない。ぼくだって商売の面であの人と相談する気がないのは当然です。本当はあなたが欲しい。ただ、あなたは多摩子さんほど素直にぼくの気持を受け入れてくれなかった。つまり、ぼくにとってはあなたがちょっとした壁だったんです。だから、ぼくはあなたに対する勇気を持つために、まず、多摩子さんに接触したんです。……加須子さん、ぼくはようやくあなたに自信を持った。そういう意味で多摩子さんとつき合ったのは無駄ではなかったと思います」

「…………」

「加須子さん、多摩子さんは若くても相当な人ですね。あなたを追出そうとしている。まるきり子供ではありませんよ。……ぼくは本当はあなたの味方になりたい。どんなことでもあなたの利益のためには働きます。ぼくを味方にしておけば、これほど心強いことはありませんよ。しかし、敵にまわせば……」

弓島は、強い力で加須子を締めつけながら熱心に話しつづけた。

女中も寄りつかない。音も聞えなかった。

「弓島さん、そういうお話でしたら、ちゃんとわたくしを放してから聞かせて下さい」

加須子は顔を避け、できるだけ平静な声で云った。彼女が動揺すれば、弓島をよけいに刺戟しそうだった。

「いや、放しません」弓島は取り合わなかった。「こういう機会は、そう滅多にありませんからね」

彼は逆に力をこめてくる。

加須子は、彼のその言葉で、ハイランドに電話したとき、弓島の所在を教えてくれるのが、妙に時間がかかったのを思い出した。あれは、社員が出先の弓島に訊いて返事をしたが、弓島は加須子が面会したいと申込んだので、二人だけで会える場所を早速に考えて、日ごろよく使うこの旅館を指定させたに違いない。するると、弓島には、こういう動作がはじめから予定にあったのである。計画的だったと知ると、加須子も忍耐は出来なかった。

「弓島さん、ここを放して下さらないと大きな声を出しますよ」

加須子は、近づきそうな弓島の顔を防ぎながら小さく叫んだ。

「ああ、構いませんよ。人がくれば、あなたも恥かしいでしょう、なにしろ、ひとりで旅館の男の部屋に来たんですからな」

「卑怯《ひきょう》です」

「なんでもいいですよ。ぼくは君が好きなんだから。……君だって、独《ひと》りになって長いわけだ。ねえ、君が望むんだったら、誰にも云わない、一回きりの秘密にしてもいい。ねえ、君が好きなんだ、とても……」

弓島は、加須子の顔を腕の中に捲《ま》きこんで、身体ごと上から畳に倒した。

加須子は弓島の強い力に押え込まれて自由を失いかけたが、下から必死に叫んだ。

「弓島さん、卑怯です」

その声も通じないように弓島は額に汗を出し、眼を血走らせていた。

「ぼくの気持はもうどうすることもできない……」

部屋はしんとしている。どこからも物音一つ聞えなかった。加須子は咄嗟《とっさ》に云った。

「弓島さん」

彼女は手で弓島の胸を押上げていたが、その力も他愛なく弓島に排除されるのだ。

「あなたはわたくしが好きだと云ったでしょ？」

「もちろん」

「だったら、一回きりの秘密なんていやだわ」

「なに？」

「そんな間柄になるなんて、とてもたまらないわ。あなたがわたくしをほんとに好きだったら……一回きりなんて卑怯だわ」

弓島の力がその言葉でためらいをみせた。加須子は、その隙《すき》に全身の力を振り絞った。

「いやです、こんなこと……」

加須子は弓島を押しのけて畳に半身を起こした。髪が乱れ、スーツも歪《ゆが》んでいた。

「君は何といったの？」

さすがに弓島も加須子が起き上ったのを見て、それ以上のことはできず、額に汗を流して胡坐《あぐら》をかいた。

「そんな……あなたのそんな言葉は、バーのホステスか芸者衆に云うことですわ。わたくし、あなたの遊び相手にはなりたくないんです」

加須子は起ち上ると、素早く髪や支度《したく》の身づくろいをした。今度は弓島の傍には坐らず、窓際の椅子にかけた。

実際はこのまま勝手に帰ってもよかったが、それではこちらの負けになる。事態を曖昧《あいまい》にしておくことではなかった。こんな場合、女はたいてい黙って出てゆく。それも一つの意思表示だが、こちらの態度をはっきり見せておくことがこれからの防禦《ぼうぎょ》でもあった。

弓島と仕事上の交渉がなかったら、このまま怒って帰るのも悪くはないが、加須子には多摩子のこともあった。目前の面倒を回避するのは、もっと大きなあとの面倒を招くことだった。

その弓島はさすがにばつの悪い顔をして、煙草をくわえ火を点けた。ふてぶてしい態度をわざと見せている。

「弓島さん」

「何んですか」

弓島邦雄は蒼い煙を吹き上げていた。

「今のお話、ゆっくり承りたいんです。ここに来ていただけません？」

「このままでは云えないんですか？」

弓島は怒った顔をしているが、それは照れて拗《す》ねていることがよく分った。

「そこじゃお話ができません。こちらにいらして下さい」

加須子は強い声で云った。勝負は歴然としていた。弓島はしぶしぶ膝を起すと、加須子のかけている椅子の前に荒々しく腰を落した。彼は加須子の顔をちらりと眺め、前のテーブルの灰皿へ煙草を強く揉《も》み消した。話を聞こう、という態度だ。

「わたくしの話を静かに聞いていただきたいんです。……いま、あなたがとった粗暴な態度は咎《とが》めませんわ。あれは日ごろの弓島さんではないと思っています。わたくしの見てきた弓島さんとは違うと考えていますから」

「…………」

「でも、あなたがおっしゃったことは忘れませんわ」

弓島が眼を伏せた。

「ほんとうにわたくしのことを考えて下さるなら、二度とあんなイヤなことはおっしゃらないで下さい」

「分った」

弓島はようやく謝るような声になった。

「弓島さんが本気にわたくしのことを考えて下さるなら、いろいろお気持を伺いたいんです」

弓島は何かを予想して、いくらか身構えるように身体を硬くしていた。

「第一に多摩子のことですわ」

加須子がみつめると、弓島は覚悟しているように小さくうなずいた。

「ほんとのことを云っていただきたいんです。弓島さんは多摩子と実際に何もなかったのですか？　昨晩おそく軽井沢から帰られたときですわ」

「正直に云うと……ぼくの過失だった」

弓島は頭を下げた。彼は額の汗を拭いたが、顔色に案外冷静さが早く戻っていた。

加須子は覚悟していたものの、彼の返事にはさすがに衝撃を受けた。胸の中が重い鉛を呑んだように詰った。

動悸だけは激しかった。

「やっぱりそうでしたの」

加須子は弓島を見つめた。唾を吐きかけてやりたかった。

「それを伺って、わたくしも何んだか覚悟がついたような気がします」

「覚悟？」

弓島が上眼づかいに加須子の顔を窺《うかが》った。

「わたくしだけの心構えですわ。弓島さんが今わたくしにとられた行動や言葉で多摩子に愛情のないことが分りました。もちろん、弓島さんには奥さんがいらっしゃるから、多摩子もそれは承知で結婚は望んでなかったと思います。でも、あんな女《こ》ですけれど、弓島さんには一生懸命だと思うんです」

「いや、加須子さん」

弓島が初めて正面から口を開いた。

「実はそれなんだ。ぼくはもっと多摩子さんは近代的な女かと思っていた」

「何をおっしゃるのです？」

加須子は胸から熱い怒りが迸《ほとばし》り出ようとするのを抑えた。

「そうすると、あなたは初めから多摩子といい加減に遊ぶつもりだったんですか？」

「加須子さん、あなたの想像では、いかにもぼくが彼女を誘惑したようにとっているが、実際に誘惑されたのはぼくのほうかもしれませんよ」

「…………」

「その前から多摩子さんがぼくに見せている態度には、あなたも気づいていたはずだ。軽井沢に誘ったのも彼女のほうです。実は、あの晩、本社から連絡がなかったら、多摩子さんはぼくと軽井沢に泊るつもりだったんですよ。彼女ははっきりゴルフ場でそう云ったのだから」

弓島の声はここで俄《にわ》かに活気づいた。

「峠でぼくの車が故障し、救援を待っている間も、多摩子さんはぼくに積極的に出たのです。……これ以上ぼくは云いたくないから、察して下さい」

加須子は弓島の攻勢に気圧《けお》された。たしかに弓島の言葉には否定できないものがあった。弓島の言葉通りではないにしても、多摩子が彼に向ってどのように出たかは想像できるのである。

「加須子さん」

弓島は彼女の沈黙を見て、勝ち誇ったつもりで云った。

「多摩子さんとのことは、そういうわけでぼくの過失として率直に認める。しかし、過失はどこまでも過失だからね。そのためにぼくは本心を失うことはできないのです」

弓島は快活になってつづけた。

「ぼくはね、加須子さん、多摩子さんよりあなたに惹《ひ》かれていたんだ」

「ご自分でそんな重大な過失を犯しておいて、そんなことをおっしゃっても駄目です」

加須子は弓島の勝手に呆《あき》れた。

「しかし、これは本心だからね。今さら体裁ぶったり、偽善めかして言訳したりなどしませんよ」

「じゃ、多摩子のほうの責任は、どんなふうにお取りになるんですか？」

「それは考えています。直接にそのことは多摩子さんに話しますよ」

「でも、わたくしは、一応、亡夫の妹ですから、責任がありますわ。あなたのご意向を承っておきたいんです」

「まあ、加須子さん、そんなにぼくを急追《きゆうつい》しないでもらいたいな。このことは多摩子さんとぼくの当事者だけの問題にしてくれませんか。なにしろ、微妙な愛情関係だからね。いくらあなたが多摩子さんの監督者でも、彼女と話合わない前には云いたくないんです」

それも確かに一理はあった。ただ、弓島がその解決にどれだけ誠意を見せるかである。

「では、多摩子に会って本人の納得のいくようにして下さいね」

「もちろんです」

「多摩子は、あれでなかなかセンシブルなところがありますから、十分に納得《なっとく》のいく話にして下さいね」

愛情問題は当事者だけの話合いが何よりも好ましい。その点、第三者の容喙《ようかい》を許さないものがある。加須子としてはこの場合、せいぜいそれだけのことしか云えなかった。あとは弓島の態度如何で多摩子からの相談を受けるより仕方がなかった。

「しかし、加須子さん、これだけは考えておいて下さい。何度も云う通り、ぼくは多摩子さんにはあまり魅力を感じないんです。彼女から誘惑されたばかりに過失を犯した。むろん、それはぼくの責任だが、その点は多摩子さんよりもあなたに対して後悔しています。加須子さん、ぼくはあなたからどのように多摩子さんのことで責められようと、あなたを諦めませんよ」

弓島は強引につづけた。

「あなたはぼくが不純な気持でこんなことを云うと思ってるかもしれないな。つまり、ぼくには妻も子もあるからね。その問題をどうするのかとあなたは考えているわけだ。しかし、ぼくは、はっきりと云える。今の女房には何ら愛情を持っていません。いや、女房もぼくに対しては妻としての心遣いは何もないのです。いわば、いつ別れてもいい状態にあるんです」

「……………」

「そんなわけだから、あなたがぼくの気持を受入れてくれたら妻とは別れられる。それは必ず責任を持ちますよ」

「いけません。そんなことをおっしゃると、わたくしはあなたの前にかえって出られなくなります」

「女の方は、たいてい、そんなふうに考える。しかし、ぼくから云わせれば、それは単なる感傷だと思うな。本当に相手の愛情を受入れるなら、多少の世間的な非難は覚悟しても勇敢になるべきだと思う。そりゃ、世間はいろいろと云うだろう。しかし、世間の人間は傍観者の立場だからね。自分自身には何んの利害関係もないわけだ。傷を負わない場所ではどんな発言もできる。世間はいつも無責任ですよ」

「ご返事はできませんわ」

「いま直ぐとは云わないから、とにかく考えて下さい。……ぼくは多摩子さんとの過ちがなかったら、もう少し早くこのことをあなたに云っておきたかった。それだけでも残念だな」

弓島は、多摩子のことは加須子とはまるで無関係のような口吻《くちぶり》だった。

「そう、それから、これはぼくの誠意の表現として受取っていただきたいんですがね。……仕事のことだが、あなたのところではラビット光学からの受注品がほとんどキャンセルになったそうですね？」

「ええ」

仕事のことだから、加須子もうなずいた。

「それもどういう理由でラビットさんがその手段に出たか大体分る。つまり、ぼくがあなたのほうに出入りするようになったので、ラビットさんは苛々《いらいら》してきたと思うんだ。あそこの親会社のパイオニヤと、ぼくの会社とは宿命的なライバルですからね。ラビット光学の気持も分らなくはない。そういう意味でラビットさんの報復《ほうふく》手段というか、そういう処置に対してはぼくも責任を感じています」

それは弓島の云う通りだった。だが、弓島自身が責任を感じているという云い方が多少オーバーなだけで、事実、ラビット光学の破約問題は弓島の考え通りだった。

「それであなたのほうは相当な損害を受けられると思うんです。ラビットさんのそういうやり方はあまり男らしくないと思うね、商業道徳にも悖《もと》ると思うんだが、まあ、ライバルとしてあまり相手を悪く云いたくはない。……それよりも、ぼくはあなたのほうに責任を感じているので、今後はあなたのほうにその損害を取戻してあまりあるような注文を出したいと思うんですが」

「…………」

「いや、前にもこういう話は出しましたが、今度はぜひぼくの提案を受入れてもらいたいんです。前とは事情が違って、ぼくとしては多摩子さんのこともあり、二重の責任です」

「…………」

「その代り、現在のあなたのほうの設備ではとてもぼくのほうの発注には追付かないと思います。どうでしょう、この前もお宅の設備を見て提案したが、この際、思い切って現在の生産量を三倍ぐらいにふやしていただけませんか。その設備投資をお世話したいと思うんですがね？」

「でも、それは……」

「考えておくということでしょう。この前も同じ返事を貰いました。しかしね、これからはカメラの業界もいよいよ合理化時代に入ってゆくと思います。これまでのように家内工業的にやってたんじゃ、とても海外市場に進出してゆくというわけにはいかないんです。いま産業界では自由化の波に怯えていますが、カメラだけは強い業種です。その代り、これは設備投資の拡充によって生産量の向上と、コストダウンに持ってゆくほかは繁栄はないのです。文字通り近代的産業にしなければ落伍するわけです」

弓島は熱心に説いた。これは仕事のことだし、加須子も傾聴しないわけにはいかなかった。

「つまり、将来は大企業と最低の家内工業的なものとが残るだけでしょう。その中間の企業は存在しなくなるんです。これは好むと好まざるとに拘らず近代産業形態がそうなってゆきつつあるのです。もうカメラ工業も中小企業的な時代は過ぎつつあるのですよ」

弓島は話を進める。

「これまでの光学工業は、その古い形態のせいもあって、親会社と下請会社というような、親分子分的な人情関係が多分に支配していた。だが、それではもう持てなくなった。殊にカメラ技術の日進月歩によって生産は量産本位になってゆく。しかも、レンズ光学は電子計算によって設計されるから、昔のように格差がなくなるわけです。ドイツのツワイス製だとか、テッサーだとかいうような銘柄は日本でもなくなり、すべてが合理的な設備によって生産に入る。下請企業といっても、今までのような古い設備ではもう親会社の進歩にすら追付かなくなる。それに、金融方面だってどうしても大銀行の金融によらざるを得なくなる。加須子さん、ここで思い切って大設備投資に踏切りませんか。そのお世話をしますよ。……ぼくらの会社だってやっとここまで来たんです。わが社も今では押しも押されもせぬ上場株になりましたからね」

10

加須子が家に戻ると、事務員たちが、お帰んなさい、と云った。母屋《おもや》に回ると、多摩子の靴が玄関先にあるので、どこにも出ていないと分った。が、今日は多摩子と顔を合わすのが苦痛だった。加須子のほうが避けたいくらいである。

そのまま工場のほうに回った。従業員たちは熱心に各職場で働いていた。加須子が回ってくると、みんなほほえみかけてくる。

欠勤者もいた。そこだけが隙間《すきま》風が吹いているようだった。班長が、今日は誰々さんはこういう理由でお休みを貰っています、と報告した。病気の者もいるが、長期欠勤者はいなかった。

向うで倉橋がレンズの芯取をしていた。

「別に異状はありません」

倉橋は眼をあげて女社長を迎えて報告した。

「ありがとう」

「社長、ラビットの権藤さんはどう云ってました？」

倉橋はそれが一ばん気にかかっていた。

「何とか分かって頂けそうだけど、なかなかむずかしいわ」

「そうですか。なにしろ、あそこはパイオニヤ光学が最大のお得意だから、あちらに気兼ねしてるんですね。しかし、ぼくは思うんですが、やっぱりハイランドとは手を切ったほうがいいと思いますがね。今までのやり方からみて、パイオニヤのほうが老舗《しにせ》だけに安全性があると思うんです」

倉橋はハイランド光学の弓島に反撥《はんぱつ》を持っている。

「権藤さんには、ハイランドの申し出を完全に断わって、今後は絶対にあそことは関係を持たないと云えば、今度のような無茶はしないと思いますがね。納得さえしてもらえば、いまキャンセルした品も前通りに契約を継続してくれると思いますがね」

加須子はそれに返事ができなかった。

「そうね、考えてみるわ。とにかく、こうなれば、権藤さんにはできるだけお願いするつもりだわ」

加須子は、疑い深そうな倉橋の眼から逃れて研磨機のあるほうに足を移した。彼女は自分の工場を改めて眺めた。近代的な工場とは義理にも云えない。据えている機械も、従業員の作業も、夫の生きていた頃と少しも変っていなかった。つまり、完全に一昔《ひとむかし》は旧式のものだった。

彼女は弓島の言葉を思い出す。――設備投資を行うことだ。新しい機械が入ると能率は上る。人員も少なくて済む。

実際、日本のカメラの海外進出は目ざましいばかりである。世間はそれを性能の優秀さだけに帰して感心しているが、実は業者が極端なダンピングで海外市場を獲得している半面にはあまり気づかない。それだけ下請けの犠牲《ぎせい》を要求されるのだ。それに見合うのは設備の拡充しかない。値段の安売りは、いくら従業員の労賃を切詰めるといっても、これ以上安く使うわけにはいかない。

(日本のカメラ光学は、今に大手と末端の家内手工業的なものとだけが残る。中間

の業者はほとんど存在しなくなる)

弓島の言葉が加須子には強い説得力をもって迫るのである。

この工場もこのままつづけてゆけば、頭打ちからジリ貧に転落してゆきそうだった。現に、パイオニヤ系のラビットからのキャンセルで大損害を蒙《こうむ》るのみならず、その納品の支払を目当てにしていた金繰り計画が一切破壊されるのだ。このぶんでは半月先の手形を落すことさえ困難になってくる——。

加須子が母屋に入ると、多摩子が彼女を迎えるように座敷の隅に立っていた。不意だったので、加須子はぎょっとした。

多摩子は眼を光らして嫂を迎えていた。顔色も悪かった。

「お嫂さん、どこに行ってらしたの？」

言葉が尖《とが》っていた。

「ラビット光学とちょっと問題が起ったので、その話合いに行って来たわ」

加須子は、弓島との話は、夜になってからじっくり多摩子と話したかった。

「ラビット光学がどう云ってきたの？」

多摩子は追及するように訊いた。

「そう、あなたにも聞いていただかなければならないわ。ラビット光学の権藤さんが、今ウチに出している取引をやめるというの。理由は、ウチが最近ハイランドさんに接近しているので、あちらの親会社のパイオニヤ光学から支障が出たというのよ。ほんとうはラビットさんがパイオニヤに気兼ねしてのことだと思うんだけれど……もし、それをやられるとウチは大変なことになるから、了解を求めに行って来たわ」

多摩子は、この中部光学の名義上の役員である。一応の説明はしなければならなかった。

「それで、うまく行ったの？」

多摩子は、その問題を心配する口吻《くちぶり》ではなく、あくまでも何かを疑って問詰める調子だった。

「むずかしいわ。ただ、ハイランドの弓島さんからのお話もあるし、うちとしては今度のようなことがあればラビットさんだけを主力にするわけにはいかないしね。一社だけに頼っていると、いつまたこんな不安が起きるか分からないわ」

多摩子は両手をうしろに組んだまま、背中を壁に凭《もた》せていたが、やはり硬直した顔をしていた。

「お嫂さん、あなたがラビットに行ったというの嘘でしょう？」

彼女は、突然、叫ぶように云った。

「…………」

加須子は咄嗟《とっさ》に返事ができなかった。

「弓島さんに会って来たのでしょう？」

加須子は、多摩子の直感とその非難の調子に嘘がつけなかった。

「ええ、ラビットさんの帰りに、この問題で弓島さんとお会いしましたわ」

「それ、ごらんなさい。……で、そこの場所は会社だったんですか？」

加須子は詰った。

「外でしょ？　外だったら、また料理屋なの、旅館なの？」

多摩子の顔が嫉妬で歪《ゆが》んでいた。彼女の若さは一夜にして失われ、まるで中年女の感じだった。

加須子は、そういう多摩子に何も云えなかった。ただ、多摩子のような女がこれほどまでに弓島のことで逆上するのかと思った。

「旅館だったのね」

多摩子は険しい顔に皮肉な微笑を洩らした。

「いいわ。これから弓島さんに訊きに行ってくるわ」

多摩子はくるりと背中を返して自分の部屋に駆け込んだ。

加須子はあとを追って襖を開いた。多摩子は三面鏡にむかって手早く顔を直している。鏡に映った形相には、中年女のような凄《すさま》じい嫉妬があった。

弓島邦雄は専務室のソファに自堕落《じだらく》に坐り、煙草を吹かしていた。彼の前には、五十二、三の、額の禿げ上った紳士が、汗を拭きながら叩頭《こうとう》していた。彼はこのハイランド光学の下請会社の社長で、こうして毎日のように弓島を訪ねて来ている。だが、弓島の都合で会えないことが多い。今日は出張だとか、外回りだとかで、その都度すごすご帰ってゆくのだが、それでも性懲《しょうこ》りなくやってくる。いや、彼の立場としてはハイランド詣《まい》りをしなければならないのである。

今日も朝からここに待っていて、やっと戻ってきた弓島に面会することができた。

「専務さん、なんとか受注分だけは引取っていただけないでしょうか。実はそれを引当てに八方金融をしているものですから、もし、それがキャンセルで駄目になると、わたしは首を括《くく》らなければなりません」

「いや、中村さん」

弓島は片眼を煙たそうにつむって云った。

「そりゃ何度おいでになっても駄目ですよ。あなたのほうで単価を下げていただかない限り、わたしのほうとしては採算がとれませんからね。こりゃあとのぶんの発注で見合っていただくよりほかないようです」

「しかし、専務さん、わたしのほうは随分あなたのほうの無理も聞いてきたわけです。いいえ、無理というと語弊《ごへい》がありますが、要するに、急上昇の生産になんとかお手伝いしようと努力してきたのです。あなたのほうの要求によって工場もふやし、機械も入れました。それでもなおかつハイランドさんの急激な発注には追付かず、ウチでもまた下請けに出すような状態をつづけてきました。いま受注をストップさせられると、全部の設備が遊んでしまうことになります。設備投資だってほうぼうからの借金ですから、その金利だって莫大《ばくだい》なものです」

「いや、事情は分りますがね。しかし、中村さん、あなたのほうはコストダウンもできない、注文は今まで通りくれと云ったって、それじゃわたしのほうが倒れてしまいますよ。なにしろ、今は激しいデザイン競争と、値下げごっこですからね。……それに、あなたのほうは恩被《おんき》せがましくおっしゃるけれど、わたしのほうの社の将来に希望を持って、全部一手に引受けようとおっしゃったのはあなたのほうからじゃないですか」

「それはおっしゃる通りです。しかし、あのとき、あなたのお言葉がまことに上手といいますか、魅力的だったので……」

「そうおっしゃると、いかにもわたしが嘘をついたように聞えますが、わたしは本当のことを云ったんですよ。……ただね、ご承知のように、光学関係の情勢は猫の眼のように変っています。当時わたしのほうの一枚看板として売れていた8ミリの撮影機が、近ごろはビデオ撮影機に押されて低下しています。しかも量産に入って、値段もだいぶん下がっています。ひところ、ズームレンズ付の一眼レフが売れてきた。これに勢いを得て量産にかかっていると、今度はハーフサイズとおいでなすった。……こんなふうにわたしの社でさえ一寸先がわからない情勢です。あなたのほうに全部犠牲を押しつけているようにみえますが、親会社としてのわたしのほうの立場は、その何倍かの損を蒙ってると思って下さい。まあ、単価の切下げをしていただけなかったら、発注分は取消さなければ仕方がないですな。背に腹は替えられませんよ。まさかお宅と心中するわけにはいきませんからな」

「まあ、それはそうですが、そこをひとつなんとか……」

中村義一という下請会社の社長はぺこぺこと頼み込んだ。眼が据わり、顔色が悪くなっている。

「ですがね、中村さん」

と弓島は落ちついて対手の顔色に気がつかないふりをしていた。

「そう云っちゃ失礼ですが、わたしのほうの社は、すでに上場株になっているくらいのメーカーですからね、株主の手前もあることです。今お宅とつき合ってみすみす損をすれば、株価は下がる、配当は減ってくる。これは株主に損をおかけすることになるんです。お宅は、その点、あなたが少しばかり財産を減らすことを我慢なされば、それで済むわけです」

中村義一は、この暴言にむっとしたようだったが、唇を噛《か》んで我慢した。

「少しばかりとおっしゃるけれど、なけなしの財産を全部擲《なげう》ってもまだ足りないのです。いま借りている金の返済方法だってメドがつかなくなります」

「それでは、私のほうの要求を入れてコストを下げてくれますか？」

「やむを得ません。……ただ、ご要求の通りではどうしても採算が不可能ですから、もう二分ほど色をつけてもらえませんか？」

「中村さん」

専務は屹《きっ》となった。

「わたしのほうはね、大道の叩き売りではあるまいし、そんな駈引でコスト下げを要求しているんじゃありませんよ。あなたのほうの立場もあろうと思い、無理のないところを弾き出してるつもりですがね」

「専務さん、それでは二分も駄目なんでしょうか？」

中村は絶望的に云った。

「駄目ですね」

中村は額に汗を流して考え込んでいたが、

「もし、あなたのほうの要求通りに値を下げますと、わたしのほうはみすみす赤字の商売をつづけてゆかなければなりません。しかも、その補塡《ほてん》によそから金を借りてくる、金利を払う。つまりは自転車操業を永遠につづけることになります。そのうち借財は雪達磨《だるま》のようにふえるでしょう。一年先か二年先か分らないが、破産は目に見えています。……専務さん、再考の余地はないでしょうか？」

「ありませんな」

弓島邦雄は煙草を吹かした。

彼は心の中に別なことを想像している。いま眼の前にいる中村という男が加須子に変わっていることだ。加須子が哀願を重ねている。それをこちらは冷たく見下しているのだ。対手は頑固に弓島を拒絶しつづけているが、今にこうして匍《は》いつくばらせてやる。そんなときは、あの女、どんなことでも聞くに違いない。いや、必ず、向うのほうからそれを申し出る。……

「専務さん、わたしは覚悟しました」

と中村が大きな声をだしたので、弓島はふいとわれに返った。中村は低くしていた背を伸ばし、肩を張って正面から弓島を睨《にら》みつけていた。顔が以前よりは蒼ずんでいる。

「いいです。わたしは無一文になって工場を手放しますよ。そして、どこかの裏長屋に引越します。わたしがそれだけの覚悟をすれば、ことは簡単ですからね。……しかし、専務さん、最後に一言だけ云わしていただきます」

「ほほう、何をですか？」

弓島はほほえみかけた。

「あなたのほうはいま上場株だと云って威張っているが、その裏の操作はちゃんと知っていますよ。なるほど、あんたの会社は黒字にはなっている。しかし、それは偽装《ぎそう》の黒字だ」

「何っ」

「そうじゃないか。あんたは下請会社をいじめて、ハイランドの損失をそっちへ転《てん》嫁《か》させている。それで恰も黒字経営がつづいているように見せかけている。いま、あんたのほうはムサシ光学というトンネル会社を作っているね。そして見せかけの株価のインチキ操作をやっている。それも子会社なら、どうしようとまだあんたのほうの勝手だが、許せないのは、あんたのほうが次々と下請けを倒しては、その上で黒字経営のインチキをつづけていることだ。とうとうわたしもその犠牲者の一人になったがね……」

このとき卓上の電話が鳴った。

弓島は中村の悲痛な啖呵を尻目にかけて、ゆっくりと電話のほうに手を伸ばした。

「専務さんでございますか?」

「そうだ」

「こちらは受付でございますが、ただ今、遠沢多摩子さまという方がご面会でございます……」

弓島はどきんとした。

多摩子が加須子のことで難詰にきたと察した。この前から彼が加須子に接近しているのを、多摩子はかなり邪推《じゃすい》しているらしいのだ。あの女のことだから、ずけず

けともの を云うに違いない。感情に走ると、抑制《よくせい》の利かない女だった。わが儘《まま》に育てられた上、東京に出てから割切った性格になっている。

弓島は、できることなら多摩子を外に連れ出したかったが、真昼間だし、理由もなかった。仕方がないので、

「第二応接にお通ししてくれ」

と受付に答えた。この第一応接には、眼の前に下請けの中村が悲痛な顔で坐っている。

中村義一は、先ほどこちらから出したコストダウンに応じられないと云って懇願から逆に絶望的な居直りになっている。彼の眼は血走り、額《ひたい》の筋肉が怒張していた。ハイランドは下請けの犠牲の上において伸びて来たとか、株価のインチキ操作をやっているとか、破れかぶれの悪態を吐いているのだ。

弓島邦雄は多摩子が気になって、いつまでも中村の相手などしていられなかった。そこで、彼は今までとは打って変った態度で、

「まあ、中村さん、そう昂奮《こうふん》しないで下さいよ」

と宥《なだ》めにかかった。本心から宥めたわけではない。とにかく、早く中村義一を帰したい一心からだ。

「あなたの立場もよく分るが、まあ、この問題は、もう少しわたしのほうも考えさせてもらいましょう」

そう云うと、中村は自分の言葉が効《き》いたと思ったか、それとも悲痛な陳情が専務の気持を和げたと思ったか、彼も俄《にわ》かに態度を改めた。

「えっ、専務さん、それは本当ですか？」

彼は血脈が走る眼を剝《む》き出していた。

「わたしもよく考えさせてもらいます」

弓島は両手の指を組合わせた。

「そうですか。いや、どうも」

中村は安堵《あんど》したように肩を落し、俄かに恐縮した態度に変った。

「そう分って下さると、ほんとにわたしも助かります。なにしろ、死ぬか生きるかの境目で、つい、昂奮《こうふん》の余り専務さんには失礼なことを申上げました。どうかわたしの失言をおゆるし下さい」

「いや、中村さん、あなたのおっしゃったことはぼくの胸にこたえましたからね」

「専務さん、そう皮肉をおっしゃらないで下さい。まことに汗顔《かんがん》の至りです。年甲斐もなく気持が昂《たか》ぶってくだらないことを申上げました。どうぞ、あれは何ぶんにもおゆるしを願います」

「いいですよ。わたしはどうせ業界からはロクなことは云われていませんから、そういうことを伺っても別に腹は立ちません」

「なんともはや恐縮のほかはありません。お詫びの申上げようもないくらいです。では、どうぞ考慮していただいて善処をお願いいたします」

「承知しました。では、これで」

弓島は早く引取ってくれというように椅子から起ち上った。

「どうも、ほんとに失礼をいたしました。重ね重ねおゆるしを願います」

中村義一は何度も頭を下げて応接間から出て行った。弓島は、この哀れな下請業者をドアの外まで見送り、もう一度部屋に戻ってゆっくりと煙草を吸った。

この部屋のつづきが第二応接である。そこには多摩子が坐っているはずだ。弓島には彼女のヒステリックな様子が眼に見えるようだった。どういうふうに彼女を宥《なだ》めて帰そうか。加須子と会ったのは事実だし、それが旅館だったことも匿《かく》しようがない。

また、一度は加須子を捩《ね》じ伏せたのである。まさかそんなことまで加須子は義妹に打明けないだろうが、あの敏感な多摩子のことだ、加須子が自分とそんな所で逢ったことを加須子の口ぶりから察したかもしれないし、いろいろ気を回しているに違いなかった。

多摩子なんかにかかわりあうのではなかった。——

弓島は後悔した。それまでは遊び相手としては面白い女だと思っていた。過失は和田峠の車の故障で起った。自分の意志でなく、その場の情熱的な暗黒が彼を不本意な行為に駆《か》り立てたのである。

彼はこれまで数々の女に手を出していた。そのうち職業的な女は金で解決をした。そうでない女にはいろいろと云い含めて無理に別れた。たいていの女が弓島に妻のあることを知っていたから、泣寝入りで済ませてくれた。しかし、今度は事情が違う。多摩子なら女房のところに押しかけかねないのである。前後の見さかいもなく、どんなことをするか分らない怕《こわ》さがあった。

とにかく、この会社の中で変に騒ぎ立てられては困る。また、そんな様子をほかの事務員に見られてはみっともない話だった。気を落着けて彼女の前に現れ、平和のうちに済ませたかった。

弓島は、吸っていた煙草を灰皿に揉《も》み消し、ゆっくりと起ち上った。その緩慢《かんまん》な動作のままで隣の第二応接に入った。

多摩子は、予想通り椅子に坐ったまま、弓島が入って来ても笑いもせず、頭も下げなかった。彼女は睨《にら》むようにして弓島の着席を見守《みまも》っていた。

「今日は」

弓島は微笑を向けた。が、それに応える多摩子のほほえみはなかった。

「弓島さん」

彼女の声は初めから尖《とが》っていた。

洒落たスーツを着込んではいるが、曽ての甘えた表情はなく、ただ嫉妬に駆られた眼と、歪《ゆが》んだ顔とがあった。

「何ですか」

「あなたは嫂とどこでお逢いになったんです？」

いきなりの詰問《きつもん》だった。

「お義姉《ねえ》さんとですか」

弓島は煙草を取出した。多摩子が加須子と衝突して来たのは分りきっている。多分、多摩子は加須子の外出に気を回したに違いなかった。問題は、それに加須子がどう答えたかである。口裏が合わないと妙なことになりそうである。

「小料理屋ですよ」

と、彼は当り障《さわ》りのないことを云った。

「小料理屋ですって。どこですか？」

「駅の近くのちょっとしたところですよ」

多摩子はしばらく黙って弓島をみつめていたが、

「嘘でしょう」

強く云った。

「どうしてですか。どうしてそんなことを云うんですか」

弓島はなるべく落着くようにした。

「嫂から聞きましたわ」

「へえ、ぼくの云ったことと、お義姉さんの返事は違うんですか？」

「違います」

「お義姉さんはどう云ったのです？」

「誤魔化さないで下さい。弓島さん、あなたは嫂と旅館に行って何をなさったんです？」

「旅館？」

弓島は、多摩子がカマをかけているのではないかと思った。加須子がそんなことを多摩子に云うはずはない。加須子も多摩子の僻《ひがみ》をかなり気にしていたからである。

「そんなところには行きませんよ。そこは料理だけを出すところですからね」

多摩子は猜疑的《さいぎてき》な眼を消さなかった。

「でも、それは一間の座敷で、誰も寄せつけなかったんでしょ？」

「そんなことはありませんよ。女中だって料理を運んだり、お酒を持って来たりして、しょっちゅう出入りしていましたからね」

「あら、お酒呑んだの？」

多摩子の眼がぴかりと光った。

「ええ、ちょっとね」

「嫂も呑んだんですか？」

「加須子さんは呑みません」

「あなたは女中が出入りしたと云っていたけれど、いつもいつもじゃないでしょ？あんなところは、男女の客だと気を利《き》かしてあまり寄りつかないと聞いています。

あなたが嫂にどう云って、そうして何をしたか分りませんわ」

「ぼくらはラビット光学のことで話合っただけです」

「怪しいもんだわ。嫂だって最初、あなたとそんなところに行ったとは云わなかったんですからね。はじめは、ラビット光学から真直ぐ帰ったようなことを云ってたわ。心に疚《やま》しいことがあるから、正直に云えなかったんです」

「多摩子さん、それはひどいですよ。お義姉さんも何でもないことだから、あまりふれなかったのでしょう」

「いいえ、そうじゃありません。わたしはあなたの性格をよく知っています。それに、あなたは前から嫂に心を寄せていたわ」

「好意は持っています。それは否定しません」

と、弓島は煙草の灰を叩《たた》き落した。

「ただ、それは、加須子さんが独りであれだけの経営をなすっていらっしゃるのに同情しているんです。できるだけ便利を図りたいというのが、ぼくの偽らない気持です。それ以外の邪心はありませんよ」

「弓島さん、はっきりおっしゃって下さい」

「何ですか？」

「あなたは本当にわたくしに愛情を持っているの？」

「ええ」

弓島の返事は思わず弱くなった。

「ねえ、それをはっきりとわたしに云って下さい」

多摩子は椅子から起つと、弓島の横に来てその肩をゆすった。

「ねえ、云って下さい。本当にあなたはわたくしにしたことに責任を持っていらっしゃるの？」

多摩子の眼のふちが黒くなっていた。

「そりゃ……持ちます」

「本当ですね？　本当に愛情を持って下さるのね？」

「持ちます」

「わたしはあなたにもてあそばれたと思うと、屈辱《くつじょく》だわ。あなたはまさかそんなことはしないでしょうね？」

「そんなことは絶対にありません」

「そう……あなたは本当に嫂には何にもしていないのでしょうね？」

「まさか。そんなことは絶対にありっこありませんよ」

「わたし、不安だわ。だってあなたは前から嫂さんを好いていたんでしょ。それを途中でわたしが出てきて積極的にあなたに近づいたものだから、つい、あなたもわたしの相手をなすったんだわ」

多摩子はさすがに弓島の気持を見抜いていた。

「もし、わたしが出てこなかったら、あなたは嫂と深い仲になっていらっしゃったと思うわ」

「お義姉さんの気持はどうなんですか？」

弓島は思わずそんなことを訊いてしまった。

「嫂だって先になれば、その気にならないとも限らないわ。だって独りぼっちだもの、やっぱり強力な協力者が必要だと思うの」

「そうですか」

「いやねえ、そんな顔して。やっぱり嫂が好きなんでしょ？」

「しかし、もうあなたとこうなってしまえば、どうにもなりませんよ」

「後悔してらっしゃるの？」

「少しは残念だが、やむを得ませんよ」

「ねえ、弓島さん、お願いだから、今後一切嫂には接近しないで下さい」

「…………」

「うちの仕事のことは全部、わたしがお話相手になるわ。少なくとも、あなたとの折衝《せつしょう》はわたしが当りたいんです。嫂にはそう云っておきますわ」

「しかし、多摩子さん、そんなことをしたらお義姉《ねえ》さんに悪いんじゃないですか。お義姉さんがせっかくここまであの工場を盛立ててきたんですからね」

「いいえ、この前も云った通り、嫂には将来わたしの家から出てもらいます。相当なお礼をして、適当な結婚をさせますわ」

「…………」

「わたし、心配だわ。あなたは本当に小料理屋で嫂に手を出さなかったでしょうね？」

「そんなばかなことはしてませんよ。加須子さんに訊いて下さい」

「嫂がそんなことを云うもんですか。あなたはわたしにしたように、嫂にも手を出したような気がしてならないわ」

「変な邪推はよして下さい。とにかく、何でもなかったことだけは言明できます。それから、今の話ですが、それもよく考えておきますよ。多摩子さん、今日はぼく、ちょっと忙しいんです」

「お仕事のことなんか、わたしの今の立場に較《くら》べると何でもないわ。そんなものはほかの人に任せておけばいいと思います。また明日に延ばすことだってできるでしょ？」

「それが、この会社ではぼくでないと駄目なんですよ。明日に延ばせない仕事が一ぱいあるんです」

「ねえ、弓島さん、あなたはわたしがこうして来たので、お逃げになるんじゃないでしょうね？」

「そんなことはありません。あなたも近く経営者になろうという人だから、われわれにとって仕事がどんなに大事か分るでしょう？」

「そりゃ分らなくはないけれど」

多摩子はだんだんに軟化《なんか》してきた。弓島は椅子から起ち上った。とにかく、彼女をおとなしく帰さなければいけない。

「多摩子さん、このことについてはまたゆっくり話しましょう」

「ほんと？　いつ逢って下さるの？」

「そうですね、明日は都合があるし、明後日も先約があるし、その次あたり電話します」

「いやだ、そんなに長いの」

「あまり外でたびたび逢うと、人目につきますからね」

「わたしなら構わないわ。そんなに長く放って置かれるといやだわ。一刻も早くあなたの本心を突き止めたいわ」

「分りました。それじゃ、明日か明後日あたり電話で連絡します」

「そう。きっとね。それに、弓島さん、わたし、重大な話があるの」

「それもお逢いしたときに聞きますよ」

弓島は腫物《はれもの》にさわるようにして多摩子を送り出した。門を出るまで、廊下で出遇う事務員や、事務所の女性たちが伸び上って多摩子のうしろ姿を見送った。弓島は舌打ちをしたいくらいだった。

多摩子の云う重大な話というのは何だろう?

とにかく、こうなると厄介至極《やっかいしごく》だった。

これだから素人の女は面倒臭い。一度身体の関係が出来ると、鳥モチのように粘《ねば》りついてくる。水商売の女だと、そんなことはなかった。金で済むことだし、いつまでも愛情だの何だのと深刻めいた顔で迫ることはなかった。

なんとか多摩子をうまく切り抜ける方法はないか。狙っている相手の加須子の義妹だけに面倒だが、そのうち何とかなりそうにも思えた。大体、誘惑してきたのは、多摩子のほうではないか。

「専務さん」

女子事務員が呼びに来た。

「こういう方が見えています」

弓島は名刺を受取った。どうせつまらない下請業者だろうと思って気軽に一瞥《いちべつ》したのだが、彼の眼はそれとは違った表情になった。

「通してくれ」

真剣な表情だった。

「かしこまりました」

「ちょっと待ってくれ。第一応接より第二のほうがいい」

第一応接はとかく客を通すのに一ばん多く利用されている。第二はあまり人がのぞきにこなかった。

弓島は客を待たせて、一たん専務室に帰った。事務所から上ってきた書類を見ているが、眼に落着きがない。客のことが気にかかるのである。彼は、それでも心を落着けるように仕事の書類を点検した。いつもだと、ちょっとしたミスを見つけ、部下を呼んで叱るのだが、今は、その書類の文字や数字がざっと彼の眼を掠《かす》めたにすぎなかった。

彼は諦めて窓辺に歩む。そこには屋根の上にアルプスの連山が見えていた。高い頂上にはまだ雪が残っている。山襞《やまひだ》に沿って筋のように垂《た》れた雪だ。蒼い空を背景にそれが抜けたように白い。壮大な景色だった。

しかし、見馴れているせいか、弓島の眼には色彩のない景色だった。とりわけ今は灰色に映っている。

弓島邦雄は、そこで何分間か立っていた。それから、背中を回して専務室を出て行った。

第二応接をあけると、さっきまで多摩子の坐っていた椅子に顔色の悪い四十男が腰を下ろしていた。背が低く、風采《ふうさい》が上らない。しかし、着ている洋服は上質のものだった。傍らの椅子に黒い大きな手提鞄が置いてある。弓島の眼は、その男よりもまず鞄を一瞥した。

「今日は」

と、四十男は窪んだ頰に皺を寄せて笑った。

「やあ」

弓島は横柄にうなずいて、向かいの椅子に自堕落にかけた。

「いかがでございますか、お忙しいでしょう？」

四十男は商人のように愛想笑いをし、両手をこすっている。

「まあね」

「お顔色はよろしいようで」

「うむ」

「そうそう、まず、ことづかりものからお渡しします。これを忘れると大へんだ。恨《うら》まれますからね」

傍らの鞄を引寄せて、中から封筒を出した。弓島は弾まないような手つきでそれを受取り、面倒臭そうに中身を開いた。ざっと読むと、その場で破った。

「これはおどろきましたね。一度お読みになっただけですぐに破られるとは。あの女が可哀想ですよ」

と、男は歯を見せていた。煙草のヤニの溜《たま》った黒い歯だ。

「なに、こんなのはどっちでもいい」

弓島は云った。

「そうですか。しかし、専務さんもほかの女の子にもてるとみえて、一人の女には薄情なもんですね」

「…………」

「わたしなんざ、あんなきれいな女が自分のものになれば、夢中になって大事にしますがね」

「そんなら君にやってもいいよ」

「へへへ、冗談で。わたしは分《ぶん》を心得ていますからね。ま、適当なところで結構です。……そうだ、商売々々」

彼はドアのほうに眼をやったあと、わざと卑屈な調子で云った。


加須子は部屋で着物を裁《た》っていた。このところ、めったに着物を作っていないから、久しぶりに新調を思い立った。夏ものだが、近所の人から、小千谷《おぢや》縮《ちぢみ》を安く世話すると云って、半分は押しつけられたようなものだった。

こういうことはほとんど夜にしている。昼間は工場や事務のほうが忙しく、めったにそんな余裕はなかった。しかし、今日はどうも落着かなかった。多摩子のことがある。彼女がハイランドの弓島専務のところに押しかけたことは分っていた。そこでどのような問答が行われているか考えるとこちらの気も苛立《いらだ》ってくるので、こういう縫仕事をしていると少しは気分が落着くと思った。

多摩子が出て行ってから二時間くらい経っていた。あの子のことだから、きっと会社に行って正面から弓島にいろいろなことを質問しているに違いなかった。多摩子は弓島にのぼせ上っている。そのことで、はっきりと二人の間に不道徳な関係が出来ていることは分るのだ。

加須子は、弓島のその不潔さが不快でならなかった。義妹とそんな交渉を持ちながら、自分にも手出しをしようとしている。弓島は多摩子よりあなたのほうが好きだったと云った。それは前からの彼の行動でまるきり嘘とは思えないが、一方では多摩子に手を出す、そのやり方が耐えられなかった。もっとも、この前からの多摩子の言動を見ていると、彼女が弓島を誘惑したようにも思える。その点、多摩子にも罪はある。しかし、それで弓島がゆるせるというものではなかった。

弓島は今後もずっと加須子を援助したいと云っている。加須子は工場の事情から、それもむげに断わり切れない。しかし、彼女はどこまでも自分の立場を守ってゆく覚悟でいた。旅館で彼を拒絶したように、その態度を守り抜くのだ。

多摩子が二人の間を疑っているのは、彼女の嫉妬からだが、東京から帰ったときの多摩子と人間が変ったようになっているのが哀れだった。口先だけでは大そう理知的なことを云っていたのに、いざ異性と交渉を持つとまるきり理性をなくしている。多摩子にとっても弓島は最初の男だから無理もないといえる。

問題は、弓島が多摩子には何の誠意も持っていないことである。もとより、弓島には妻がいる。それだけですでに多摩子の恋愛が破局を示していることなのだが、それよりも根本的なことは弓島の多摩子への興味が一時的なものだということにある。

それが多摩子にも分りかけているのだろう。悪いことに、多摩子はそれを加須子のせいにしている。つまり、弓島が加須子に惹かれていることで自分の恋の完成を邪魔されていると取っているのである。

この前の話では、多摩子は、この工場の経営を自分がみると云っていた。それが弓島と軽井沢に行った直後のことだから、和田峠の車の中でどんな話が交されたか察しがつく。おそらく、多摩子は弓島のその場だけの思いつきに有頂天になったに違いない。

しかし、多摩子のほうも懸命なのだ。彼女はここの経営を自分が肩替りして、将来、弓島のハイランドの傘下に入る意図《いと》でいるらしい。

加須子は、そのときの自分を考える。死んだ夫のあとを継いで経営を守ったとはいえ、この家ではやはり他人だった。結局は去らなければならない。もちろん、その覚悟はあった。

だが、亡夫の遺志をもう少し実現してみたかった。そう簡単にハイランドに吸収されたくなかった。こんな小規模の中小企業だ、ハイランドからいい加減な条件で吸収されるにきまっていた。

これまでの努力はともかくとして、そのことが加須子には残念だった。せめて多摩子にそれを云い聞かせたいのだが、弓島を知る前の彼女は工場の経営などてんで見向きもしなかった。また、弓島を知ってからは、その未経験から非現実的な虹だけを描いている。――

遠くで襖のあく音がした。そこが多摩子の部屋だと分っている。襖の音や、何やら勢いよく立てる物音で多摩子の不機嫌さが分った。弓島とどのような話をして来たのだろうか。その結果が決して彼女の満足のいくものではなかったことは、その荒々しい物音で想像がついた。

加須子は胸が緊《し》めつけられるようだった。今に多摩子はここにやって来るだろう。また例の調子で云いがかりをつけられるかも分らない。

加須子は裁《た》ちもの台を前にして息を凝《こ》らしていた。

足音がこちらに向かって来る。はっとすると、部屋の襖がさっとあいた。

いつもなら外から、ごめんなさい、と声をかけるのだが、今度はいきなりだった。

多摩子は入って来たまま、嫂の前に突っ立っている。加須子が見上げると、多摩子は両手をポケットに突っ込み、あらぬ方を睨んでいた。その横顔が怕いくらいに蒼い。

「お帰んなさい」

加須子はできるだけ素直に云った。

返事はなかった。

「早かったわね」

いつも出る癖《くせ》の挨拶だが、多摩子はくるりとこちらを向いた。

「お嫂さん、それ、皮肉でおっしゃるの?」

加須子のほうがうろたえた。

「いいえ、そんなつもりじゃないわ。……あなた、何だか変ね」

「どうせ変だわ」

多摩子はつっかかるように云った。

「お嫂さん、嘘ばっかり云うから、わたしだって変になってくるわ」

「………」

「いま、弓島さんに逢って来たわよ」

「そう」

加須子は胸がどきどきした。

「弓島さん、お嫂さんと旅館に行ったんですってね？」

加須子は当惑した。この場合、弓島の軽卒を憾《うら》んでもどうなるものでもなかった。嫉妬に昂《たか》ぶっている多摩子をどう宥《なだ》めるかである。

「旅館といっても普通のところではないわ。お料理を戴きに寄った『湖月荘』だわ」

「そう。やっぱり旅館ね。『湖月荘』だって割烹《かっぽう》旅館じゃないの？　泊り部屋があるわ。ふふん、弓島さん、やっぱり疚《やま》しいから、それを匿《かく》していたわ」

加須子は、あっと思った。多摩子の奇計だった。

「お嫂さんだってそれを云わないんだもの。両方で匿し合っているのはおかしいじゃないの。どう想像されても仕方がないわ」

「多摩子さん、そんなイヤな想像をしないでちょうだい。もし、あなたが本当にわたしのことを考えてくれたら、そんな考えはなさらないと思うわ。それとも、その割烹旅館にお訊きになったら、わたしたちのこと、はっきりするわ」

「わたしたち、とおっしゃったわね」

多摩子は眼を据えていた。

「いつから弓島さんとそんな仲におなりになったの？」

「……………」

「思わず本音が出たんじゃないの？」

「何を云うんです。あなたは弓島さんからどんな話を聞いて来たの？」

「弓島さんもわたしを誤魔化していたわ。わたしが年齢《とし》が若いと思って、二人でバカにしてるのね」

多摩子の声は震えていた。

「お嫂さん、卑怯よ。弓島さんとそんな仲だったら、はっきりとそうおっしゃったらどう？」

「でも、それは誤解だわ」

「いいえ、わたしは確信をもって云えるわ。お嫂さんは弓島さんの愛人じゃないの。それをきれいごとになんだかんだと云ってわたしを騙《だま》そうとしたんだわ」

「多摩子さん」

加須子は裁ちかけの反物を膝の上に置いた。

「もう、そんな言葉は遣《つか》わないで下さい。いま、あなたは昂奮してるわ。だから、わたしが何を云っても分らないの。ただ、わたしは弓島さんと何でもないことだけを心に留めておいてちょうだいね。そして、もう少し時間をおいてあなたと話合いましょうよ。あなたもそんなに昂奮してるからわたしの云うことが分らないし、わたしももう少しあなたに分ってもらえるようによく話すわ」

多摩子は加須子の膝に載っている縮にじっと眼を止めていた。

「お嫂さん、素敵な着物をお作りね」

「…………」

「それ、弓島さんとのデート用なの？」

加須子は腹が立ってきた。何か衝動的なものが胸から突き上ってくる。が、それを懸命に抑えた。

「変なことばかり云うのね」

と笑ってみせた。

「そんなんじゃないわ。たまたま安いからと云って知合いの方が持って来て下さったの。これから夏になるでしょ。恰度《ちょうど》、一枚欲しいと思っていたところだったので、作ってみる気になったの。……あなたに断わらないでご免なさいね」

「いいえ、わたしなんかにお断わりになることないわ。お二人の秘密なデートに着て行けばいいじゃないの。わたし、お嫂さんの、そんな偽善的な言葉が大嫌い！」

「多摩子さん」

「そうじゃないの。いつもお嫂さんたら、取澄ましたきれいごとで誤魔化そうとかかってるわ。もうわたしも騙《だま》されないから……」

「……………」

「何よ、そんな着物！」

多摩子は吊り上った眼で、畳の上の黒い裁《た》ち鋏《ばさみ》を摑《つか》んだ。

あっという間もなかった。鋏は加須子の顔の正面に飛んで来た。

11

その日弓島が会社から帰りかけると、電話が鳴った。

「専務さんですか。遠沢さまとおっしゃる方からです」

交換台が帰っているので、声は警備課の受付からだった。

加須子だと思ったが、もしかすると、多摩子かもしれない。昼間の様子から考えて、家に帰った多摩子が加須子と衝突でもしたのかと思った。多摩子の話なら大体分るが、加須子からだと、少し複雑な用件になりそうだ。しかし、そのほうがどこか愉《たの》しみであった。

「遠沢だれだ？　名前を訊いてくれ」

「ご婦人からです」

「分っている。名前を知りたいのだ」

警備課受付は首をすくめたように引込んだが、

「今お伺いしましたら、お電話に出ていただければ分ると申されています」

それで、はっきりと多摩子からだと知った。

「弓島さん？　まだいらしたの」

笑っているような多摩子の高い声だった。

「ぼつぼつ帰りかけているところです」

「こんなに遅くまで？　案外、ご精勤なのね」

「昼間、あなたのお相手をしていたので、仕事が溜ったんですよ」

何のために今ごろ電話をかけて来たのだろう。義姉との衝突でも報告したいのか。——

「それはお気の毒ね。ご苦労さま。……少しお話があるんですの。お目にかからせていただけますか？」

弓島は、多摩子の執拗《しつよう》さにちょっとうんざりした。

「今夜はこれから帰りたいんです。まだ飯も食っていませんよ」

「久しぶりに奥さまに孝行？」

「でもないんだが、家に持って帰って処理する書類もありますからね」

「でも、わたし、お逢いしたいんです」

強い声だった。

「明日じゃいけませんか？」

「いやにお避けになるのね。昼間のお言葉が本当だったら、喜んで逢って下さるはずだわ」

弓島は、電話を警備課の者が盗聴しているのを意識していた。女からかかってくる電話を、交換台では必ずと云っていいほど好奇心を持つ。

「何か急ぐ用事ですか？」

急に事務的な語調に変えた。

「冷たいのね。でも、ちょっと電話で申しあげただけでも、きっと逢って下さると思いますわ」

「電話で済む用件なら云って下さい」

「電話だけでは済みませんわ。実は嫂《あね》のことなんです」

「だろうと思いましたよ。昼間の血相から考えると、今夜あたり何かありそうだとね」

「それがちょっとやそっとのことではないんです。わたくし、嫂に怪我《けが》をさせましたわ。いま、嫂は入院して大騒ぎなんです」

「えっ、なんですって？」

弓島は、受話器を耳に押しつけた。

「お義姉さんが怪我をした？」

「ほら、嫂のことになると、すぐにそれだから」

「しかし、入院というと、誰だってびっくりしますよ。どうして怪我をしたんですか？」

「わたしがやりましたの」

弓島は、さすがにごくりと唾《つば》を呑んだ。胸が高鳴ってくる。

「い、いったい、どうしたというんです？」

「だから、詳しいことはお逢いしてからお話しますと云ってるでしょ。すぐに出て来て下さい」

「いま、どこに居るんです？」

「上諏訪駅前の公衆電話です。お待ちしてますわ」

「で、お義姉さんには生命の別条はありませんか？」

「すごい血よ。畳一面真赤な海になりましたわ。その中で嫂が倒れているところだけ見届けて飛び出して来たんです」

「介抱《かいほう》もしなかったんですか？」

「そんなこと出来るもんですか、喧嘩したんですもの。……ねえ、弓島さん、こんなことになるのも、みんなあなたの責任よ」

「じょ、じょうだんじゃありませんよ。しかし、とにかく、そりゃ大へんだ」

「来て下さる？」

「詳しいことは今からそっちへ行って伺いましょう。……あ、それから、警察には何も分っていないでしょうね？」

「大げさね。まさか、いくら何でもそんな恥さらしはしませんわ」

弓島は電話を切ったあと、息を静めるように煙草を吸った。

多摩子が帰ってから加須子につっかかって行くだろうことは想像していたが、まさか刃傷《にんじよう》沙汰《ざた》に及ぶとは思わなかった。血の海とは例の誇張だろうが、負傷させたことは間違いあるまい。一体、なんで斬ったのだろうか。もし、工場だと、殴りつける道具にはこと欠かない。部屋の中だと、庖丁でも持ち出したのだろうか。

弓島には多摩子の逆上に無抵抗に倒れている加須子の姿が想像できた。

実際は、そんな状態の加須子のところに一刻も早く飛んで行きたかった。いま入院という言葉が多摩子の口から出て来たから、市内のどこかの病院に担《かつ》ぎ込まれているのかも分らぬ。そっちのほうに付添ってやりたかった。

もし、斬ったというのが本当だったら、どこをやられたのだろうか。顔かもしれない。女はすぐに顔に向かって攻撃を加えると聞く。加須子の場合も顔のような気がした。それだと、すぐ飛んで行くのも考えものだとも思った。それに、第一、加須子のところに行こうにも多摩子と逢わなければどうにもならない。もし、駅前に待ちうけている多摩子をはぐらかして加須子を見舞おうものなら、また、どのような椿事《ちんじ》が出来《しゆつたい》するか分らなかった。弓島の眼にはいらいらしながら彼の来るのを待構えている多摩子の姿が泛《うか》んでいる。

素早く机の上を片付け、彼の執務中帰宅を拘束されている総務課の主任を呼んだ。

「社長の今夜の予定はどうなっている？」

社長は彼の従兄だ。

「今夜は関西方面の代理店の方が二人いらして、浅間温泉でご招待されております」

「ああ、そうだったな」

同席してくれという従兄の社長の言葉を思い出したが、相手があまり好きな人間でないので、理由を設けて断わっている。

「急用が出来たのでね、家に電話をして、女房に帰りが遅くなると伝えておいてくれ」

「かしこまりました。あの、お出かけ先は？」

総務課主任が恐る恐る訊いた。

「余計なことは云わないで、それだけ伝えればよろしい」

「はあ」

誰かが走って運転手に専務の外出を告げたらしい。弓島が玄関に出たとき、ライトを点けた車が車庫からゆっくりと回って来ていた。

弓島は、車の窓から会社の建物を仰ぐ。工場のどの窓にも赤々と灯が点いていた。アルプスの遠景は闇の底に沈んでいるから、真暗な中空に灯の城が浮んでいるようだった。いま、輸出向けの納期が迫って毎晩夜業をつづけているのだ。ほとんどが女子工員で、土地の労働基準監督局がうるさいが、そのほうの役人には日ごろから手当てしているので大したことはないと弓島は思っている。

暗い畑の向うに上諏訪の街の灯が一かたまりとなって輝いていた。それがだんだん近づいてくる。

温泉客のうろついている賑やかな通りを抜けると、駅の前の広場に立っている多摩子の姿を見つけた。おや、と思ったのは、彼女が片手にスーツケースを提《さ》げていることだった。車を停めると、運転手が降りない前に、彼女のほうからさっさとドアをあけて座席に入り込んできた。

「わりあい早かったのね」

多摩子は普通の声だった。

「そりゃあわてないわけにはいきませんよ。あの電話ではね」

「ふ、ふふふ」

多摩子は小さく笑って、運転手の背中へ顎をしゃくった。聞いてるわよ、という意味だった。

「ちょっと降りましょう」

「あら、また出るの？　乗ったばっかしなのに」

「じゃ、どこに行けばいいんです？」

「そうね、上諏訪でないほうがいいわ」

多摩子は、自分のスーツケースを指の先で叩《たた》いた。

そんなわけにはいきませんよ、と弓島は云いかけたが、それも運転手に聞かれそうなので、

「一応、待合室に入りましょう」

と促《うなが》した。こんなとき社用の運転手は都合が悪い。

ざわざわする駅の待合室の片隅に腰をかけた。夜の八時ごろで、恰度、東京方面から来た列車が到着したとみえて、ぞろぞろと温泉行の旅客が改札口から出てきている。

「鋏でやったとは愕《おどろ》いたな」

弓島は、ひと通りの説明を多摩子から聞いて溜息をついた。

「ご心配？」

多摩子は面白そうに弓島の顔をのぞく。

「そりゃ誰だって心配しますよ。あなたがその犯人だからね」

「嘘。被害者が加須子さんだからでしょ」

「で、あとも見ずに逃げ出したんですか?」

「だっておろおろして介抱するのみっともないもの。どうせ誰かが駈けつけて来ますわ」

「どうしてそんなことになったんですか?」

「着物が悪かったのよ。加須子さん、新しいのを縫ってるものだから、つい、あなたとのおデート用に見えてきたんです。で、頭にかっと血が上ったの。あなたにも責任があるわ」

「ヘンなことを云わないで下さい。ぼくはそんな約束なんかしていませんよ」

「どうだか怪しいもんだわ。あなたって二重人格ね。陰でこそこそと、加須子さんと何を連絡しているか分ったもんじゃないわ」

「それはあなたの僻《ひが》みですよ」

「どっちにしても、わたし、後悔なんかちっともしてないから。あれできれいな顔に四針か五針縫って、チャックのような疵痕《きずあと》が出来て、あなたの夢が一ぺんに醒めると思うと、胸がすっとするわ」

「おどろいたな」

「今さら悲しそうな顔で、おとなしそうに見せかけてもしようがないわ。悪女で結構よ。だいたい、あそこに鋏があったのがいけないのよ」

「どこの病院に運ばれているんでしょうね？」

「なんでしたら、電話で家に問い合わせたらいいわ。でも、ご心配ご無用。嫂《ねえ》さんには倉橋が付いていて、結構、献身的な看病をしているに違いないから」

「倉橋君というのはあそこの職長ですね？」

「そうなの。あの人、あなた以上に嫂さんに惚れてるわよ。でも、あなたのように図々しくないから口には出さないけれど」

「ふうん。……」

「ほうら、顔色が変った。……そっちのほうが加須子さんの疵よりよっぽど気がかりらしいわね」

「そんな男、問題じゃありませんよ」

「へええ、自信があるのね」

「そうじゃない。ぼくがそんな職長クラスと同じ意識になると、自分自身が惨《みじ》めだということです」

「そのプライド結構よ。……ねえ、弓島さん、今夜、わたし、家には帰れないわ」

「…………」

「そりゃ帰ったって平気よ。でも、わたし、大きな顔をしてやりたいの。みんながじろじろ見るのを睨《にら》み返してやることだって出来るわ。でも、やっぱり、そんな不愉快な所に戻るよりも、思い切り今夜と明日くらいはどこかに行きたいの。弓島さん、どこかに連れてってよ」

多摩子は弓島をみつめた。はじめて、その眼には哀願ともつかぬ強い表情が滲《にじ》み出ていた。弓島は、多摩子がスーツケースを提げているのを見たときから、そんなことを云い出しそうな予感を持っていた。

「出し抜けにそんなことを云ったって無茶ですよ。ぼくだってやりかけた仕事がありますからね。いま、輸出用の品を納期に間に合わすことができるかどうか、一生懸命なんです。これが遅れると、罰金《ペナルティ》だけで利益は吹っ飛んでしまいますからね。輸出用だと、ほとんど原価を切ってるような状態です」

「いやね、こんなときに商売の話。……とにかく、何がなんでもあなたをどこかに引っ張ってゆかないと気が済まないわ。わたしの立場も考えてよ」

「しかし……」

「お願い。……女の気持ってそんなものだわ。あなたに慰めていただくことだけでいっぱい。……わたしのぐるりはみんな敵だわ。こんなことになったのも、あなたを愛しているからだわ。いま、わたし一人であの家に戻れって云うの、そりゃ残酷《ざんこく》だわ。ねえ、一晩と一日だけでいいの。そしたら、わたしの気持も落着くと思うの。このままではとてもやりきれないわ」

駅に知った顔の人間が二、三人通ったが、弓島と多摩子を見て複雑な表情で、むこうから眼を外《そ》らせた。弓島はだんだんいたたまれなくなった。

彼には多摩子の云うことなど感動も何もなかった。ただ、そういうときの女の心理が生理上にどんな影響を与えているかに興味が走っていた。彼がふいと起って家に電話をしたのもそのためである。

「今夜は大阪の客が来ているから帰れないよ。社長と一しょだ」

妻を呼んで宣言した。

「そうですか。さっきは遅くなるというご連絡でしたわね。でも、分りました。お好きなときにお帰りになってよろしいわ」

妻も乾いた声で応酬した。

弓島は黙って電話を切った。そういう妻に憤りが起ってくるが、ここで電話でやり合うこともない。

「奥さまのお許しが出たの？」

多摩子は椅子から起って来た。皮肉よりも、弓島が同意してくれたうれしさがあふれ出ていた。

「どこに行きます？」

「東京がいいけれど、今からだと遅いわね」

多摩子は腕時計を見た。

「そりゃ遅い。それに、予約してないから碌なホテルはありませんよ」

「だったら、上山田温泉はどう？　社の車、帰してよ」

弓島は覚悟を決めたように、待っている運転手のところに歩いた。運転手があわてて降りようとするのを抑《おさ》えて、

「いいんだ。帰ってくれ」

「はあ」

「それからね、総務課の者に云っといてくれ。急用が出来たので明日は休むってな。明朝でいいよ」

「かしこまりました」

社の車の赤い尾灯《テール》が街角に消えるのを見届けて、弓島は駅前のタクシーを手招きした。

車に乗ると、諏訪の街の灯が瞬《またた》く間に遠ざかり、ヘッドライトだけが淋しい路を掃《は》いてゆく。

「あら、夜業やってんのね？」

暗い地平線にハイランド光学の建物が光を点けて浮んでいるのを多摩子は見ている。

「そうですよ。ぼくだってのうのうと遊んでるときじゃない」

「専務さんとしてはね。でも、いいでしょう、今夜と明日は何も考えないで」

「あなたのために滅茶々々《めちゃめちゃ》になりそうだ」

「あら、それはこっちの云うことよ。あなたさえ居なかったら、わたし、嫂ともうまくいっていたし、今ごろは東京に帰って平和な気持で絵をかいていたに違いないわ。……そんなこと、もう止めましょう。云ったたっておっつかないわ。大事なのはこれから先よ」

多摩子は弓島の傍に擦《す》り寄って来て、その手を握った。

車は小さな部落の灯の前をいくつか走って坂路にかかった。ときどき、深夜便らしいトラックが猛烈な勢いで走り過ぎる。

「あの車にぶつかってみたいと思わない？」

「思わないな、まだ命が惜しい」

「そりゃわたしだっておんなじだわ、若いんだもの。だけど、思い切りパアンと衝突してみたい衝動があるわ」

弓島には多摩子の気持が分らなくはなかった。多摩子の呼吸《いき》も身体も弾《はず》んでいる。今夜の多摩子は素人娘と思えそうになかった。事実ときどき、肩に顎を載せては彼の頬に口をつけてくる。

ヘッドライトの光が当るところだけ木の葉や草が白く浮び出た。

「ねえ、思い出さない？」

多摩子が弓島の肩を抱いて云った。もう運転手の耳など気にもかけていなかった。

「何をですか？」

「冷たいのね。軽井沢から帰ってくるときだわ。和田峠を通るときも、恰度、こんな感じだったじゃない？」

「…………」

「あなたには何とも感じないかもしれないけれど、わたし、昨夜のことが一生忘れられないわ。あれでわたしの運命が決ったようなものよ。狂ったと云っていいかもしれないわ」

「田舎の夜景って、どこも同じですよ」

「はぐらかさないで。弓島さん、わたし、あなたの本当の気持を伺いたいの。わたしは加須子さんまで傷を負わせたくらいあなたには一生懸命なのよ。もう、あなたの云うことなら、何でも聞くわ。中部光学なんて小っぽけな工場などどっちでもいいの。あなたが欲しいと云えば、ノシつけてさしあげてもいいわ。ほんとを云うと、そんなもの、経営する能力も興味もわたしにはないわ」


手術が済んだのが九時半だった。

倉橋市太は、加須子の手術が終るまで病院の廊下に待っていた。手術室はドアが固く閉ざされているので、外部の者にはどういう手順で手術が行われているかさっぱり分らない。倉橋は、ときどきドアを出入りする看護婦に様子を訊いた。

「順調でございます」

「もうすぐ終ります」

「負傷は耳のうしろでお顔は大丈夫でございます」

ただそういう短い言葉で断片的に報らされるだけだった。

ほかにも加須子の傷を心配して五、六人の女子工員が花束など持って来ていた。実はもっと見舞いの希望者があったが、職長の倉橋が断わったのである。手術の最中だし、第一、加害者が義妹では外聞が憚《はば》かられた。極力口止めはしたが、その効果があるとは思えなかった。狭い町だから、忽ち噂はひろがって行くに違いない。それは分っていても、できるだけ内密な方法だけはとっておきたかった。

九時四十分ごろになると、白い帽子に白衣を着た医者がマスクを外して手術室から出てきた。倉橋はすぐ医者の前に歩いた。

「先生、いかがでしょう？」

医者は立ったままで柔和な微笑を彼に向けた。

「幸い大したことはありません。五針程度で済みました」

事故後、倉橋は、血だらけの加須子を抱え起しているから、俯伏《うつぶ》していた彼女の顔の半面が真赤になっているのを見ている。それは耳のうしろの出血が片頰に流れていたのだ。

「もう少しでご婦人には大切な頬に疵《きず》がつくところでしたね。いや、それよりも、危ないところで頸動脈《けいどうみゃく》を切らずにすみましたよ」

「…………」

「傷の深さは、深いところで三ミリばかりです。飛んで来た鋏が切尖《きっさき》を真直ぐに突きつけず、斜めに掠《かす》ったので、傷の長さに比べて浅く済みました」

「どうもありがとうございました」

倉橋は医者に心から礼を述べた。どんな人間でも、こういう場合の医者は神様にも見える。

「しかし、乱暴なことをしたものですな」

背の高い医者は初めて個人的な感想を洩らした。

「いや、全くお恥しい次第です。先生、まあ、内輪のことですから、警察のほうにはどうぞご内聞に」

「分っています。過失ということにしておきます」

「申しわけございません」

「今夜はどなたも病人と口を利かれないほうがいいでしょう。本人も相当昂奮《こうふん》されているようですから」

「はい」

「看護のほうはわたしのほうで一切いたしますから、その点はご安心下さい」

「わかりました」

医者は、失礼、と云って倉橋の前を過ぎた。

それまで離れた所で待っていた女子工員が倉橋の横に急いで来た。

「倉橋さん、社長さん、どんな様子？」

みんな少女のような顔で、呼吸《いき》を詰めていた。

「大丈夫らしい。傷も大したことはなかったよ。それに、頭のうしろを掠《かす》った程度だから、顔には関係ないそうだ」

「よかったわ」

女子工員たちは溜息をついて口々に云い、互いに顔を見合せていた。

「社長さんのようなきれいな方が少しでも顔に疵がつくと、あんまりお気の毒だわ。ケガがそんな取りかえしのつかない場所でなくてよかった」

女子工員たちも日ごろから加須子を慕っている。これは大きな企業ではみられない現象だった。中小企業だと、そこに血縁的な愛情関係さえ生れる。殊に女子工員だから、余計に親近感が強かった。

「でも、多摩子さんはひどい方ね」

「ほんとだわね。謝るでもなく黙って逃げるなんて、どんな気持なんでしょう」

「もし、頸動脈でも切って社長さんの命に関わりがあるようなことになったら、どうするつもりかしら」

「多摩子さんの顔が見たいわ」

そんな囁《ささや》きが倉橋を取巻いて一時に起った。低いが、感情が昂《たか》ぶっているので、自然と高い調子になってくる。

「おい、静かにしてくれ」

倉橋はたしなめた。

「そんなことを他人《ひと》に聞かれては困るからね。君たちに頼んでおいた通り、あまり口外《こうがい》してもらいたくないよ」

「ええ、誰にも云やしませんから」

女子工員たちはみんなうなずく。

「いつまでここにいても仕方がない。いま、お医者さんが云ったように、今夜は面会謝絶だそうだ。手術したばかりだから、あと二、三日して社長が元気になったところで見舞に来てあげておくれ。そのほうがどんなに病人が喜ぶか分らないよ」

「でも、ちょっとだけお会いしたいわ」

倉橋がそれを宥《なだ》めているとき、廊下の突き当りの手術室のドアが真一文字にあいた。

加須子が横たわったまま運搬車に載《の》せられて病室のほうへ押されてゆく。上にかぶせた真白い布地《きれ》がまるで死人を運ぶように不吉に見えた。運搬車の車輪の音がコンクリートの床に鳴るのも余計にそんな感じを起させた。倉橋も、女子工員たちも凍りついたように動かず、運搬車が横の廊下の奥に看護婦たちに押されて行くのをみつめていた。

遠くでドアがあく音がし、車の音がその中に吸いこまれた。あとは、うす暗い電灯がぽつんと味気ない天井や廊下を照らしているだけだった。

「さあ、手術は成功したというから、もう帰っておくれよ」

倉橋は女子工員にすすめた。

「倉橋さん、どうなさるの？」

「そうだな、ぼくはもう少しここに残って看護婦さんに様子を訊き、それから帰ることにするよ」

「そう。じゃ、お願いします」

女子工員たちは抱えて来た花束を通りかかった看護婦に渡し、足音を忍ばせて玄関へ降りる階段口へ向かった。あとは、空虚な静けさが倉橋を包んだ。

倉橋市太は、薬の匂《にお》いがこもる廊下の長椅子にかけた。ここも一つだけ電灯が点《つ》いている。誰も居ないがらんとした場所で、白壁が人間の感情の一切を遮断しているようだった。外に向かった窓からは街の灯が映っていた。そこだけが人間臭い雰囲気を漂わせている。絶えず格闘している人間の空気を。――

倉橋は、あのとき工場に居た。お手伝いの百合が血相変えて飛んで来たので、すぐに母屋に走った。そこで見たのは、自分の部屋で横に倒れている加須子だった。前には裁縫の裁ち台があり、黒っぽい着物が縫いかけのままひろがっていた。倉橋が加須子を見ると、頭を抱えているその手の間から、血が溢れるように何条も流れていた。畳の端には裁ち鋏が飛び、刃尖《はさき》が赤くなっている。

百合がおろおろして、多摩子がこの部屋から急いで出て行ったことを倉橋に告げた。

彼が加須子を起すと、彼女の首筋から新しい血が噴き出た。畳にはその前から血が溜っていた。加須子は眼を閉じ、歯を食い縛《しば》っていた。

「車、車」

倉橋は度を失っている百合に云いつけた。百合は走った。

「どうしたんです、社長？」

倉橋はハンカチを出して加須子の血の上を押えたが、見る間に赤い色が滴るほどにひろがった。そこは加須子の耳のうしろで、髪が血で真赤に粘《ねば》っていた。

「病院に運びます。もう少し辛抱して下さい」

倉橋もあわてていた。気ばかりが焦《あせ》った。人を呼んでいいかどうかとっさの判断がつかない。多摩子の仕《し》業《わざ》だと分ったからだ。

「多摩子さんですか？」

加須子は首を横に振った。

「匿《かく》さないで下さい。普通の事態ではないのです」

「違います」

加須子は小さく返事した。

「じゃ、どうしたのです？」

「わたしが躓《つまず》いたら、倒れた拍子に鋏に当ったんです」

嘘だと分っている。百合の言葉と、多摩子が逃げたのが何よりの証拠だった。

「わたし、病院に入るんですか？」

加須子が細く訊いた。

「そうです。大したことはないと思いますが、応急の処置だけはしないと……」

「病院には入れないで下さい」

「どうしてです？」

「外に知れますわ……」

それは多摩子の兇行だという加須子の無意識な告白だった。

「大丈夫です。もし、万一のことがあったらどうします？　病院のほうは絶対に秘密を守ってもらいますよ」

「お医者さんにウチへ来ていただくわけにはいきませんか？」

「手遅れだったらどうなります？」

倉橋は叱ったが、咽喉からこみ上げるものがあった。加須子は最後まで多摩子を庇《かば》っている。

その多摩子は逃げたまま、まだ帰ってこない。行先は倉橋にも想像がついていた。近ごろ、多摩子が弓島に夢中になっているのを知っている。それだけに多摩子に対して憤りが燃え立った。いや、弓島に対してはそれ以上の忿怒《ふんぬ》が沸《たぎ》り立った。多摩子のことはどうでもよい。ただ、加須子に彼が何かと接近しながら、あの工場を潰そうとかかっているのが日ごろから腹にすえかねていた。

倉橋は人気のない部屋から出ると、階下《した》に降りた。自分の感情を殺すために足音を忍ばせ、足をゆっくりと階下に運んだ。

玄関の脇に外来用の赤電話があるのが眼についた。倉橋はポケットを探して十円玉を取出すと、受話器を外して銅貨を入れた。

弓島専務の自宅の番号を倉橋は憶《おぼ》えていた。これは前に、文句をつけるつもりで調べておいた。

電話に出たのはお手伝いらしかった。こちらは中部光学の倉橋だと正面から名乗り、奥さんに出てもらうように云った。

「弓島の家内でございますが」

乾いた女の声が代って出た。

「夜分にお電話して申しわけございません。中部光学の倉橋という者で、職長をしております。専務さんはご在宅でしょうか」

「主人は、今夜は留守でございます」

夫人の声には感情的な響きがなかった。

「恐縮ですが、大へん至急な用件があるのでございます。もし、専務さんの連絡先が分りますれば、教えていただきたいのですが」

「さあ、そういうことは、主人は一切云わない性分でございますから。相済みませんが、」

「もしもし、行先が分りかねます」

「今夜ずっとお戻りにならないのでしょうか」

「そうです」

失礼しました、と云ったが、受話器を置く倉橋の手が震えていた。


弓島邦雄は風呂から上って、庭の見えるベランダの椅子にかけていた。朝の十時だと、かなり強い太陽の光が芝生の上に降りそそいでいる。庭には松の群がった木立があり、石橋が架かっていた。離れたところで庭師が二人、草を掻《むし》っている。弓島はまだ宿の着物のままだった。湯上りの快い疲れが全身を怠惰に陶然《とうぜん》とさせていた。宿は上山田温泉だった。ここから軽井沢は近かった。

同じ部屋に付いている湯殿からは水音が聞えていた。多摩子があとから出てくるのだ。弓島は、今まで見ていた湯気の中の多摩子の肢体を眼に残している。白いまろやかな肩は、やはり若さが溢れていた。ぴっちりと緊まった肉づきは白磁のような光沢《つや》を湛えて、同じ湯槽《ゆぶね》の中で躍動していた。

「ねえ」

湯殿のほうから多摩子が呼んだ。甘えた声が水蒸気に濡れていた。

弓島は椅子から大儀そうに起った。二人で湯に入った間に夜具は片づけられ、テーブルの上に茶と、砂糖にまぶした小さな梅干と朝刊がのせられてある。

磨《す》りガラスのドアをあけると、そこが上り場になっていて、正面の鏡が真白に曇っている。湯気は浴槽の鏡の中から生《なま》甘い匂いといっしょに洩れていた。

「なんだい」

弓島はぞんざいな言葉を投げた。昨夜の愛撫が男を女の支配者にしていた。

「そのへんに、バスタオルないかしら」

察するところ、多摩子は一たん上り場まで来たが、バスタオルがないので、また湯殿の中に引っ込んだらしい。その鏡の中の戸も一枚の曇ガラスになっていて、多摩子のほの紅い身体の輪郭が透《す》けて映っていた。

「見えないな」

「見えないといって、あなた、バスタオルをお使いになったんじゃない?」

ガラスを隔ててのやり取りだった。

「使ったんだけど……」

「そいじゃ、きっと、その辺にあるわ。どこかに置いてらっしゃるんじゃない？」

声と一しょに浴槽との仕切りガラス戸が少し開いた。多摩子がタイルの上にしゃがみ、手拭《てぬぐい》で胸を蔽《おお》っている。桃色の身体からは白い湯気が炎のように舞い上っていた。

「さあ、どこへやったかな？」

弓島は、つぶやきながら多摩子に眼をやった。その視線に射竦《いすく》められたように多摩子が肩をすくめた。羞いと媚《こび》とが大きく開いた眼に籠《こも》っている。

弓島は、奇妙だと思った。同じ床《とこ》に一夜を過し、今朝も同じ湯の中に漬かって、その身体をさんざん彼の眼の前に晒してきたのに、こんなときには別の男から見られるように身体を縮める女の心理が分らない。

「いやだわ」

多摩子は媚びたように云った。

「そんなにじろじろ見ちゃ」

弓島は、ふん、と笑い、上り場の外に出たが、バスタオルは別の手拭と一しょに廊下の手摺《てすり》にかけてある。無意識にここに持ってきたとみえる。

「あったよ」

弓島は大声でタオルを摑んだが、その拍子にふと眼を向うにやると、鉤《かぎ》の手になった廊下を女中に送られて新婚らしい若い男女が歩いて行くところだった。

弓島は何となく興ざめた気持になり、バスタオルを上り場に抛《ほう》り投げて、元の椅子に戻った。蒼い空には眩《まぶ》しい光が漲《みなぎ》っていた。

女中の声が、襖の外から、ごめんください、と云った。

「どうぞ」

年増の女中が入った。

「お早うございます。お食事のほうはぼつぼつお支度してよろしゅうございましょうか？」

「ああ、そうしてください」

「あら、奥さまはまだお湯でございますね、それなら、もう少しして持って参りましょう」

「いや、かまわないよ」

「さよでございますか」

年増女中が膝を起しかけた。いい部屋は女中頭《がしら》のような古い女中が受持になっ

ている。

「きみ、最近は新婚さんが多いのかね？」

「はい、どうしてもシーズンでございますから」

女中は膝を畳に戻した。

「ぼくらも新婚だがね」

「あら、さよでございますか」

女中はほほえんでいた。

「嘘《うそ》だと思ってるんだな？」

「いいえ、そんなことはございませんけれど」

湯殿で、ばたんと戸を閉める音がした。多摩子が上り場に移ったらしい。

「あら、奥さまがお上りなすったようですわ」

旅館の女中に伴《つ》れの女を、奥さま、奥さま、と云われるほどくすぐったいことはない。向うもちゃんと正体を見抜いて云っているのだから、考えてみると、客を小バカにした話だった。

弓島もつい、逆に出たくなった。

「あれは、実を云うと、これでね」

小指を出した。

「まあ……旦那さまもお愉《たの》しみでございますわ」

「結構な身分に見えるかね？」

「そりゃ……わたくしどもなんか羨しゅうございますわ。いえ、旦那さまのような方を恋人にお持ちになる女性がでございますよ」

女中は多摩子には聞えないように小さく云った。

「そうでもないだろう。きみなんか適当に御亭主か、しっかり者の恋人かがいるだろう」

「そんな者がいましたら、この年齢《とし》までこんな所に働いていませんわ」

「キマリ文句だな」

「いいえ、ほんとうでございますよ。世の中は日向《ひなた》のところもあり、陰《かげ》のところもございますわ」

「これは巧い文句を云った」

「本当でございますよ。旦那さま。さっきも、この向うの山林で首吊り自殺がございましたが」

「なに、首吊りだって？」

「はい、今朝、近くの者が通りかかって見つけたそうでございますが、なんでも、五十過ぎの男の方だそうで」

「へえ。そんな年齢《とし》だと、まさか色恋沙汰ではないだろうな？」

「とんでもございません。大阪からわざわざ死場所を探していらしたらしく、小さな工場の社長さんだそうです」

「工場の社長……中小企業だな。金詰りか」

弓島は興味なげに云った。

「なんですか、或る大きな工場の下請けをずっとやってらっしゃるんだそうですが、親会社のほうから閉め出しを食って、どうにもならなくなったそうでございます」

「下請会社か」

弓島はさすがにイヤな気分になった。途端《とたん》に昨日会社で粘って帰った中村の顔が浮んでくる。あの場は多摩子が突然訪ねて来たので、いいかげんなことを云って追い返したが、もとより、中村を救うつもりはなかった。

「一体、何をやっていた工場だな。いや、その首吊りさんだが？」

「はい、なんでも、自動車の部品をやっていらしたそうですが」

「自動車か。自動車部門なら景気がいいんだろう」

「それが、旦那さま、見かけは大へん好景気のようですけれど、値下げが行われたり、新しい車の型が出来たりして、下請けのほうは、そのつど親会社から無理を云われて大へんなんだそうでございます」

「……………」

「それに、大きな自動車会社ほど下請けがたくさんございますそうで、親会社のほうではお互いに競争させて値下げ競争を狙ってるそうでございますから、見た目には派手なようでも、下請けの末になるほど犠牲がひどいんだそうでございますね」

「君はよく知ってるな」

「いいえ、ときどき東京の、そのほうの関係の会社の方がこの温泉に見えて、ご宴会などなさいますので」

「なるほどな。こりゃうっかりしたことは云えないね」

「あら」

女中は気づいたように手の甲で口を蔽《おお》い、

「大へん失礼しました。もし、ご気分に障るようなことを申しあげましたら、おゆるし下さいまし」

と、逃げるように出て行った。どうやら、弓島を下請工場の人間と勘違いしたようである。さすがに弓島が索然《さくぜん》とした気分に陥っていると、多摩子が湯上りの赧《あか》い頬で出てきた。

「ねえ、お腹が空《す》いたわねえ」

多摩子は鏡台の前に坐ると、掌《て》にクリームを伸ばしはじめた。何も考えない、満足しきった表情であった。

12

その日は軽井沢のゴルフクラブでフルコースを回った。戻って夕食がはじまった。コップ一杯のビールで多摩子は眼のふちや頬を赧《あか》くしている。

「なんだか浮かない顔ね」

弓島があんまり話をしないので、多摩子は、横から不満そうに見た。

「ここにわたしが無理に引っぱって来たのがいけなかったの？」

「そうでもないさ」

弓島はコップを飲み干した。

「だってお仕事が気になってるみたいよ。それともお嫂さんのこと？」

「まあ、ここまで来れば、ぼくも覚悟を決めてるよ。何も思わないことにしている」

「わたしのために無理することないわ」

多摩子は不機嫌になりかかった。

「いつだってここから車で岡谷に帰れるわ」

「………」

「なんだか、そうしてもらいたいといった顔つきね。……いやよ！」

急に多摩子は弓島の傍に来て、その膝をゆすった。

「どんなことを云われても帰らないわ。あなたも覚悟してちょうだい。お願いだから」

「この温泉に泰平楽《たいへいらく》で居ろというのかね？」

「それだけじゃないの。わたしと結婚してよ」

彼女は潤《うる》んだ眼をぎらぎらと光らせた。

「わたしの身体を最初にあなたに上げたわ。それを少しも後悔はしてないの。でも、やっぱり結婚してもらいたいわ」

「女房のほうを始末しろというんだね？」

「あなたの責任じゃないの？　わたし、待てと云ったら、一年でも二年でも待つわ」

「じゃ、三、四年待ってもらえるかね？」

「いい加減なこと云ってるわね。その間にあなたが奥さんと別れる手続を取ってること、ちゃんとわたしに見せて下さる？　口先だけだったらイヤよ」

「考えておく」

「考えておくってどんな意味？」

「だからさ、その手続の方法を考えておくというんだよ」

弓島は少々面倒臭くなってきた。これだから素人の女はやりきれない。多摩子もこういう間柄になる前は、もの分りのいい、さばさばした現代女性だと思っていた。それが一たん関係をつけると、じめじめした平凡な女になってしまう。その機智も知性も失われた。女はほかの生活では新しい面を出せるが、性の面では依然として旧いところから抜け切れないのか。

弓島は、はじめ多摩子に一つの幻影を持っていた。それがあるから多摩子の誘惑にも応じたのだ。彼にしてみれば、いわゆる据膳《すえぜん》のつもりでいた。責任はむしろ彼女にあるのだ。しかも、自分のイメージと違ったとなれば、索然とならざるをえなかった。或る意味で騙《だま》されたのはおれのほうだといいたくなる。

実際、彼は多摩子とこういうつき合いをしているうち、ますます加須子がよくなってきた。仮りに加須子とこういう間になっても、多摩子のようにはねちねちと深追いはしないであろう。そこは一度結婚をした女と、男を初めて知った女との違いだ。なるほど多摩子は処女ではあった。しかし、弓島にとっては、それほどの価値はなかった。むしろ多摩子の稚《おさな》い身体よりも、結婚生活を経た加須子に憧憬を感じるのだ。寝て面白くない女は、弓島には興ざめであった。

ただ、一つの利益だと思っていたのは、中部光学の工場をほとんどタダ同様にこちらに取れることだったが、これも今から考えてみると、さほどの魅力がないことがわかった。次第に近代工業化してきている光学工業にとっては、下請けの小企業一つを手に入れたところでそれほどの利益にはならない。弓島は、加須子を手に入れる魅力が、その工場の評価まで狂わしていたことに気がついた。つまり、多摩子ならその工場を易々と呉れるところに工場入手の魅力を喪失したのだった。

いくらかマシなのは、中部光学に働いている従業員をそっくり取ることだけであろう。いま、ハイランド光学では女子従業員の不足に悩んでいる。いろいろと足止策は講じているが、それでも離職してゆく者が多い。しかし、これにしても中部光学そのものが没落すれば、その人員の導入にはそれほど変りはないわけである。ただ、あいつだけはいかん、と思うのは倉橋市太のことだった。

弓島は、近ごろ、倉橋という男の心理がだんだん分ってきたような気がした。腕のある男があんな零細企業にへばりついているのは、加須子に対する特殊な感情からであろう。多摩子の話でも、そのへんの事情が察しられる。加須子が倉橋の感情をどう扱っているかも想像できるが、或る意味では加須子も倉橋を利用しているとも思えそうである。

「寝ようか」

弓島は云った。多摩子の追及がうるさくなってきたのだ。

多摩子は、ちょっと眼を伏せたが、それ以上にはくどくは云わなかった。女の歓びをまだ知らない多摩子は、その言葉に懐柔《かいじゅう》されたのではなかった。寝ようか、と男が云ったとき、彼女は男の逃げ腰を知ったのだった。

知ったが、多摩子はそれを口に出さなかった。それを追う女の惨《みじ》めさと、よけいに彼に厭われそうな怖れとを感じて責められなかったのだ。

今は黙っていて、あとから弓島をたゆまずに説得しようと思った。そのほうが賢明である。いま、深追いをして破綻の穴を掘るよりも、後日を待とうと思った。

呼ばれた女中が来て、食卓を引き、押入から夜具を引張り出しはじめた。その間、多摩子は部屋つづきの広縁に出て椅子にかけていた。弓島も正面に坐って煙草をふかしている。ここは照明が暗いので、弓島の表情はよく見えないが、機嫌のいい顔とは思えない。多摩子は、卓上の灰皿を弓島の前に直してやった。彼女のほうから折れていた。そして、閉め切った雨戸の前で、たれ下っている薄茶色のカーテンを見ているうち、ふいと泪《なみだ》が片頰に流れた。

多摩子が眼のふちを指で押えたとき、弓島はやれやれ、という気になった。やはり詰らない素人女だった。こういう女の場面を弓島は過去に何度か経験していた。もう沢山であった。二人は、黙って女中二人が蒲団を敷く音を聞いていた。

弓島はこういう際の女の機嫌のとり方も知っている。椅子から起って、坐っている彼女のうしろに回り、顔を仰向けさせて唇でも合わせてやれば、多少、拗《す》ねられても気持が直るのは分っていた。しかし、その単純明快な手法すらも行うのが面倒であった。

お待たせしました、と女中が膝を突いて退《さが》った。電灯は消え、枕元のスタンド、切子ガラスの水差し、灰皿などかた通りに揃えている。あとは支度《したく》されたところに横たわるだけであった。

だが、弓島は勢いこんで多摩子の胴を抱く気がまだ起らなかった。女がどのように稚拙であるかを彼は知っている。誘われるものがなかった。

弓島は仕方なしに、全くそのような気持で、浴衣一枚になり蒲団の一つに先にもぐりこんだ。多摩子は椅子からなかなか起ってこなかったが、ようやく片隅にきて、向うむきになり、丹前の帯を解きはじめた。帯がかすかに鳴り、その端が畳を擦《す》った。両の手だけが動いていた。

弓島は、そういう衣《きぬ》ずれの音を枕の上で聞いていた。だが、ここでも彼は胸の高鳴りを、さほどにはおぼえなかった。

弓島は自然と彼を喜ばせたほかの女のことが先に泛《うか》んだ。その中には現在の東京の女もいた。二年越しだが、彼は多摩子ほどの退屈をその女にはまだ覚えていなかった。

多摩子がやはりうしろ向きで、浴衣の上に伊達巻を回していた。多摩子は上から弓島の顔を見ていたが、電灯を消して彼の横に入ってきた。

「ねえ……」

身体をぴたりと彼に寄せ、腕を彼の頸に捲いた。呼吸が激しくなっていた。そのとき電話が鳴った。

多摩子はどきんとして、寝ている弓島を見た。彼も今ごろ何だろうと思った。すでに十一時を過ぎている。帳場とは分っているが、外部からという予感があった。しかし、彼が今夜ここに居ることは誰も知っていないはずである。

「出てみてくれ」

弓島は暗い中で云った。

多摩子は不安そうに電話の前に膝をついて受話器を耳に当てた。

「はい……はあ」

返事が乱れている。弓島も枕から頭をあげた。

多摩子は弓島が半身を起しかけたので受話器を耳からはずし、手で蓋《ふた》をした。

「ハイランド光学の弓島専務さんに、と云ってるわ」

彼女は顔を硬直させていた。

「誰からだ？」

弓島も意外だった。さすがに胸が騒ぐ。ここを分っていないと思っても、まず考えるのは、その言葉から、会社に非常事態が起って連絡して来たという想像だった。

「面会人ですって」

「面会人？」

弓島は二度びっくりした。

「どういう人だ？　名前は分ってる？」

多摩子はまた受話器を耳に当てて、小さな声で訊き返した。

「森崎さんと山中さんという方だそうよ」

森崎と山中なら、たしかに駒ケ根にいる。この哀れな元中小光学会社の社長は、弓島が拾い上げてやるという口実で、いまパイオニヤ光学の攪乱策をやらせているのだ。

しかし、どうしてここが知れたのだろう？

「とにかく応接間に通して下さい、と云ってくれ」

多摩子が受話器を持ったまま、自分の横から起きた弓島を見上げた。彼は電灯を点けた。

灯の消えた暗い廊下を玄関横の応接間に行くと、そこだけぽつんと明りが点いている。玄関の下足番が寒そうに隅に立っていた。

ドアをあけると、椅子から森崎信雄と山中重夫とが揃って起った。

「やあ」

弓島は対《むか》い合って坐ったが、女づれだとわかっているので、少し照れ臭かった。

だが、この二人がどうしてここを嗅《か》ぎつけたのであろう？　さすがにカメラ業界の情報を探らせているだけに油断がならないと思った。連れの女も中部光学の社長の義妹多摩子だと知っているのではあるまいか。弓島はそれが分るまで少々落着かなかった。

「何だね、今ごろ？」

わざと仏頂面《ぶっちょうづら》をしてみせた。

「どうも夜遅く伺って申訳ございません」

森崎信雄がぺこぺこと頭を下げた。山中重夫はちょっと横着な男だから、一つお辞儀をしただけだ。

「何か急用かね？」

「はあ」

森崎が困った顔をして山中を見た。山中が進んで、

「実は、専務さん、東京の女《ひと》がこっちに来ておりますので」

と小さく云った。

「なに、エミ子が来ているのか？」

弓島は愕《おどろ》いた。どうしてこんな所を嗅ぎつけて来たのか。彼は女房が押しかけ

て来たというよりもびっくりした。

「それが、なんでも、ハイランド光学のほうに電話をなすったそうで」

「ふむ」

ハイランド光学でおれの行先が分るはずはないが。——

「それで?」

弓島は、丹前の袂《たもと》から煙草を出した。

「なんですか、出張で今夜はお帰りにならないという返事だったそうで、あのひとは社長さんのところに行先をたずねるため電話をかけ直したそうです」

「社長に?」

エミ子のやりそうなことだと思った。実は、今月の初めに行く約束になっていたが、東京に出られない事情があってそのままにしている。弓島はエミ子に小さなバーをやらせていた。いや、初めからそのバーだったのだが、彼女を手に入れてから資金を注《つ》ぎ込んでいる。

「なんだろう、いったい?」

舌打ちしたくなった。

「で、社長はぼくがここだと云ったのかい?」

気色ばんだが、社長が知るわけがない。従兄《いとこ》だが、私生活は全く離れている。

「それが、なんでも、上山田にいらしたんじゃないかということなんで」

「……どうして上山田とわかったんだろう？」

「余計なことを言う奴がおりまして、専務さんを上諏訪からここまで乗せた運転手が帰って来て、社の運転手に行先をしゃべったんだそうです」

畜生、と思った。それだからこそ社の運転手を駅で帰してタクシーに乗り替えたのだ。多分、そのタクシーの運転手は弓島の顔を知っていて面白がって、社の運転手に耳打ちをしたに違いない。社の運転手も黙っていられなくて、また社の誰かに話したのが社長の耳に入ったのであろう。昨夜のことなのに、瞬《また》く間の伝わり方だった。してみると、対手《あいて》の女が誰だかも分っているのかもしれない。

「悪いことはできないもんだな。で、ぼくの対手は誰だか分っているの？」

ニヤニヤして云うと、

「いいえ、それは存じません」

と、本当に知らない顔であった。駅前タクシーの運転手も多摩子の素性は知らなかったらしい。それにしても従兄は変な奴だ。東京から女が電話をかけて、上山田温泉に女づれで行ったということを平然としゃべっている。もともと、弓島と社長とは微妙な関係に立っていた。

「それで、どうした？」

「それで、まあ、東京のひともかっとなったようですね。早速、ぼくのほうに見えましたんで」

云ったのは山中だった。弓島は東京の女との連絡には前から山中を使っているから、駒ケ根に移った山中の住所も女は知っている。

「そうか。弱ったな」

煙草を吹かした。

「あのひとはきっと女と一しょに上山田に行ってるに違いない、上山田の旅館を片っぱしから訊いてくれ、と云って聞かないんですよ。そこを、まあ、なんとか宥《なだ》めたんですが、専務さんなら多分この旅館か、もう一軒の高級旅館だと思いまして」

「ふん、バレたら仕方がないが、エミ子は君たちの報告を待っているのか？」

「はあ」

「どこに居る？」

「なんとか宥めて別の旅館に入っていただいています」

「この上山田にきているのか。仕方がないから、今夜は駄目だと云ってくれ」

「しかし、そんなことを云うと、こちらにやって来ますよ。われわれが専務さんと会ったことが分りますから」

「うむ。そうか」

弓島は次第にエミ子のほうに行きたくなった。多摩子のような稚い身体の女よりも、エミ子の爛熟《らんじゅく》に魅力がある。床の中の技巧がうまかった。固い多摩子とは格段の相違である。彼はかなり長い間エミ子に逢っていなかった。エミ子もバカな女だ、と思った。そんなに逢いたいなら、どうして一昨日でも連絡してこないのだろうか。

「今ごろ急に来てもどうにも仕様がないが、エミ子は何か突発的な用件が出来たと云っていたかね？」

「いいえ、それはわれわれにはおっしゃいません」

山中重夫は「われわれ」と云った。弓島はおかしくなった。大の男が二人、女の使いでのこのことやってくる。それも二人とも自分から離れては大へんだということからのサービス精神であった。

「とにかく、明日の午前中にはその旅館に行くから、それまでは、どうも連絡がつかなかったと適当に云っておいてくれないか」

「わかりました」

二人はうなずいた。

「専務さんもおつらいですね」

山中が弓島を見て笑った。対手は分らなくとも、女と来ていることは帳場ではっきりしているので、これは匿《かく》しようがない。

「いろいろ義理があってね」

弓島も苦笑した。

「こんなところで」

森崎が遠慮そうに云い出した。「申し上げるのもなんですが、専務さんは、高島光学の中村さんに再建資金を出すようにおっしゃったんですか?」

「中村に?」

弓島は、途端に昨日、会社の応接間で粘《ねば》られた下請けの中村の顔を思い出した。今朝も、どこかの下請業者の首吊りで彼を連想したばかりである。

「そんなことはないよ。昨日、あの男が来ていろいろと泣くように頼んだが、こちらもほかに来客があって面倒臭くなり、話を中途半端にしてしまっただけだ」

「それがいけなかったんですな」

横から山中が口を出した。

「それですっかり、奴《やっこ》さん、ハイランド光学からテコ入れをしてもらえると思って、そのことをほうぼうに云いふらし、これまで材料屋に溜っていたのに新しい手形を切ったそうですよ」

「なに？」

弓島は思わず叫んだ。

「いったい、どれぐらい手形を出したんだ？」

「さあ、よくわかりませんが、五、六百万円出したということです。そのほか工賃の未払分がありますから、これは融通手形で都合つけたと思います」

弓島は、中村もばかな奴だと思った。なるほど、あの場合は何とか考えてみようとは云った。しかし、それは今も二人に云った通り、中村の執拗《しつよう》さが面倒になったからそう逃げたまでだ。なにも、あれのところを助けてやるとか、注文品の取消しを前に復するとか云った憶えはない。考えてみるという言葉を、中村が勝手に先回りして解釈したのだ。

これであいつともいよいよ縁切れだと思った。不渡を出すようになっては完全にお陀仏だろう。偽装倒産とは違うのだ。中村の場合は、それこそ首でも括《くく》りかねないことになった。

「やっぱりそうでしたか」

山中も森崎もうなずいた。

「どうもおかしいと思いましたよ」

「しかし」

弓島は二人を等分に見た。

「君たちの早耳も相当なもんだね」

「いろいろとそっちのほうにも馴れてきましたから」

「うむ。馴れてきたといえば、パイオニヤ光学の怪情報、あれは成功したよ」

「思いのほかうまくゆきましたね」

山中がニヤリと笑った。

「ぼくらもあれほど手ごたえがあるとは思いませんでした」

「何と言っても大資本会社と違い、光学関係は中小企業に毛が生えた程度だということがよく分ったよ。諏訪や岡谷あたりでは、パイオニヤの下請けがもう警戒しはじめているらしい。パイオニヤでは噂の揉《も》み消しに必死のようだが」

「そうでしょうね。専務さん、今度は小手調《こてしら》べですが、これで大体の様子が分りましたから、この次は株価が下るくらいの工作は出来そうです」

弓島は二人を帰して部屋に戻ったが、多摩子はまだ半纏《はんてん》を羽織って床の上に坐り、しょんぼりと彼を待っていた。

「どなたでしたの？」

彼女は弓島が入ってくると起ち上った。

「なあに、下請けの奴がここまで追っかけて来たんだ」

「まあ、どうしてわかったのかしら？」

「カンでわかったんだな。あいつらも必死だから」

「わたしのことも知られたのかしら？」

さすがに多摩子は心配そうにみつめている。

「君のことまでは知らないだろう。ついこの間まで上諏訪にはずっと居なかったからね。ときたま東京から帰って来るぶんには、土地の者にもあまりよくわからないだろう」

弓島は蒲団の上にあぐらをかき、煙草を吸った。多摩子も椅子から移って、弓島の横にぺたりと坐った。

「で、大丈夫なの」

「何が」

「その人たち、上諏訪のほうに行ってあなたのことを云いふらさないかしら」

「そりゃ大丈夫だろう。こう見えてもぼくは下請けには絶対の権力を持っている。うっかりしたことを云えば自分たちの立場をなくすことぐらい知ってるからね、ばかなことは云わない」

「よかったわ」

多摩子は肩を落して俯向き、

「さっきはご免なさい」

謝ると、そのしおらしさが今の弓島をかえって苛立たせた。やはり、この女も普通の女のするとおりのことをする。

「いいよ」

弓島はわきを向いた。

「つい腹が立って、あんなことを云ったんです。気を悪くしたでしょ?」

多摩子は横からのぞいた。

弓島は、今夜はこういう女といっしょに居る気がしなくなってきた。昨夜一晩でたくさんだったのに、今夜も多摩子にせがまれて仕方なしに過すことになったが、多摩子の身体などもう興味もなにもなくなっていた。それよりも、エミ子が近くに泊っていると知ると、そっちに気持がしきりと動いた。エミ子はバーの生活が十年もつづいているだけに男の操縦には馴れたものだ。彼女は男に決してこんなふうに湿っぽい動作はしない。男の機嫌が悪いと、それをはぐらかしながら、いつの間にか上手に直してくれる。万事があっさりして割切っていた。

弓島はもう長いことエミ子を放ってあるので、バーという客商売から、そっちのほうも気がかりになっていた。

弓島は煙草を吸っているうちに矢も楯もたまらなくなって、エミ子のところに逃げだしたくなった。枕もとの時計に眼をやるとすでに十二時になっている。

今の二人がエミ子に連絡しているから、彼女も今夜は諦めている。そこにいきなり現れたときの場面がぱっとひろがった。彼の脳裏には彼女との粘《ねば》っこい抱擁が泛んだ。経験はこれまで弓島を十分満足させたものであった。多摩子などの比ではない。

それと、エミ子がこんなにも焦《あせ》って彼に逢いたがる理由が分らないだけに気がかりでもあった。エミ子には女房にも云わない仕事の秘密を打明けている。

多摩子は、弓島が黙って煙草ばかり吹かしているので何か感じたらしく、眼を落していた。指先が神経質に震えているようだった。

さて、この女をどう云いくるめてここを脱出すべきかだ。弓島のそんな思案はものの一分ともかからなかった。

「ちょっと、出てくるよ」

彼は煙草を灰皿に忙しく揉《も》み消した。

「あら、今から？」

多摩子は眼を一ぱいに見開いている。

「うむ。さっきの下請屋がね、どうしても今夜相談をしたいと云うんだ。これからちょっとあいつの家に行ってくる」

彼はもう蒲団《ふとん》の上で帯を解きはじめていた。

「ここではいけないんですか」

多摩子がかなしそうな声を出した。

「駄目なんだ。いろいろ書類を見なければならないからね。実は今の連中に明日落さなければならない手形があるんだそうだ。それを何とか助けてくれと云って泣きついてきたんだよ。だから、こんな時間にわざわざぼくを捜してくるわけだ。一応は駄目だと突っ放したけれど、考えてみると可哀想だからね。……今朝もどこかの下請会社の社長さんがその辺で首を吊っただろう。いやなもんだね」

「…………」

「人助けだ。それから前からの関係で、見殺しにもできない」

「遅くなるんですか」

「そうだな、もう十二時を過ぎたようだし、これから車で行って戻っても一時間はかかる。それに面倒な書類をいちいち調べるんだからね。これは徹底的に調べないと、こちらもうっかり金を出すわけにはいかない。そんなことで酒を飲んだりしてたら、明日の朝になるだろうな」

「…………」

多摩子が首を垂れたが、唇を噛《か》んでいるようだった。

弓島はばたばたして洋服ダンスの前に行った。宿の着物を脱ぐ。ワイシャツを着る。靴下を穿《は》く。ズボンに脚を突っ込む。ネクタイを締める。まるで火事に急ぐ消防団のようだった。

多摩子は前の場所に坐ったまま動かなかった。手伝わないことが彼女の意志を示していた。男の気持を彼女も察したようであった。

「君」と、弓島は平然と云った。「今夜はゆっくり寝ておくんだな。ぼくが帰ってから一しょに朝飯を食おう。寝坊しててもいいよ」

「いつごろ帰るんですか……」

多摩子は咽喉に絡《から》んだような声を出した。

「十一時ぐらいになるかもしれない」

多摩子は坐ったまま弓島が出て行くのを聞いていた。男が急いで身仕度をし、何か逸るような気持で出て行ったあとに寒い風が起っていた。

彼女は、弓島がほかの女ともこれまで交渉があったのをうすうすは知っていた。彼が相当な遊び人であることも分らないではなかった。しかし、それはあくまでも遊びだと思っていた。

それは一応諦めてはいたが、自分だけは違うと思っていた。弓島の遊びは、結局、商売女との一時の気まぐれなのだ。自分との愛情の前には泡沫《ほうまつ》のように潰れ去ると思っていた。しかし、いま、彼がただならぬ様子でいそいそと出かけた先には女が待っているとはっきり分った。

部屋の中は暗く空虚であった。たった一分前まで、弓島はそこに坐り、ものを云い、煙草を吹かしていた。しかし、もう何も無かった。この部屋全体に大きな穴があいていた。

多摩子は、その晩、まんじりともしないで蒲団の中に横たわっていた。彼女は、弓島の愛情を疑った。しかし、全面的に不信感を持ったのではなかった。それを考えたくないのである。彼の全部を否定すれば、あまりに自分が惨憺《さんたん》たる女になってしまう。いくらか救いを残したかった。疑いの段階ではまだそれがあった。

多摩子は、いま弓島がどこの女と逢っているかなどはあまり考えなかった。ただ彼の愛情と誠意を見失いたくないことで必死だった。悪い想像と微《かす》かな希望とが交互に起って彼女を睡《ねむ》らせなかった。時計が三時になるのを知っている。あとは夢でもなく現実でもなく弓島を想いつづけていた。

多摩子はほとんど眠れないままに朝の光を戸の隙間に見た。

弓島は十時になっても戻ってこなかった。十一時がすぎ、十二時が来ても電話の連絡もなかった。

ようやく一時近くになって帳場から電話があった。

「あの、お伴《つ》れさまのおことづけがございました。御用で遅くなるそうですから、お先にお発ちになるようにとのことでございます。あの、お代のほうはお使いの方にことづけて戴いておりますから」

「ありがとう」

受話器を置き、外を見た。硝子障子《ガラスしょうじ》の向こうに植木屋が陽をあびて働いていた。

多摩子はハンガーからスーツをはずした。泪が溢《あふ》れ出た。

13

多摩子はひとりで列車に乗った。列車が動き出すと、弓島からますます離れてゆく気持だった。車窓からは一昨晩彼と一緒に車で走った道が見えている。ひとりで座敷に坐っていると、みんなから突放されたような意識になった。夜のドライブでの弓島の言葉が甘く耳に蘇《よみがえ》ってくる。どういうわけか、彼と過した愉しい思い出ばかりが泛び上ってくる。

多摩子は、弓島が加須子を愛しているとはっきり知った。このように惨《みじ》めな気持になったことはなかった。

町に帰れば、今度の事件を知った町中の者が彼女をみつめるにちがいなかった。人々が息を呑んだ顔で見送っている様子までありありと泛んでくる。負けてはならないと多摩子は思った。

何度か乗り継いで、三時間ばかりで、その岡谷の駅に降りた。わざと胸を反らせて自分の家まで歩いた。思ったほど他人は彼女を見ていなかった。

あの事件は表沙汰にされていないのだと気づくと、張詰めた気持がどこかでほっと緩んだ。世間の人はみんな忙しいのだ。他人のことに構ってはいられない。それなのに、何かを仕出かすと、自分だけが他人の眼を惹《ひ》いているような錯覚に陥る。意識しないで自分自身を過大に考えているのだ。ひろい世間からみると、小さい出来事なのだと自分の胸に説明した。

しかし、自分の家に戻ると空気はがらりと異なっていた。会社の事務員たちが、入ってきた多摩子の顔を見て、幽霊が戻ったような表情をした。

多摩子はさっさと奥に通った。みんながポカンとして口を開けて見送っている。お手伝いの百合も、多摩子を見てびっくりしている。加須子の部屋をのぞくと、きれいに片づいていた。

「百合さん」

おどおどしている彼女に訊いた。

「お嫂さん、まだ、病院なの？」

「はい」

「容体はどうなの？」

「はあ、だいぶよろしいそうですけど……」

百合は犯人を前にしたように顔を硬ばらせていた。

「そう……」

そうだ、あんなことくらいで大騒ぎをすることはない。疵《きず》つけようと思って鋏を投げたのではないから、軽い傷ですんだと思う。

大体、あんなところに鋏を置いているのがいけなかったのだ。新しい着物を縫っている加須子を見て嚇《かっ》となり、無意識にそれを握ったのだが、太陽のせいで殺人したという外国の小説の話は真理だと思う。

「倉橋を呼んで頂戴」

加須子が居なければ、工場の仕事の具合を知らなければならなかった。そんな気持の中には、やはりまだ弓島がひそんでいた。

「倉橋さんは病院のほうにいってらっしゃいます」

百合は膝をつき、伏目になって答えた。

「へええ」

多摩子は思わず鼻の先で嗤《わら》った。

「仕事よりお嫂さんのほうが気がかりなのね」

「…………」

「いつから？」

「一昨日の晩からです」

それでは加須子の入院と同時に詰めていることになる。

多摩子はクッションに背中を投げて煙草を喫った。工場の騒音が遠くから聞えてくる。硝子障子には明るい陽が当っていた。

事務員の誰もここには寄りつかない。百合も退《さが》ったまま顔を出さない。みんな多摩子を避けていた。

しばらくぼんやりとしていた。弓島のことがどうしても眼の前に泛んでくる。あれから彼はどこに行ったのだろうか。

上山田の宿で弓島の真意はつかめなかった。忙しい人だからそういうことはあるとしても、もう少し彼自身からの声を聞きたかった。

弓島への不満が、いま置かれた立場に反撥となって出た。みなが相手にしないのなら、こちらから挑戦したくなった。彼女は加須子の病院に行ってみる気になった。逃げ隠れしていると人に思われては心外である。堂々と加須子を見舞ってくることだ。彼女は煙草を灰皿に捻じて消した。

「百合さん」

大きな声で呼んだ。

「お嫂さんの病院に行ってくるわ。車を呼んでちょうだい」

百合は顔色を変えていた。

車が来て、事務所の横を通ると、事務員たちが伸び上って多摩子を見ていた。かえって向うのほうが怯《おび》えた眼になっている。

岡谷から上諏訪まで三十分。今日も天気がいいので湖畔には見物人が歩いていた。遊覧船の拡声器からのんびりした案内の声が聞える。

たいしたことはないのだ。世の中はこんなふうに静かで穏やかだ。些細《ささい》なことをどうして人は大げさに考えるのだろう。

病院は上諏訪の南側にある丘陵の裾にあった。ハイカーたちが歩いていた。

受付に行って訊くと、二階の病室の番号を教えられた。薬の匂う階段を登ると、さすがに緊張が来た。

病室のドアをノックすると、細目にあいたドアからのぞいたのが倉橋市太の顔だった。彼は多摩子を見て眼をいっぱいに開いた。多摩子もじっと彼をそこから見据えた。二人の視線は絡《から》み合ったまま何秒間か動かなかった。

「見舞に来たのよ」

多摩子は強く云った。ドアの把手《とって》に片手をかけると、倉橋市太が壁のように前に塞がって多摩子を押し返した。

「何をするの？」

「こっちへ来て下さい」

「いやよ」

「とにかく、こちらへ来て下さい」

倉橋は多摩子の肩を突くように押し返した。彼女は倉橋のうしろからちらりと病室の中を見たが、ベッドの端と、付添の看護婦が眼に入っただけで、加須子の姿は隠れていた。

倉橋は多摩子を引っぱるように廊下のベンチの傍へ連れて行った。彼の顔もさすがに昂奮して蒼くなっていた。

「ここへ掛けて下さい」

彼は先に腰を下ろした。

「いいわよ、ここで」

立っているので、

「そんな恰好じゃ、話ができませんよ」

倉橋はいつになく強制的に云った。

廊下には看護婦や見舞客がうろうろしている。向うの曲り角から、手術が終ったらしい患者が車の付いた担架《たんか》に運ばれて来て過ぎた。多摩子は仕方なしに坐った。

「多摩子さん、あなたはここにどんな用事で来たのですか」

倉橋は抑えた声できいた。

「どんな用事……」

多摩子は倉橋を睨んだ。

「だから見舞だと云ったでしょ。あんたこそどうしてわたしを止めるの？　どんな権利があってそんなことが出来るの？」

「別に権利はありませんがね。しかし、あなたはことを起した張本人だ。あなたが謝るならともかく、今の勢いではそんなふうに見えませんからね、病人がかえって昂奮しますよ。だから止めたんです」

「ご親切なことね。あんたはお嫂さんのなににあたるの？」

「なににもあたりませんよ。ただ使われてる人間です」

「それだったら、すぐに工場に帰ってちょうだい。職場を放っておいて、こんなところに二日も詰めるというのは、自分の務《つと》めを忘れているんじゃない？」

倉橋は、その詰問《きつもん》を予期していたようだった。彼は憔悴した顔を静かに起した。

「むろん、職場のほうも大事です。しかし、現在、工場では社長が居ないと全くの空回りですからね。早くよくなってもらわなければ困るんです。だから、こっちのほうも大事です」

「そんな看護婦みたいなこと、あんたがしなくてもいいわ。付添だったら百合で間に合うことじゃないの」

「百合さんですか」

倉橋は声を出さないで笑った。

「百合さんで済むことですかね。あなたは義姉《ねえ》さんをこんな目に遭《あ》わした人だ。あなたこそつづけて徹夜で看護したらどうです？」

「あんたから、そんなことを云われる道理はないわ」

「ぼくが雇人だからですか」

「そうよ」

多摩子は発条《ばね》のように云い返した。

「だからわたしは見舞に来てるじゃないの。それをあんたが止める権利は少しもないわ」

「見舞なら、いや、看護のつもりなら、社長の入院と同時にあなたは来るべきです。あれから二晩も家を空けて、あなたはどこに行っていたんです？　まさか後悔して逃げていたんじゃないでしょう」

「………」

「分っていますよ。ハイランド光学の弓島専務と一緒だったんでしょう？」

「倉橋、あんたがいくらお嫂さんを好きだからといって、わたしにそんな口を利く権利はないわ。お嫂さんに謝るも謝らないも、わたしたち姉妹《きょうだい》だけの問題だわ。他人のあんたが口を入れることはないわ。さっさと工場に帰りなさい。今度はわたしがあの工場の主人として命令するわ」

倉橋は嗤った。

「あなたが工場の主人になる日は、ハイランド光学に吸収されるときでしょうね」

「何でもいいわ。あの工場はわたしのものだわ」

「そりゃそうです。ぼくらがそこまで云う資格はありません。ですが、亡くなった社長がさぞ残念がることでしょう」

「倉橋、あんたは案外にナニワブシなのね」

「あなたの眼から見ればね。しかし、従業員はみんな、前社長の遺志を継いだ社長を慕《した》っていますよ。そりゃ近代的な企業は合理的で、適当な福祉施設もありますが、そこには人情の一カケラもないのです。あるのは冷たい同士関係だけです」

「それでいいのよ。だから、いわゆる家族的な中小企業は時代に取残されて行くんだわ」

「そうかもしれません。だが、われわれはやはり今の中部光学に愛着を持っています。少しぐらい待遇がよくても、社長や重役の顔も知らないような会社で働きたいとは思っていません」

「あんたがどんな主義をとろうと」

多摩子は嘲るように云った。

「それは自由だわ。とにかく、そんな経営論などあんたと交している暇はないわ。あんまりお嫂さんの傍にくっ付いていないで、さっさと、その愛着を持っている仕事に戻ったらどう？」

「あなたはどうするんです？」

「お嫂さんの部屋に入るわ」

「謝罪するんですか」

「そんなこと、いちいちあんたが訊くことはないじゃないの?」

「とにかく帰って下さい。今日はあなたを社長に会わせたくないんです」

「ふん、よけいなお世話だわ」

「いま、せっかく傷もよくなろうとしているんです。病人に変な刺戟を与えないで下さい」

「…………」

「あなたは、もう少し弓島さんと遊んだほうがよさそうですね」

多摩子は全身の血が逆流してきた。日ごろ黙々として働いている倉橋が、こんなに抵抗するとは思わなかった。それも加須子への愛情からだと思うと、怒りがこみ上げてくる。それに弓島も加須子をまだ忘れていないのだ。多摩子は、みなが寄ってたかって自分を排撃《はいげき》しているように感じた。

「そんなにわたしに会いたくないんなら、見舞なんか行ってやらないわ」

多摩子は憤然《ふんぜん》として椅子を起ち上った。

「でも、倉橋、お嫂さんに会ったら、ちゃんとそう云っといてちょうだい」

「何というんですか?」

「わたしは決して謝らないということをね。後悔なんかしてないわ。悪いことをしたという気持がわたしにあると思っていたら、とんでもない思い違いだわ。いずれお嫂さんも退院して家に帰るでしょうから、そのときにゆっくり話をしますってね」

「たしかに、そうお伝えします」

「あんたもいつまでもお嫂さんの横にへばり付いていないで、工場に帰りなさい」

「なるべくそうします」

倉橋市太が微笑で応じた。

多摩子はひとりで廊下から階段に降りた。倉橋は見送りもしない。嫂の病室に思い切り大声を出して呶鳴ってくればよかったと思った。怒りが胸の中を渦巻いた。

玄関に出たとき救急車が着いて、白い上張の救急隊員たちが担架で急患を運びこんでいた。玄関は待合せの客たちがこれを見物して塞《ふさ》がっている。担架をちらりと見ると、黒い頭と血が、かぶされた毛布の下から出ていた。

担架は立っている人々の間をくぐり抜けて、迎えに出た看護婦たちの先導で手術室のほうに運ばれている。

血を見たのはいやだったが、自分に関りのないことだと多摩子は玄関から門のほうに出た。全身の苛立《いらだ》ちは、今の怪我人の目撃でかえって爽快な気分になったくらいだ。表門からどっちに行こうかと考えて立停ったとき、慌しくタクシーが着いて、中年の女と、四、五人の作業服の男たちが降りた。中年婦人は、怪我人の妻かもしれない。ひどく取乱した恰好で蒼《あお》くなっている。それを工員のような男が支えるようにして歩かせていた。

多摩子はまだ家に帰る気がしなかったが、自然と駅のほうへ歩いた。向うから背広をきた中年男が三人、大股で歩いて来ていた。多摩子は顔を見られるのがいやなので、横を向いて歩いていると、男たちの話し声が耳に入った。

「中村さんも気の毒なことをしたね。自殺を図るぐらいだから、よっぽど思い詰めたに違いない」

一人の男が云っていた。

「ハイランド光学の弓島さんに最後の頼みをしに行ったとき、専務の返事の調子がよかったんだな。それで、中村さんはひどく喜んでいたがね」

弓島の名前が出たので、多摩子は足を緩《ゆる》めた。声は彼女の横を通り過ぎても、まだつづいていた。

「しかし、社長があとで謝ったそうだね。もともと、専務のほうも、あの通り厳しい性格だから、思い詰めて来た中村さんを一応なだめて帰したというところが真相らしいな」

「ところが、中村さんはそれを真《ま》に受けて、安心して融通手形を出し、それを抵当に高利貸から相当高額を借りて回ったらしい。最後の足掻《あが》きだね。しかし、弓島さんの言葉がでまかせとわかったんだね。それが結局、文字どおり命取りになったんだ」

「お互いに気をつけないといけないね。下請けは結局親会社に命まで奪われるということなんだ」

振り返ると、その男たちは病院の中へそそくさと入っていた。

そんな声が耳に入っても、多摩子にはあまり関心はなかった。ハイランド光学とどこかの下請会社のことらしいが、彼女には利害関係のないことだった。

弓島が商売上で下請業者の一人に打撃を与えたというだけの話である。そのため業者の経営主が自殺を企てたというだけなのだ。この両者の相互関係も、今の多摩子には深く考える余裕も力もなかった。

多摩子は街の十字路まで来て、それから先、自分の行く方向を失った。家に戻るのもいやだったし、ほかに行くアテもなかった。こんなとき弓島が無性に恋しくなってくる。

彼から実際に捨てられたという実感はなかった。信じたい彼の囁《ささや》きばかりが耳の記憶に生き返るだけだった。また、この立場になって、失恋だと考えるのは自分の誇りが許さなかった。この屈辱《くつじょく》を考えてみるだけでも怖ろしいことだった。

多摩子は、弓島の行先が何よりも知りたかった。弓島が彼女と泊った晩こそ彼は会社には匿《かく》しているが、昨夜からの彼の単独行動は業者も中に入っていることだし、これは彼が仕事に復帰しているということだ。してみると、弓島はその後の行先も行動も会社に連絡しているに違いない。多摩子は、そう気づくと、ハイランド光学に電話して問合せてみたかった。現在弓島がどこに居るか分らないというのは彼女に耐えられないことだったし、無性に寂しかった。

「どちらさまでしょうか?」

交換台では当然のことに訊き返した。

多摩子は躊躇《ちゅうちょ》したが、思い切って、

「中部光学の遠沢です」

と云った。こう云えば、取引関係なので加須子のことだと思われ、疑われることはなかった。

「少々お待ち下さい」

交換台は男の声に変った。

「遠沢さんですね？」

「そうです。中部光学の遠沢です。専務さんにちょっとお話したいことがあるので、いま、どちらにいらっしゃるかお伺いしたいんですけれど」

「中部光学の遠沢さんとおっしゃいますと、加須子さんでしょうか？」

向うはいやに念を入れて訊いた。

「ええ、そうです」

多摩子は躊躇なく云った。

「ははあ、失礼ですが、お声が少し違うように思われますが」

「…………」

「遠沢加須子さんは、たしかお怪我をなすって入院してらっしゃると、お宅のどなたかから連絡を受けましたが、ご当人でいらっしゃいますか？」

先方の声は追及した。多摩子はすぐに答えられなかった。今にも、あんたは妹さんのほうでしょう、と云われそうだった。つまり、専務の弓島と一緒に行動した女だと指摘されそうであった。

「もしもし」

多摩子が黙っているので向うは返事を催促した。多摩子は、受話器をかけて、ボックスを出た。

今の声は誰だろうか。あそこまで追及するからには単に営業の係とは思われない。もっと上のほうの人か、総務課あたりの責任者かもしれない。すると、ハイランド光学でもまだ専務の行方が分らず、ヤキモキしているようにも思えた。いやにこちらの名前を聞きたがったのは、行方不明の専務に多摩子も一緒だったことを知っているからではないか。

多摩子は賑やかな商店街を歩いた。膝《ひざ》の下から力が抜けている。弓島はどこに居るかまだ会社にも連絡しないのだ。それが今の声の調子にはっきりと出ていた。

彼から未だに連絡がないとなると、あの晩は社の仕事で出かけたのではない。何かほかの理由で多摩子のもとには戻らなかったのだ。

すると、弓島邦雄の昨夜の不自然な動作が、急に黒い雲のように彼女の眼の前に湧いて来た。ほかに女がいるかもしれないという想像だった。自信を失った多摩子は、眼の先の景色が黒ずんできた。——

「誰かが来ていたの？」

加須子は廊下から戻ってきた倉橋に懶《ものう》い口調で訊いた。

「いいえ、工場から連絡があっただけです」

倉橋市太はなんでもないように答えた。

「そう」

加須子は仰向いたまま眼を閉じた。

「睡っていたからよく分らなかったけど、女性の声がしてたわね?」

「はあ」

「誰だったの?」

「研磨場の山田千恵子です。研磨機の調子が悪いからといって、修理会社の者を呼ぶかどうか相談に来たんです」

「じゃ、三号機だわね。あれはどうも前から調子が悪かったわ」

「いまストップさせて本格的な修理をするわけにはいきませんから、ぼくが帰って調子をみます」

倉橋は唾を呑んだ。加須子は遂に気がつかなかったらしい。

「ねえ、倉橋さん、ここはもういいのよ。あなたも帰って少し工場をみて下さい」

「はあ、そうします」

加須子は乾いた唇を少しあけている。気のせいか、僅か二日の間に痩せたようだった。高い鼻の脂肪が落ちて、少しとげとげしくなっていた。まだ繃帯《ほうたい》は取れないが、耳のうしろの髪は切られている。憔悴は入院した晩に高熱が出たせいもある。

「多摩子さんの行先はまだ分りませんか」

加須子は眼を閉じたまま唇を動かした。長い睫毛が蒼白い顔に揃っていた。倉橋は横にいる付添婦にわざと用事を云いつけて外に出した。微妙な話は他人の耳に入れたくない。

「何の連絡もありません」

「そう。困ったわね。どこに行ってるのかしら？」

肩を動かして溜息を吐いた。

「弓島さんと一緒なのかしら？」

「さあ、どうでしょうか。今朝、実はハイランドに電話をしたんです。もちろん、こちらの名前は出しませんでしたが、専務はどこに行ったか分らないようですよ」

「やっぱり弓島さんと多摩子さんとはいっしょにちがいないわ」

「多摩子さんのことはあんまり考えないほうがいいですよ」

「でも、わたしにも夫への責任がありますからね」

「そりゃそうかもしれませんが……勝手に逃げているものは仕方がないでしょう」

云いかけると、

「多摩子さんはわたしに悪いことをしたと思って帰ってこないのかもしれないわ。こちらは何とも思っていないのに……早く帰って来たほうがどんなにうれしいか分らないのに」

加須子は呟いた。

「もし、そんな気持だったら、ほんとにわたしが何とも思ってないことを教えてあげたいわ。あの人、気が強そうだけど、ほんとは小さいのよ。悪戯をして怒られやしないかと家に寄りつかないでいる子供と同じ気持でいるのよ」

倉橋市太は黙っていた。たった今廊下で聞いた多摩子の激しい言葉や、足早に廊下を歩いて去った傲慢《ごうまん》なうしろ姿が泛んでくる。

「社長」

倉橋は加須子の顔をのぞいた。

「多摩子さんのことはあんまり考えないほうがいいですよ。こちらでヤキモキしてもどうにもなりませんからね。あの人は当分弓島さんのもとから帰ってこないと思います」

「困ったわね。弓島さんが本気であの子を愛して下さるなら、わたし、かえってうれしいわ。でも、弓島さんは信用できないの。どうしてもそれが出来ないわ」

「そりゃそうです」

倉橋は同感した。

「しかし、そう分っていても当の多摩子さんに分らないのだから、どう手の出しようもありません。自然に熱の冷めるまで待つほかはありませんよ」

「そんなことを云っても、傷つくのは多摩子さんだけだわ。そうならない前になんとかしたいんだけれど」

もう手遅れですよ、と倉橋は云いたかったが、それはさすがに口には出せなかった。

「あのとき、わたしが多摩子さんを外に出さないようにしっかりと抱き締めていればよかったんだわ。あの人も家を出てから、きっと後悔してるに違いないわ。居場所さえ分ったら、今でも迎えに行ってあげたいくらいなんだけれど」

「ぼくたちで多摩子さんを捜してみましょう」

倉橋はそう云わずにはいられなかった。これ以上加須子の呟きを聞くのが耐えられなかった。

「そうして下さい……わたしはもういいのよ。おかげでよくなったわ。あなたが親切にして下さったこと、忘れないわ」

加須子はうす眼を開いた。その瞳を倉橋は避けて、頰がひとりでに赧くなった。心臓が発条《ばね》でも当てたように騒いだ。

「あなたが居なかったら、わたしもこんな所にじっと寝てばかりはいられないわね」

「社長、もういいですよ。工場のほうは前の社長が生きてらっしゃるときからぼくが見てるんですから、今ごろ始まったわけじゃありませんよ」

「そうね」

加須子はじっと考え込むように黙っていたが、何か口に出そうとしたとき、さっき使いに出した付添婦が気色ばんだ顔で戻ってきた。

「いま手術室は大騒ぎですわ」

付添婦は三十四、五の人だったが、同じ部屋に閉じ込められたように働いているせいか、病院内の出来事はどんな些細なことでも昂奮して教えにくる。

「自殺を企てた人が担《かつ》ぎ込まれたんですって。廊下にもまだ血がこぼれていて、看護婦さんたちが拭いていましたわ。やっぱり気味が悪いもんですね」

「病院というところはいろいろな患者が来るもんだな」

倉橋は仕方なしに相槌を打った。

「本当でございますよ。いいえね、それも五十を過ぎた方だそうで、奥さんが手術室の外で泣きながらうろうろしてるんです。見ててほんとにお気の毒ですわ。よっぽど重態とみえて、外科の主任先生や、ほかの助手先生も、みんな手術室に入ってらっしゃいます。あの患者はステるかもしれませんわ」

ステるとはドイツ語のシュテルベン（死亡）の医師用略語で、看護婦たちはそれを口真似していた。

付添婦は付添婦で、自分の話題に昂奮を求めるようにしゃべった。

「見舞いに来ているなかにわたしの知った人がいました。話を聞いてみると、それが、あなた、下諏訪の中村さんですって。おどろきましたわ。ほら、お宅と同じようなご商売をなすってるレンズ屋さんですわ」

「中村さん？　高島光学の中村さんかい」

倉橋はその名前を聞いて眼をみはった。加須子も、はっとしたように枕の上の首を動かした。

「そうなんですよ。びっくりするじゃありませんか。まさかあの人がね」

「それ、本当ですか」

「間違いありませんよ。わたしの知った人がちゃんとそう云ったんですからね。なんでも、仕事を貰っている先の、ほら、富士見にハイランド光学というのがありますね。あそこから急に仕事がこなくなったんだそうです。それで大損をするとか云って、中村さんは血眼《ちまなこ》になって先方に何度も掛けあいに行ったけれど、とうとう駄目だったそうですわ」

「もういいよ、付添さん」

倉橋はあわてて止めた。

「ちょっと仕事の打合せをしますからね、あなたは退屈だろうから、もう一度、その辺をひと回りして来てくれませんか」

「あ、そりゃ失礼しました。じゃ、そうします」

付添婦は喜んで解放されたように出て行った。

「倉橋さん」

ベッドの加須子が呼んだ。

「中村さん、大変なことになったわね」

「そうです。おどろきましたね」

倉橋は高島光学の内情はうすうす知っていたが、まさか社長の中村が自殺に追込まれようとは想像しなかった。そこまでゆくにはハイランド光学の定評のあるやり方が想像される。おそらく弓島専務の駈引《かけひき》に中村がひっかかったに違いなかった。

「ねえ、倉橋さん」

しばらくして加須子が云った。

「中部光学は全部、多摩子さんに譲ろうと思ってるの」

「何ですって？」

倉橋はおどろいて加須子の顔をみつめた。彼女はまだ眼を閉じたままでいる。

「いくらわたしが頑張ってみても、もう駄目だと思うの。多摩子さんにはわたしがあの工場を自分のものにするように誤解されるし、つづける自信がなくなったわ」

「それじゃ、社長のこれまでの意志と違うじゃありませんか」

「多摩子さんからこんな傷を受けたから云ってるんじゃないんです。わたし、もう疲れたの」

「…………」

「いま、中村さんの話を聞いたでしょ。所詮、零細企業というのは下請けの運命でしかないんです。どう頑張っても、そこから脱《ぬ》け切ることはできないわ。大きな資本力に振り回されているだけだわ」

「しかし、弓島さんの場合は特別ですよ」

「そりゃ特別かもしれないわ。でも、そう考えるのは間違いだと思うんです。どこのメーカーでも、大なり小なり弓島さん的な性格はありますわ。わたしたちは弓島さん個人の性格に眩惑《げんわく》されてると思ってるけど、個人の考えでなく、それは大企業の性格だと思うの」

「多摩子さんに任せたら、中部光学はいっぺんに潰《つぶ》れますよ」

「それでもいいわ。わたしはともかく夫の遺志を或る期間までどうにかつづけて来ただけでも満足だわ。これ以上はわたしの力が及ばないことだわ」

「じゃ、これからどうなさるんです？」

「そうね、実家《さと》の石川県の大聖寺に帰るわ。あそこは気持を休める所が近くにいっぱいあるの。海岸もいいし、山のほうだっていいわ」

「そりゃ大聖寺も結構ですが、ぼくは反対だな。なにもハイランド光学の下に入ることはないじゃありませんか。パイオニヤだって、どこだって、もっと良心的なメーカーがいくらでもあります。これらは弓島さんほど強引なやり方はしませんよ」

「もう駄目ですよ。多摩子さんの気持が決ってるんだもの。それに、あなたはまだハイランドだけを特別扱いにして見ているけれど、結局、どこも同じだと思うの。ただ下請けへのやり方が弓島さんみたいに露骨か、そうでないかだけの違いですわ」

「…………」

「倉橋さん」

加須子は初めて眼を開き、倉橋市太を眺めた。

「あなたにもずいぶんお世話になったわね。ほんとにご親切は忘れませんわ」

加須子は下から倉橋市太の顔をじっと見つめた。

「ぼくの力が足りなかったんです」

「いいえ、そうじゃないわ。あんな小っぽけな零細企業でも、もう個人の力ではどうにもならないほど大企業の犇《ひしめ》き合いの中に歪《ゆが》められているんです。考えてみると、ここまでよくやって来たと思うわ。それは、倉橋さん、あなたのおかげです」

「とんでもない。ぼくなんか何の役にも立ちませんでした。社長が頑張ってこられたからですよ」

「それもあなたが居なかったら、とてもわたしには力が出せなかったと思うんです。あなたには何をお報《むく》いしていいか分らないわ」

加須子は仰向《あおむ》いたまま倉橋をまだ凝視していた。倉橋もその視線を避けなかった。彼は心の中で加須子に云いたい言葉がいっぱいあった。が、彼の性格では一言も声にならなかった。

「すみません。あなたにはほんとにすまないと思います」

加須子は泪《なみだ》ぐんで云った。それが彼女にしても倉橋の気持にこたえる精いっぱいの表現であった。

弓島邦雄はエミ子と上山田温泉から東京に出て、そのまま熱海に行っていた。あれから列車で山中重夫と森崎信雄とはうしろの座席だった。熱海の宿に入ると、夕食を一緒にし、二人は別の宿に移ると云った。

「ぼくたちがあんまりお邪魔をしても悪いですからね」

山中は遠慮した。

「これからどこにしけこむんだい？」

弓島が訊くと、

「冗談じゃありません。まっ直ぐに駒ケ根に戻りますよ」

山中が真顔で云う。

「そんなこと云っても、君たち二人揃《そろ》っていたんじゃ信用できないな」

「いや、それだけの軍資金がありませんから」

森崎が笑いながら云った。

山中がつづけた。

「専務さん、それにつけてもちょっとお願いがあるんですが、少し融通《ゆうずう》して戴けませんでしょうか」

「どれくらいだ？　君たちがこう揃っていれば、ぼくもその覚悟はしていたよ」

「すみません。実はせっぱ詰った金が七百万円ほど欲しいんです」

「そんな中途半端な金なら、どうせ君たちの遊ぶ金になるんだろう？」

「とんでもないです。とてもそんな余裕はありませんよ。いま始めた仕事も思いどおりにいかなくて、森崎さんとも頭を抱えているわけです。いずれ詳しいことは諏訪に専務が帰られてから報告するとして、さし当りそれだけ出して戴けませんですか」

「うむ」

弓島は云ったが、この二人の申し入れには拒絶できない理由がある。

「しかし、いま七百万円と云っても、こういう出先だし、どうにもならないね」

「小切手でもいいんです」

「ばかなことを云っている。こんな遊びにいちいち小切手帳なんか持ってやしないよ」

「弱りましたね。ぼくらはそれをアテにして来ているんですが」

「なんでしたら、本社の方に伺ってもいいんですよ」

山中がずうずうしく云った。

「それは困るよ。いまぼくはお忍びの最中だからね。会社にも行先を連絡していない。そこに君たちが現れて、いくらぼくからだと云っても金を出させるのは無理だよ」

「何かいい方法はありませんか？」

「そんなに詰ってるのかい？」

「咽喉から手が出るとはこのことですよ」

森崎がもじもじして云った。

「実は専務さんに打明けますが、どうやら、わたしの駒ケ根の隠れ場所が前の債権者に嗅ぎつけられたんです。あれを偽装倒産だと騒いで告訴すると云うんですが、そうなると、ちょっと面倒になりますからね。ですから、大口の一人に一千万円も渡せばおさまると思うんです。七百万円頂戴したいというのは、足りないぶんだけを出して戴きたいのです」

弓島邦雄としては彼らを操縦してライバルのパイオニヤを打倒する策略《さくりゃく》を進めてきた。この前の怪文書もそうだし、パイオニヤの株価の下落もこの二人が裏で働いている。上諏訪でパイオニヤ系列の下請業者の間に動揺が起きているのも二人の工作の効《き》き目だ。そんな意味で、いわば彼らには借りがあるし、殊に山中の要求にはドスが利いている。

「そうだな、じゃ、ひとつ東京に行ってみるか」

「東京だと都合がつくんですか？」

森崎が顔を輝かした。

「銀座の丸菱商会に行けば、ぼくの裏書で一千万ぐらいは出してくれるだろう」

丸菱商会はハイランドの特約店だった。

「そりゃグッドアイデアですな」

山中が小狡《こずる》そうに笑った。

「じゃ、早速、ここで手形を書きますから、裏書をひとつお願いします」

山中は手早く森崎に眼配せして鞄の中から手形用紙を出させ、その場で額面七百万円を作った。弓島は仕方なしに裏書して実印を捺《お》した。

「助かります」

山中は推し戴くようにして、丁寧にそれを鞄に仕舞った。

「申しかねますが、明日、丸菱商会に専務さんから一口声をかけてくれませんか。ぼくらがいきなり手形を持って行くより、そのほうが信用してもらえます」

「よっぽど君たちは信用がないとみえるね。いいよ」

「そうですか。申しわけありません」

二人はいっしょに頭を下げて早々に消えた。

「ずいぶんうまい汁を吸ってるわね」

エミ子が二人だけになると云った。

「ねえ、専務さん、わたしも少し戴きたいわ。但し、わたしは手形じゃ駄目よ」

「現金かい。あいにくとここには幾らも持ってないよ。いったい、どれぐらい欲しいんだ？」

「五百万円ほど都合できない？」

「五百万円とはちょっと大きいな」

「何を云ってるのよ。上山田で浮気していた罰金よ。あんた、わたしが何にも知らないと思ってるの？　どこかの宿に引っぱり込んでいた女、だれなの？」

エミ子は弓島の手を思いきりつねった。

「ばか、何をする」

「こんなことでわたしの気が済むと思うの？　さあ、いま五百万円の持合せがなかったら、少しでも出して戴きたいわ。あとのぶんは送って下さるとして」

「まるで強盗だな」

「当り前よ。上諏訪あたりの田舎娘を相手にして、少しは思い知らしてあげないと癖になるわ」

――その翌日昼ごろになって、東京から山中が熱海の旅館に電話をしてきた。

「専務さん、丸菱商会では、どういうわけか、あの手形を受取りませんでしたよ」

「なに、ぼくの裏書があってもかい？」

「そうなんです。専務さんは電話をかけてくれなかったんですか？」

「いや、かけようと思ったんだがね、まさか君がこんなに早く先方に行くとは思わなかった。……しかし、どう云ってるのだ、向うは？」

「なんだか妙な口ぶりでしたよ」

山中重夫の声まで変っていた。

14

丸菱商会は弓島の手形を割引しないという。それを伝える東京からの山中の声はいつもと調子が変っていた。当てにしたものが外れた失望と、この突然異変に、弓島の信用まで疑っているような口吻《くちぶり》だった。

丸菱商会はハイランドの特約店だから、専務の彼が出した手形を割引かないはずはないのだ。

「とにかく丸菱商会に電話を入れて照会して下さいよ」

山中は頼んだ。

「ああ、そうする」

弓島にも微《かす》かな不安が湧いていた。電話口で丸菱商会といざこざをおこすのはみっともない。これは東京へ直行したほうが得策だと思った。

「まあ、君の一方口だけでは分らないからね。電話よりも、これからぼくが丸菱に行くよ」

「そうですか。こちらも急いでいるんです。専務さんはすぐに東京に出られますか？」

「大丈夫だ」

山中は弓島がエミ子と泊っていることを知っているので、熱海にぐずぐずするのを危ぶんでいる。

「時間が分ったら、どこかでお待ちしていますが」

「そうだね、じゃ、Dホテルのロビーででも待っていてくれるか。四時なら間違いはないだろう」

「四時ですね」

弓島は電話を切って前の場所に坐ったが、山中の報告が魚の小骨のようにひっかかっていた。鏡に対《むか》って化粧しているエミ子に話しかける気もしなかった。

「これから東京に行くの？」

エミ子は電話の様子から察していた。

「よんどころない用事ができた」

「山中さんは丸菱商会から七百万円のお金がもらえないでいるの？」

「そうでもないが……」

口を濁《にご》すと、

「あんな人にいくら金をやっても無駄よ。まるで専務さんにたかっているダニみたいなもんじゃないの。いい加減な口実を云って断ったほうがいいわ。わたし、あの人、虫が好かないの」

エミ子が好いていないのは分っている。弓島も彼を利用しているだけで、人間的にまるきり信用しているわけではなかった。だが、山中のほうは、彼からどんな顔色をされても何かと云い寄ってくる。

「君なんか山中君にずいぶん大事にされてるじゃないか」

「それもわたしが専務さんに付いているからよ。ひどく見えすいたお世辞を云うの。嫌いだわ。あんな人たちにお金を上げるより、昨夜云ったようにわたしに五百万円ちょうだい」

「いいよ。しかし、今すぐには手元にない」

「山中さんの手形の裏書を何とか口実云って割引を断り、そのぶんをわたしのほうに回してくれない？」

その手形で悶着《もんちゃく》が起っているとは弓島もエミ子には云いたくなかった。彼にもこんなことは初めての経験である。ハイランドの専務が裏書した手形の割引を特約店が拒絶したのだ。弓島は、社長である従兄の顔を泛べた。日ごろからあまりソリが合わない。だが、これは従兄からの指図でもなさそうだ。そんなことは今まで一度もなかった。どうも心当りがない。だが、それは具体的な原因が泛ばないだけで、いま感じている不安にはそれだけの根拠が潜んでいた。

弓島は、このまま本社に直行しようかとも思った。それなら、この熱海から富士に出て身延線回りで諏訪に行くほうが早い。だが、従兄にいきなり会うのはどうも気乗りがしなかった。それよりも、エミ子はどうせ東京に帰るのだし、丸菱商会に寄って事情を確かめてみようと思った。彼がそれほど弱気になっているのも心に不安が尾を曳いているからだ。

「さあ、出ようか」

弓島は宿の着物を畳の上にぱらりと脱いだ。

電車に乗ったが、やはり手形のことがひっかかって、いつものようにエミ子と話がはずまなかった。いつもだと彼女を揶揄《からか》ったりなどするのだが、そんな気分も起らない。

「ご機嫌が悪いのね？」

対いの席からエミ子が彼の顔色をのぞいた。

「そうでもない。少し疲れているんだ」

「あんまりつづくからだわ。どんな女だか知らないけど、諏訪あたりから女を伴れて上山田温泉に来たり、その直後にわたしの相手になったりして……」

「もうおれも年齢《とし》かな」

「へんなことを云うのね。そういう人に限って自信満々だわ」

「そうかな？」

「そうよ。ねえ、専務さん、五百万円、大丈夫でしょうね？」

「うむ……」

熱海から東京までの一時間、弓島は今までにない不安定な気分で過した。エミ子はチョコレートか何かしゃぶっている。勝手に気楽なことを云っているが、もともと敏感な女だから、弓島の顔色をちらちら窺《うかが》っていた。

「ねえ、東京ではどこで会う？」

「そうだな……」

「さっきの電話だと、四時にDホテルで山中さんと会うんでしょ。そのあとなら恰度いいわね」

「そうだな」

と云ったが、今日は東京でエミ子と逢っていられない気がした。

「仕事が気になるんでね。この次にしよう」

「へええ。……じゃ、お金のほうはどうなるの？　五百万円、五百万円……」

「そんなに金が詰ってるのか？」

「あら、いやだ。昨夜、ちゃんと何にも云わないで承知したくせに。そりゃ、お金、あるにこしたことないわ」

エミ子はじろりと大きな眼で彼を見据えた。

「その丸菱商会で何とかなるんじゃないの？」

「諏訪に帰ったら金を送るよ」

「怪しくなったわね。あんた、忙しいあまりに忘れるかもしれないわ」

新橋で降りた。

「とにかく、わたしのアパートに電話してちょうだい。黙って諏訪に帰っちゃいやよ」

エミ子は人群れの中にさっさと歩いて行った。胸を張って気ぜわしげに歩くのが彼女の癖である。弓島はエミ子が見えなくなった途端に、もう女のことは心から離れていた。

丸菱商会は銀座通りに近い目抜きの場所の角にある。店の中は小売部もあるので、金属性の商品が三方のガラス棚に一ぱい光っていた。

「いらっしゃいませ」

店員が迎えた。

「こんにちは。いつもお世話になります」

特約店に対しては弓島も世辞がいい。

「社長さんは？」

「いま呼んできます」

でっぷりと肥った男が丸菱商会の経営主で、赧《あか》ら顔をにこにこさせながら店の奥からのぞいた。

「やあ、専務さん、ようこそ。どうぞこちらへ」

社長室といっても狭い店の奥だから、申訳程度の別室になっている。対い合って坐り、商談に入るまで雑談をしたが、女店員が茶を置いて去ると、弓島は胸に閊《つか》えるようなものを感じながら微笑して切り出した。

「早速ですが、山中君がこちらに伺いませんでしたか？」

「ああ、今日の午前中お見えになりましたよ。そのことなんですがね、専務さんの裏書のある手形を持ってきて割引いてくれと云うんですが、少し事情があって見合せてもらっているんです」

丸菱商会の主人は眼を下にむけて、煙草を吸った。

「ほう、それはどうしてですか？　今まで前例に無いことのようですが」

弓島は胸の中が騒いでいる。

「いや、専務さんがお見えになって、実はわたしも弱っているんですがね。ザックバランに申しますと、昨日でしたか、ハイランドの本社の社長さんからじきじきにわたしのほうに電話がありましてね」

「電話？」

「ええ。それで、まあ、社長さんの言葉をそのまま口移しに申しあげると、専務がいま東京方面を回っているようだが、それは社用ではないし、こちらの事情もあるので、専務の振り出す手形を受取るのは見合せてほしいと、ま、こうおっしゃるんです」

「ほう」

落着こうとして煙草を吸ったが、身体の中にこみあげる怒りで指の先が震えた。

「けしからん」

弓島はいきまいた。

「社長さん、電話を拝借したいのですが」

「どうぞ……あいにくと店のほうにしかないんですが」

弓島は店の電話でダイヤルを回した。


弓島は新宿駅にかけつけて、特急に間に合った。Dホテルのロビーに待たせてある山中も、アパートで電話を待っているエミ子も放擲《ほうてき》した。

——本社からの電話は要領を得なかった。社長は留守だと云う。営業部長が代って出たが、なにぶん社長の命令なので自分ではよく判らないと答えた。

営業部長は日ごろから弓島にはお世辞たらたらの愛想のよい男だったが、いまの返事はよそよそしかった。そして、どこか、おどおどしていた。

単調な景色が耐えられなかった。気が苛々《いらいら》する。特約店という大事な店に専務が立寄ったのに、商売の話は何一つしなかった。する気が起らないのである。

山中という業界札つきの悪評の男に裏書を与えたことを従兄の社長が不満で丸菱商会にストップをかけたのか。

しかし、それは考えられない。弓島が山中に裏書きしてやったのは、熱海でのことだし、はじめの予定にはなかった。社長が知るはずはない。

丸菱商会が山中の手形を見て本社に問い合わせたのでもない。それは商店主が否定していた。してみると、弓島自体を否定する通牒《つうちよう》が取引先になされていたことになる。

弓島が本社を出るときにはそんな気配がなかったから、彼が多摩子と脱出して上山田温泉へ行っていたときにそれははじまったとみなければならない。弓島に憤《いきどお》りがこみ上げてきた。彼は従兄に裏切られたと思った。

心当りはある。弓島はあまりにやり過ぎたとは自覚している。これが従兄の社長の気に入らなかったのも万々承知だ。しかし、あのおとなしいだけの従兄が、激しいカメラ業界の競争にどこまでハイランドを勝たせ得たであろうか。事実、従兄は専務の彼に一切を任せきりだった。つい、この前までは、邦さん、ご苦労だな、と犒《ねぎら》ってくれたものだ。

また、重役をはじめ社の幹部の主なところも社長より弓島のほうについて来ていた。仕事の上では弓島が主体となっているから当然のことだ。

ただ、最近になって弓島は奇妙な囁《ささや》きを自分の側近から聞いた。

(専務さん、気をつけなければいけませんよ。社長はあなたがあんまりやり過ぎる

ので、少しおだやかでないようです）

そのとき弓島は、そんなばかなことが、と云ったものだ。だが、心当りはある。この従兄は小さいときから一見茫洋《ぼうよう》としていたが、そのくせ人よりは嫉妬心が強かった。自己のものを他人に奪われまいとする専有欲が旺盛だったと云ってもよい。子供のときからそんな性格なのだ。

してみると、従兄は今になって弓島にハイランド光学を乗取られるような危惧《きぐ》を起しているのではあるまいか。社業は一応軌道に乗っている。三十年前までは名も無い手工業的な写真機屋だったものが、今では押しも押されもせぬ業界の第一線的存在になっている。従兄の社長には、これ以上従弟の弓島邦雄の勝手にさせたくないという気持が出てきたにちがいない。

弓島は、ここまでハイランドを伸ばしてきたのは自分の力だと信じている。この功績を従兄はどう評価するのだ。今になっておれを冷遇していいのか。

弓島は見馴れている沿線の景色が無意味に窓に流れるのに焦燥していた。神経が昂《たか》ぶっている。頭痛すらした。横の客に喧嘩でも吹きかけたい気持であった。

彼はスーツケースを取出して、中を開いた。金属性の細長い筐《はこ》を出した。前の客にも隠れるようにして実際にうずくまり、ワイシャツのボタンを外し、肘《ひじ》の上までずり上げた。一方の手に注射器が握られている。彼は、無作法を周囲に遠慮するような恰好で針を腕に刺した。液が腕に一筋流れた。

あとを脱脂綿で拭きとり、器具を元通り仕舞ってあたりを見回した。前の客二人は話に夢中になっている。隣の客は週刊誌に眼を奪われていた。

眼下に甲府の盆地が展《ひら》けてくる。連山に取巻かれた美しい平野だ。汽車は今までの山を抜けて、この低地に向って駆け下りていた。そのころから彼はようやく気が静まってきた。

あとは眠った。それでも上諏訪で眼をあけた。

駅前のタクシーで富士見へ逆戻りした。

すでに日は昏《く》れている。だが、本社も工場の窓もホテルのように灯を輝かしていた。いま輸出向けの大量生産でフルに操業しているのだ。弓島は、工場の予定表を見なくとも、その明りの多い少ないで大体の見当がつく。

本社の玄関にタクシーを横づけにし、社長の在否を守衛にたしかめた。いらっしゃいます、という返事である。

彼は大股で三階の社長室に直行した。ノックしてドアをあけると、従兄の社長が営業部長と大きな机を隔てて話しこんでいた。それも、自分のための相談のように弓島には思えた。

工場からの静かな騒音が聞えていた。

弓島邦雄が入ってきたのを見て、社長は、さっと顔を緊張させた。営業部長がふり返った。

「あ、お帰んなさい」

営業部長は頭をぺこんと下げて、

「では、社長、これで……」

とか何とか口の中で誤魔化して、腰をかがめながら、あたふたと部屋を出て行った。

弓島は社長の前にまっすぐに進んだ。

「邦さん」

従兄はこわばった微笑で弓島の名を云った。

「まあ、そこに掛けたらどうだい？」

弓島は営業部長の臀《しり》の温《ぬく》もりの残っている椅子に坐りたくないのと、昂奮とで起《た》ったままそこから従兄を見下ろした。

「社長。東京の丸菱商会に、ぼくの裏書手形の無効を通告したのは、あんたかね？」

弓島は唇が震えていた。

「ああ、そうだよ」

従兄は微笑をひっこめた。

「どうして、専務の裏書を会社が否定するの？」

「時と場合によるね」

「時と場合？　従兄《にい》さん。ぼくは専務だよ。部長じゃない。専務が会社権を行使しているのだ。それを社長が外部に対して差しとめるのかね？」

「邦さん。君は誰のために手形の裏書をしてやったのだい？」

「山中ですよ」

「森崎も一緒だろう？」

「そうかもしれない。しかし、それが……」

「まあ、待て。そこに立ってばかり居たんじゃ話にならん。椅子に掛けろよ」

弓島は腰を落した。そこに女事務員が茶を持って来たが、恐れるように出て行った。

「山中や森崎はいかんよ。あんなものを相手にしていたら、ウチの信用にかかわる。

森崎信雄などは、たったこの前、偽装倒産をやったばかりだ。山中重夫がそれを煽《せん》動《どう》して、自分もうまい汁を吸ったのだ。あいつらは札つきだよ」

「ふん」

弓島は鼻を鳴らした。

「そいつは従兄《にい》さんも黙認していたんじゃないかな。山中や森崎がこの会社に出入りするのを見ていながら、別に禁止もしなかったじゃないか？」

「人が玄関をくぐってくるぶんには、別に押止めるわけにもいかないからね」

「詭弁《きべん》はやめてもらおう」

弓島は大きな声を出した。

「あんたは、森崎や山中がウチの会社の利益になってる間は黙っていたのだ。だから知らぬ顔をしていた」

「利益？　ほう、どんな利益だ？」

「競争相手のパイオニヤの人気や株の下落をぼくが彼らに謀《はか》らせた。そいつはあんたも知っているじゃないか」

「知っていると云われると迷惑だね。あれは君が事前に相談もしないでやったことだ。なるほど、あとからそれらしいことはぼくの耳にちょっと入れたがね。大体、ああいうことはぼくの気に染まない手段だ。ハイランドはそこまで陋劣《ろうれつ》な策謀をしなくてもいい」

「今さら何を云う」

弓島は憤《おこ》った。

「なるほど、あのときは、ぼくがあとからあんたに報らせた。だが、そのときあんたは何と云った？　そりゃいいね、とうなずいたじゃないか。すなわち承認したのだ」

「そんなことを云った憶《おぼ》えはないな。仕方がないから、そうか、とは云ったがね」

「あんたはいつ三百代言になったんだね？　よろしい。ここで云ったとか云わなかったとか云っても、別に録音を取ったわけでもないから水掛論《みずかけろん》だ。結局、あんたは森崎や山中が利用価値無しと踏んだので捨てる気になったのだ。それに、彼らが少し怕《こわ》くなったんじゃないかな？」

「怕いよ、たしかに」

社長はうなずいた。

「あいつらにこの会社をうろうろされては、まるで寄生虫を飼ってるようなものだ。金はいくらあっても足りない。外の評判を悪くする。この辺で切るんだな」

「ああ、そうか。切るのもいいだろう。だが、なぜ、それをぼくに相談しない？」

「君はこの会社に居なかったじゃないか？」

「………」

「居ない者には相談の仕様がないからね。誰に訊いても、専務さんはどこに行ったか分らないと云う。これじゃ君に連絡だってできない」

従兄は逆襲した。

「ぼくが無断で会社を休んだのはほんの三日ばかりだ。その間に急にそんな話が決るというのは変じゃないか」

弓島は云い返した。

「処分は早くするに越したことはない。それとも、邦さん、森崎や山中の偽装倒産を手伝ったのは君自身だとでも云うのかい？」

「えらく皮肉な質問だな。だが、あんたの口からいろいろなことを云われる理由はない。ぼくはただ会社のために誠心誠意働いてきた」

「ありがとうと礼を云おう」

従兄の社長は軽く頭を下げた。

「しかし、せっかくここまでやって来てくれた人でも、今度は社業を逆戻りさせようとしたら、ぼくだって黙ってはいられないからね」

「逆戻り？　それはどういう意味だ？」

「第一、君が山中のような男に額面七百万円もの手形の裏書をする心理がわからない。額にしては大き過ぎやしないか。君の権限ではね。そういう独断をされては会社の将来が不安だよ」

「ふん、それだけかい？」

「それから、君は下請業者をあまりにも虐《いじ》めてきた」

「おどろいたね。そんなことをあんたが云い出すとは」

弓島はわざと眼を瞠《みは》った。

「そいつは、このハイランドが伸びてくる過程でどうしても避けられない現象だったじゃないか。ウチだけではない。どこの大手メーカーだってみんなやっている」

「お説の通りだがね、君のはあまりにあくど過ぎたよ」

「具体的に云ってもらいたいね」

「知らなかったのか？　中村君が自殺を計ったよ」

「えっ」

さすがに弓島もびっくりした。

「君は中村君を再び援助すると云ったそうだね。それを彼は真《ま》に受けて、このハイランドの下請をつなぐためによそから無理な高利の金を借りてきた。彼はそれで借金を払い、彼なりの新しい設備をして合理化をはかり、できるだけウチに見合うようなコストダウンをしようと考えたのだよ。……ところが、中村君のところはどうもいけない。いくら彼が無理をしても、とてもウチとソロバンの合うような値段の製品は出来っこない。また新しい設備をするといったところで、中村君にはそんな緻密《ちみつ》な頭脳もない。せいぜい旧い町工場に毛が生えた程度だからね。君はそれを一ばんよく知ってるはずだ。なぜ、そんないい加減なことを中村君に云ったのだ？」

「別に援助するとは云わなかったが」

弓島は、多摩子の来訪に気を取られて、粘《ねば》っている中村をとにかく一応帰すつもりで当座のナマ返事をしたことを、このときも思い出した。

その中村が自殺を図ろうとは弓島も想像しなかった。彼は、上山田の旅館の女中から聞いた中小企業の社長の首吊りが耳に蘇《よみがえ》った。

さすがに即座の返事に詰った。

「中村君の自殺未遂は、ウチの下請業者の会にショックを与えた。会の代表が昨日押しかけてきたよ。こんな状態では不安で堪らないというのだ。専務の気まぐれで、生活権はおろか、生命まで脅《おびや》かされるというんだね」

従兄の社長は指を鳴らした。

「ぼくも尤もだと思ったよ。君はあんまり独断すぎた。それが君の性格と思い合わされて下請業者たちの不安を招いたのだ。彼らは君に虐《いじ》められているという被害感を持っているから、これは切実だよ」

「下請をある程度犠牲にしなければカメラのメーカーは輸出も出来ない。他社にも負ける。そんなことを云うなら、下請に依存しない大工場を造るんだな」

「下請工場のカメラレンズ研磨工程は、オートメ化された近代的設備と、手工業的な技術部門の二重構造になっている。またカメラメーカーにしても相互の競争による合理化を下請けのコストダウンに皺寄せさせる。……だが、それも程度問題だ。一邦さん、君のように気まぐれのワンマンぶりを発揮していては、ハイランドには一社も下請がつかなくなるよ。彼らが中村君のことでここに押しかけて来たのはよくよくのことだ」

「あんたはまるで自分が第三者のような口を利いているが、社長は会社の最高責任者だからね」

「もちろん、ぼくにも責任の一半はある。君をここまでわがままにしたことにはね」

「わがままだって？」

弓島は顔をゆがめた。

「ぼくのこれまでしてきた努力を、あんたはぼく個人のわがままにすり替えるつもりか？」

「君はこの会社の功労者だ。だから、それは認めると先ほども云った。しかし、それはこれまでの姿だ。現在は会社にとって君はマイナスになっていると思う」

「面白い。ぼくのどの点がマイナスなんだ？　云いがかりもいいかげんによしてもらいたい」

「云いがかりではないね」

社長は煙草を前の函からつまみ出した。

「君はいま下請業者の怨嗟《えんさ》の的になっている」

「その点は少し修正すればいいだろう」

「修正か。面白いことを云うね。だが、残念ながら、ぬぐい切れない恨みが君個人に集中している」

「よし。それから？」

「君は会社のために下請を虐めると云っていたが、中部光学にはいい条件でウチの下請をするように話を進めてるそうじゃないか？」

「いちいち、そんな細かいことに口を出すあんたではなかったはずだが」

「ぼくは知らなかっただけだ。中部光学に君らしくもない好条件を出したのは、君があそこの経営者の義妹に手を出しているからだそうじゃないか？」

「手を出した？　そんな下品な云い方はよしてもらいたい」

「じゃ、恋愛かね？　君がこの三日間会社を無断で休んで上山田温泉に行ったのも、その女性と一緒だったそうだね？」

「…………」

どうしてそれが従兄に知れたのだろうと思った。

「そりゃ浮気するのもいいし、女房以外の女性と恋愛するのも悪くはない。しかし、そのために専務たる者が三日も無断で行方を晦《くら》まし、しかも、相手の婦人のために今までの下請屋さんに無かった好条件で契約を申込んだというのは、こりゃ会社の秩序を乱す。悪くすると背任になる」

「…………」

「しかもだ、その上山田に行って悪名高い山中や森崎と何ごとか話合い、彼らのために君の独断で七百万円もの手形を裏書してやる。これは、君、狂気の沙汰だ」

「あんた」

「まあ、聞いてくれ。こういう状態の上に、君は何か悪い薬を自分の身体に注射してるそうじゃないか？」

「………」

弓島は口が利けなかった。

「聞けば、その本元が東京で挙がったそうだ。彼らの自供で、そのルートの人間がウチの会社に出入りしていたそうだ。こっちの警察から来たよ。連中は、その薬の販売に君も一役買っていると云ったそうだよ」

「そんなばかな」

弓島は真赧になった。

「いや、それはそうだろう。そこまで君が堕落しているとは信じない。だが、彼らの自供がそうなんだ。たとえ連中がその罪を少しでも軽くしたいため嘘を云っても、世間の誤解は解けないからね。君の異常性格を、その薬のせいにしている者もいるよ」

「新聞に出たのか？」

「押えている、土地の新聞には苦労してね。だが、噂は防ぎ切れない」

「いったい、ぼくをどうしようっていうんだ？」

弓島は絶叫した。

「どうしようと訊くのかね？　今まで云ったことで君にも判断がつくはずだ」

「ふん、専務を辞めろというのか？」

「専務だけじゃないね。残念ながら平取《ひらとり》としてもぼくの手もとに置けなくなった。役員改選は来月だ。邦さん、きれいさっぱり別れよう。その代り、君の今までの功績に対して慰労金は相当に出すよ」

従兄の社長は冷く云った。

「何を云うか！」

弓島は怒って起ち上った。

「きさま。今になってよくもそんな口が利けたな」

「ははは。きさま呼ばわりか。しかし、従兄弟《いとこ》でも社のためなら止むを得ないよ。気の毒だが君よりぼくのほうが株数が二倍だ。それに社外株のほとんどがぼくのほうにつくだろうから、株主総会では絶対多数で君の専務解任という残念なことになりそうだな」

「偽善者！」

弓島は咆吼《ほうこう》した。片手が椅子の端を摑んだ。

「自分だけがいい子になって、その蔭でよくもおれを追い出したな。この野郎。利用するだけ利用しやがって覚えていろ」

摑んだ椅子をふりあげた。社長が顔を傾けた。椅子は机の向うに落下しそのへんの物を飛散させて大音響をたてた。従兄がひっくり返って床に転んだ。

ドアを煽って出ると、廊下に常務と営業部長とが様子を窺っていたのにぶっつかった。弓島は営業部長を殴った。頭の禿げた常務がうろたえて逃げた。

弓島は外に飛び出した。

空に星が散らばっている。工場のどの窓の灯も消えずにいた。星を区切って下に黒い帯が取巻いているのは北アルプスの連山の影だった。

弓島は忿懣《ふんまん》と虚脱感とで足が地から浮いていた。——謀られた。従兄は難癖をつけておれを追出し、この会社を独り占めしようとしている。負けてなるものかと思った。

たとえ票決で破れても、森崎や山中に命じて暴力団を雇わせ総会を荒してやるのだ。議長席に居る従兄を袋叩きにさせてもよい。自分の家に帰るまでそんな空想も泛べた。家は会社からさほど遠くない所にある。やはり高原で、瀟洒《しようしや》な和洋折衷《せつちゆう》の家だった。

表は閉っていた。これにも腹を立てた。まだ時間が早いのに妻まで自分を追出しているように思えた。激しく門の戸を叩いたので、玄関の内側にやっと明りが点き、妻が降りてきた。

久しぶりに帰ったというのに妻はものも云わない。錠を外してからはさっさと家の中にひとりで入った。

弓島は家の中に入った。お手伝いは彼のただならぬ顔色を見て逃げた。妻は茶の間でテレビのつづきを見ている。歌手が顔を震わせて大口をあけていた。弓島はいきなりスイッチを切った。妻はまだその前に端然と坐っている。

「おれは会社を辞めたよ」

妻に云った。

「あの野郎がおれを馘首《くび》にしたのだ」

妻は別におどろきもしない。じっとしたまま、

「そうですか」

いかにもその声は小気味よげだった。

「負けるものか」

弓島は怒号した。

「ハイランドをここまで伸ばしてきたのはおれの力だ。あいつはおれを利用して、その上であぐらをかいていただけだ。ふん、自分の力でハイランドが伸びてきたと思っている。……今にみろ。おれは独立する。そして、ここ二年の間にハイランドの競争会社になって、あいつを打倒してやるのだ」

妻は消えたテレビをみつめて、まだ坐っていた。弓島は無性に腹が立ってきた。妻の抵抗の原因が何を意味しているかよくわかっている。しかし、この夫の危急のときに、執拗に反感を持ちつづけている頑迷《がんめい》さがたまらなく憤ろしかった。

「出かけるよ」

彼は一言云った。妻は見送りもしなかった。

門を出て道の上に立った。高原のひややかな風が身体中を抜き抜けるようだった。

彼は遠沢多摩子を思い出した。中部光学から再出発してもいいと思った。考えてみると、実際それよりほか手がかりがなかった。

15

弓島は富士見駅まで歩いた。

時刻は午前零時を過ぎている。

構内に入って時刻表を見ると、朝の五時半まで待たなければならなかった。

彼は駅前の一軒しかないハイヤー屋を起した。

「上諏訪まで行ってくれ。料金ははずむよ」

寝ていた運転手がもそもそと起きて車を出してくれた。

弓島は、従兄に対して、なにくそ、という闘志に燃えていた。負けるものか。ハイランドをここまでのし上げてきたのはおれの力だ、あいつは役に立たない男だった。おれが居なかったら、とうに潰《つぶ》れたか、中小企業にまごまご停滞《ていたい》しているところだ。実際、これまでのハイランドには何回も危機があった。それを切り抜けたのもおれの力だ、と弓島は信じている。

こうなると、一切合財《いっさいがっさい》従兄に利用されて追出された結果になった。従兄の社長は血も涙も無い男だ。これまでのハイランドの強引なやり方が下請業者から非難されているし、また同業者からもその独善的な営業方針をいつも叩かれてきた——そういう悪評の一切を従兄の社長は弓島にすり替えたのだ。

ハイランドもここまで基礎が固まれば、もうよかろう、この際評判の悪い専務は追出し、あとは大手メーカーらしく品よくすることだと、従兄は仔細《しさい》らしく計算したのだ。

なに、あんな会社くらいすぐに追越して、瞬《また》く間に叩き潰してみせる。弓島は昂奮でシートの上にじっとして居られなかった。

「旦那、窓があいていませんか」

運転手が寒そうに云った。

なるほど、片方の窓ガラスが三分の一もあいていた。すでに夜の風は冷たかった。弓島はそれすら覚えなかった。

「旦那、酔ってらっしゃるんですか」

運転手がまた訊いた。客をそうとしか思えなかったのであろう。シートの上で腰を何度も浮しては坐り直す、身体をもじもじさせる、それに冷たい風が入るのも気がつかないでいるのだ。荒い呼吸も運転手は感じ取ったことであろう。

さて、これではいかぬと弓島は思った。落着くことだ。問題は再出発に当っての資金ぐりである。さし当り自力ではどうにもならない。これまではハイランドを背景に顎一つで銀行屋を呼びつけたものだが、羽を毟《むし》り取られた今はどこも相手にしてくれないのだ。恃《たの》むのは、あの小っぽけな中部光学だけだった。小さなところだが、手がかりがまるきり無いよりはましだった。また、そこから大きくなってみせる自信はあった。

下諏訪の街の灯が近づいてくる。どこかに火事があるらしく消防車がサイレンを鳴らしていた。火の手は暗い空のどこにも見えなかった。

上諏訪の街に入って、弓島は初めて岡谷の中部光学に加須子が居ないことに気がついた。彼女はまだ病院に居るはずなのだ。

加須子の負傷がずいぶん以前のように思われた。が、実際はたった四日前に、この上諏訪から上山田に行く車の中で多摩子から聞いたのだった。あれからいろいろなことがあり過ぎた。彼だけを中心に時間が猛烈な速度で経過した感じだった。加須子の入院も長い間に亘《わた》っているように思われた。

だが、あるいはという想像も起ってきた。加須子はせいぜい多摩子の投げつけた鋏で負傷した程度だ。もう、岡谷の家に帰っているかもしれないのだ。そして、案外多摩子とうまく行っているような気もした。もともと、義理の間柄とはいえ姉妹だ。多摩子が詫《わ》び、加須子が許す。そして、今はあの小さな工場の母屋で賑やかな声で笑い合っているような場面さえ浮んだ。弓島は俄かに希望を持った。

上諏訪の駅前にくると、運転手に云って車を降りた。

「ちょっと電話をかけてくるから待っていてくれ」

駅前の電話ボックスに入った。加須子の家のダイヤルを回すと、長い信号音がつづいて容易に出ない。真夜中だから起きるのに手間取っているのだろう。案外加須子の家は平穏なのだと思った。

信号音が止み、

「どちらさまですか？」

と、睡《ねむ》そうな女の声が聞えた。お手伝いらしかった。

「わたしは弓島だが、加須子さんは居ますか」

胸がさすがにときめいた。

「いいえ、病院のほうでございます」

お手伝いはいくらか丁寧に答えた。

「まだ、あっちですか？」

「はい」

「病院は何といいましたっけ？」

お手伝いは、その名前と所を答えた。

「では、多摩子さんを呼んで下さい」

「多摩子さんもまだ家に戻っていらっしゃいません」

「えっ、いつからですか？」

「ちょっと、わからないんです」

意外だった。多摩子を上山田に置去りにしたが、あの朝真直ぐに岡谷に戻ったものと彼は思いこんでいたのだ。

「ありがとう」

電話を切ったが、足もとから不安が虫のように匍《は》い上ってきた。

加須子のほうはまずそれでいいとして、問題は多摩子だ。家に戻って居ないとすると、いま、どこに行っているのか、悪い想像が起った。多摩子は東京に絵の勉強に行っていたから相当ドライな女だと思っていたが、つき合っていて案外古風なところがある。それに、初めての男だったせいかひたむきの傾き方だった。弓島には面倒臭いぐらい付きまとってきたのだ。

遊び馴れた弓島は、そういう女は閉口《へいこう》だった。遊んでいる間だけ愉しく、そうでないときは距離を置いてくれたほうがいい。彼はそれが現代的な恋愛だと思っている。初めて多摩子を見たときそういう女性だと思っていたのだが、これは全く見当外れだった。それだけに弓島の煩《わずらわ》しさは鬱陶《うっとう》しいくらいだった。

だが、多摩子が戻ってないとすると、彼女のその性格を考えて、少々、心配にもなってくる。

多摩子の責任を弓島は引受けるつもりはないが、まずいのは彼女の無分別がこれからの加須子との交渉に影響することだった。せっかく中部光学を足場として再出発しようとする矢先に大きな障害にならぬとも限らない。加須子は義妹のことで弓島を非難するかもしれない。妥協など思いも寄らないことになりそうである。

困ったことになった。彼は待たせている車に戻りかけて、足をとめた。

ここまで来たのだし、どこか宿につくことも考えたが、こんな事態になると、一刻も早く加須子の気持を打診したかった。明日まで待っていられない気がする。それに今夜はどんな宿についてもすぐには睡れそうになかった。それは長い間の習慣であった。悪い薬もそのために常習者になった。

「病院に行ってくれ」

弓島は待たせてあるハイヤーの運転手に云った。

教えられた町名を頼りにゆくと、それらしい病院があった。玄関は暗く閉まっている。病室になっているらしい二階の窓にも灯は無かった。

弓島は夜警ぐらい居るだろうと思った。そこでハイヤーを帰した。

門の鉄扉は開いている。手をかけると、自由に動いた。玄関までの路を歩く。誰も咎《とが》める者が居ない。

玄関の戸の暗さで、それが固く閉まっていることが分った。病院のことだし、どこかに夜警が居るはずであった。医者や看護婦の宿直も置かれているに違いない。

彼はそれらしい窓を捜《さが》すため病院の横手に沿って歩いた。

「どなたさんですか？」

ふいに横合いから声をかけられた。懐中電灯が動いている。今まで見えなかったが、建物の引込んだところから詰襟の男が黒い影を出した。

「警備員の方ですか？」

弓島もほっとして訊いた。

「そうです」

「ぼくは、こちらに入院している遠沢加須子さんという患者に面会に来たのですが」

「面会は昼間でないと困ります」

「それはわかっていますが、ぼくは非常に急ぐ用事で会わなければならないんです」

「そういうことは規則で困るんですがね。昼間でも面会時間は制限してるくらいです。殊にこんな夜中では出来ないことになっていますがね」

「弱ったな」

警備員は胡散《うさん》臭そうに懐中電灯の灯を弓島の顔に当てて人相を確かめて下ろした。

「それに遠沢さんは病室に独りですからね」

「ほう、付添は居ないんですか？」

「付添さんは昼間だけ通うことになっています。もう退院も近いくらいによくなられましたからね」

女ひとりの病室だから特に遠慮してくれと、警備員は云った。

それなら仕方がない。弓島はどこか起きている旅館でも捜して泊ることにした。

弓島邦雄は街のほうに歩いた。病院から駅のほうにだらだら坂を下りてゆく。その途中、一度振返って病院の暗い建物を眺めた。加須子の寝姿が泛ぶ。だが、今の弓島にはもう女への興味というよりも、なんとか加須子を説得して自分に協力させせることしか考えられなかった。

肩に寒い風が当った。まだ外套《がいとう》無しでは夜は歩けない。今までは昂奮していたせいか感覚が鈍《にぶ》っていたが、ふしぎなもので、加須子が独りで病院に寝ていると聞かされて安心したのか急に寒さを覚えた。通りには歩く人間も居なかった。

駅に近い或る街角にきた。思いがけなくそこでラーメンを売っている屋台を見つけた。湯気が屋台の赤い明りに温く上っている。先客が居た。

「おじさん、ラーメンを呉れ」

彼は上衣の襟を立てた。


ラーメン屋のおやじは黙って丼を出し、一升瓶から黒っぽい汁を垂らした。おやじは古い工員帽のようなものをかぶって、作業服の上に白い上張をつけている。

弓島は腹が減っていた。いつもの彼だと、むろん、こんなものには見向きもしない。食事は贅沢なほうだった。食通が自慢でもある。が、今は腹に入るものなら何でもよかった。そういう自分に気づくと、何となく泪が出そうになってくる。

おやじは湯釜の蓋を取り、ラーメンの玉を茹《ゆ》でて、それを丼に移した。その手つきは、あまり馴れているとは思えなかった。

「はい」

出来上ったラーメンを弓島の前に置いた。弓島が割箸を取ったとき、おやじが顔を上げてじっと弓島を見ていた。

弓島が丼を抱えて汁を啜《すす》っているとき、

「あんた、弓島さんじゃないですか」

おやじが屋台のうす暗い灯を透《すか》し見て云った。先ほどから何だか顔をじろじろ見られているとは思ったが、見馴れない客で珍しがられているのだろうくらいに軽く考えていたのだ。

弓島は、はっとしたが、一口啜って、

「あんたは？」

と訊いた。彼の知らない顔だった。不精髭が生えているので年寄に見えるが、案外若いのかもしれない。

「やっぱり弓島さんだな」

男はそれっきりあとを云わない。弓島にはこの男に見当がつかなかった。工員帽をかぶっている。弓島はこの上諏訪には始終くるので、どこかで自分の顔を知っている人間かもしれないと思った。

夢中になってラーメンの箸を動かし、汁を吸う。それが半分までになったとき、ふいとおやじの姿が動いて、いきなり抱えている丼をひったくられた。熱い汁が彼の手首を灼いた。

おどろいておやじを見ると、奪った丼のラーメンは地面にいっぱい撒《ま》かれていた。

弓島が茫然としていると、

「おい、弓島、きさまなんかにこんなものを食べさせてやれるか」

おやじは彼の前に突っ立って睨《にら》んだ。四十くらいの男だった。

「何っ」

弓島は理由《わけ》が分らないまま失礼を咎めようとすると、

「まだはっきりと納得ができないようだな。おい、弓島さん、わしはな、元カメラのレンズ磨きをしていた職工だよ」

屋台ラーメンのおやじは云った。

「綾部光学と云ったら、おまえにも憶えがあるだろう」

「綾部光学?」

弓島には耳馴れない言葉だった。だが、どこかで聞いたことがある。そういえば、たしか、これまで倒産した中小企業の下請レンズ屋の一つにその名前があったように思った。

「おまえのおかげでウチは倒れたのだ。田中さんといってな、いいおやじさんだったが、おまえの魔手にかかってとうとう会社を潰し、財産を失い、一家離散となったんだよ。大将はどれだけおまえの悪辣《あくらつ》なやり方を恨んだかしれない。おれはそこで古くから働き、職長をしていた男だ。今ではこうしてラーメン屋になっているがね、おまえに対する恨みは一生消えないよ」

「………」

「おれの手で作ったラーメンを、きさまみたいな畜生にも劣る奴に食わせることはない。とっととここから消え失せろ」

弓島邦雄は返事ができなかった。今までの彼だったら、むろん、夜啼きラーメンなど食うこともないし、わざと何倍かの金を叩きつけてこのうすぎたない男に抵抗したであろう。そうしなければ気のすまない彼だった。だが、現在の彼にはそんな気力も失せていた。

「そういうことがあったんですか」

彼は弱い声で云った。

「それは気の毒なことをした。田中さんにも、あんたにも謝る。新しいメーカーとしての歩み方が必ずしもみなさんに迷惑をかけなかったとはいえない。田中さんはいまどうしていらっしゃいます？」

「知らねえな。東京でニコヨンみたいなことをしているとか、この前風の便りに聞いたがね」

「そうですか」

弓島は顔を伏せた。

「あんたに憤《おこ》られるかもしれないが、まあ、今度わたしも新しい出発をする。独立してね。それで、その際はまた仕事をお願いし、今までの過失の償《つぐな》いをしたい。そのときは快くぼくの申入れを受けて下さいますか」

弓島は多少感傷的になっていた。その甘さを破壊したのがラーメン屋のおやじの大きな手だった。弓島は彼から首を絞められ、二、三度強い力で殴りつけられた。

「この野郎。おまえはまだそんな根性を持っていたのか」

ラーメン屋のおやじは声を震《ふる》わせて叫んだ。

「もう、そんな手に誰が乗るものか。今さら猫撫で声を出して書生みたいなことを云っても、おれたちの受けた痛手はなおらないのだ。おれは、家も土地も売払い家族とも別れて東京でニコヨン生活をしている昔のおやじさんのために、おまえをこのまま帰すわけにはいかないのだ。この野郎、少しは思い知ったか」

殴りつけながら男は顔を歪《ゆが》めて云いつづけた。

屋台に首を突込んでいた客がびっくりして起ち上ったが、仲裁はしなかった。

弓島は上衣の乱れを直し、そこから足早に離れた。うしろのほうで客の質問にラーメン屋のおやじが、彼の耳にも聞えよがしに説明していた。

「ハイランド光学の専務というんだがね、ひどい男ですよ。あの男のあくどいやり方に自殺未遂までした下請業者がいるんですからね。みんなのためにわしはよっぽど殴り殺してやりたかったですよ」

弓島の前に灯の消えた淋しい夜の道だけがあった。彼は足早に駅へ向った。脚もとに寒い風が絡《からま》った。駅だけに灯が点いていた。それが今の彼の意識しない目標になった。暗い心がひとりでに灯を求めているようであった。

駅に着くと、夜中に着く列車を待つ淋しい出迎人が待合室にいた。彼はベンチの隅にうずくまった。殴られたあとの頰が痺《しび》れるように痛んだ。気がついてみると、ネクタイが千切れていた。靴の中の足が冷えていた。

彼は、この諏訪の町全体が自分を敵としているようにみえた。ここを根拠にして彼の事業を再建することは困難のようであった。だが、これはやらなければいけないのだ。むずかしいが、それだけにやり甲斐があるともいえた。夜が明けたら、一番に加須子のいる病院に駆けつけよう。何としてでも彼女に謝り、自分の足場を作らなければならなかった。

家に残している妻のことがちらりと頭の中を掠めた。あの妻は決して自分の協力者ではなかった。もし、加須子が受容れたら、そこでの仕事が妻との別離を惹き起すであろう。もちろん、従兄とは戦争だった。弓島はすでに加須子以外に味方になる者が一人も居ないことを知った。

夜中に上り列車が着いた。

うそ寒い夜気の中を、降りた客が冷えた足音を聞かせて改札口へきた。ベンチに待っていた出迎人が起ち上った。ひとりでいる弓島には無関係のことである。彼は、煙草を口にしたままぼんやりと構内を出てゆく客の群れを眺めていた。

若い女がその中にまじっていた。スーツケースを提げてゆっくりと歩いている。別に出迎人も無かった。弓島の眼と、その若い女のふと投げた視線とが出遇った。弓島は口から煙草を取落し、ベンチから反射的に起上った。

女がこちらをみつめている。一瞬、眼を大きく開いたが、硬張った表情だった。

「多摩子さん」

弓島は近づいた。呼吸がはずんだ。

「どうしたの、いまごろ？」

多摩子は放心したような顔で弓島を見つめた。窶《やつ》れが、びっくりするくらい目立った。

「ちょっと……」

多摩子は低い声を出した。

「どこに行ってたの？」

彼もまじまじと多摩子の疲れた顔をみつめた。

「越後《えちご》のほうを回ってきたわ」

「おどろいた。そんな方角に行ったのかね」

弓島はちくりと胸を刺されたが、わざとその感情は出さず、とぼけた表情をした。

「家には連絡をしてなかっただろう？」

「昨夜、新潟に泊るつもりだったけれど、急に気が変って、この列車に乗ったわ。まるで迎え降りてみて、ちゃんとそこに弓島さんが居るんだもの、おどろいたわ。

に来ていただいたみたい」

言葉に似ず多摩子の声には抑揚《よくよう》がなかった。

弓島は多摩子のスーツケースを手に取った。二人は駅を出た。

弓島は心からほっとした。とにかく多摩子が無事に戻ったのはありがたかった。もし、多摩子が自殺でもしたら、せっかくの事業の計画も挫折《ざせつ》するところだったのだ。さっきまでそれを考えて憂鬱になっていた矢先、とにかく彼女が戻ってくれたことは何にも増してうれしかった。その多摩子はすぐ自分の横を一しょに歩いている。彼にはまるで夢のようだった。

時計は四時近くになっている。駅の前の旅館街は灯が点いているが、玄関をあけている家はなかった。

「どうする、これから岡谷まで帰るかね？」

彼は訊いた。

「ううん、いま帰る意志はないわ。それだったら、こっちにくるとき岡谷で降りたわ」

「ああ、そうか。では、お義姉さんの居る病院に行くつもりだったんだね？」

「はっきり決めてないけれど、ふらふらとここに降りたのよ」

「よかったな。でなかったらぼくとも会えないところだった」

「湖《うみ》のほうに行ってみましょう」

彼女は急に云った。

「えっ、こんな時刻に行ったって何も見えやしないよ」「いいの。列車に揺られたせいか、ああいう場所の空気が吸いたくなったの」

弓島邦雄は逆らえなかった。今は多摩子の意志を尊重するだけだった。

多摩子と元通りになれば、加須子も妥協《だきよう》してくれるに違いない。弓島には加須子を誘惑しようという気持がもう消えかけていた。加須子はあの中部光学の全部を多摩子に譲るかもしれない。そうなれば、かえって弓島の仕事もやりやすかった。

弓島は急に自分の眼の前に幸運が開けてきたような気がした。

「ずいぶん疲れているね」

弓島は誰も通っていない街を歩きながら多摩子の手を取った。彼女は拒《こば》みもせず彼の腕に預けた。

二人は線路のガード下をくぐって湖に出る道を歩いた。両側に戸を閉めた旅館がつづく。多摩子の足取りはまるで曳きずるようだった。

湖畔に出た。外灯が蒼白く点々とついている。

風が顔に当ったが、湖面は何も見えなかった。暗いだけでなく、霧が一面におりているようだった。

二人は冷たいベンチに腰をかけた。弓島は上衣を脱いで多摩子の肩にかけた。そのついでに彼女の頰を寄せた。鼻も唇も凍ったように冷たかった。彼女は疲労のせいか、あまり反応を返さなかった。

「こんなところに居ると風邪を引くよ」

「いいの。かえって冷たくて気持がいいわ。だんだん夜が明けてゆくようだわね」

空に薄明が射していた。真暗だった東の山の上に雲が明りを受けて容《かたち》を見せている。

「ボートに乗ってみたいわ」

「こんなに暗いのに？」

弓島はおどろいて訊き返した。

「そう。誰も居ないところで二人だけのボートを浮べてみたいわ」

彼女は茫乎《ぼうこ》とした表情で湖面に瞳を投げていた。

「しかし、ボート屋なんかまだ起きていないよ」

「その辺の岸に引上げてあるでしょ。構わないから出しましょうよ」

この場合、弓島はただ多摩子の意志を尊重しなければならなかった。彼女の気持が前通り自分に戻ってくれれば云うことはなかった。実際、未明の湖上にボートを浮べるのはロマンチックでないこともなかった。

二人は岸辺を歩いた。柳の葉が一枚外灯のグローブにかかっていた。歩き出してから前方に人影が出た。湖上でワカサギを獲っている漁師らしいのが二人の姿をふしぎそうに見送って過ぎた。

ボートが十二、三艘《そう》、岸辺に引上げられて並んでいた。

「わたしが漕いでみるわ」

弓島がボートを押して渚《なぎさ》に近づけると、多摩子もそれを手伝った。彼女の快活が戻っていた。

ボートが水に浮ぶと、多摩子が先に移り、弓島があとから乗った。冷たい水が膝に散った。

「うまいね」

弓島は多摩子のオールさばきを賞めた。暗い中だが、夜明けが近いせいか彼女の顔の白さがはっきりと分った。

「なるほど、深い霧だね」

溶けかけたその中に白い靄《もや》が一面に立罩《こ》めていた。すぐ一メートル先の波までが霧の中に消えているのである。湖畔の外灯も、旅館の灯も近いところは滲み、遠くは霞んでいた。それも次第に小さくなり、霧にかくれた。多摩子が漕ぐオールの音だけが鳴った。

「君、どこまで出るのだい？」

弓島は少し心細くなって訊いた。すでにかなり沖に出ていた。諏訪湖の形は大体円形だから、このまま漕ぎつづけて行けばどこかの岸につく。が、いまのままでは、対岸の岡谷に行くものか、上社《かみしや》のある近くに着くものか方角が分らなかった。どこを見ても一物も眼に入らないのである。

「じゃ、この辺でボートをとめるわ」

多摩子はオールの先を水面からひき上げた。舟は軽い動揺だけを繰りかえした。

弓島は何か話しかけたかったが、どう云っていいか言葉が詰った。いまは、この小娘だけが頼りなのである。彼はすべての羽をもがれた自分をつくづくと知った。たかが小娘と見下して本気にもなれなかった女に、彼はすべての希望を托《たく》さなければならなかった。彼は自分の身体までが小さくなり、卑屈になっていくのを覚えて情なくなった。

しかも、今の弓島はこの小娘に何かを語りかけねばならなかった。やさしい言葉、意を迎える語を連ねて柔く投げかけねばならなかった。彼は多摩子には数々の「罪」を犯《おか》しかけていた。かけていたというのは、それがまだ未完了の状態にあるからだ。つまり、今からでもそれは救えるのである。要するに、彼が以前に彼女に吐いた言葉を誠実に実行すれば、「罪」にもならないし、欺《あざむ》いたことにもならないのだ。

しかし、たとえそれが未完了でも、彼のこれまでの行動はその結果に持ち込んでゆくかたちではなかった。その行動は裏切への途上であった。最後の宣言を彼女に云い渡さなかっただけである。

だからこそ、多摩子は心に傷をうけて、越後の旅にひとりで出たではないか。男の行動には誠意がなかった。彼女はそれを知り、前途の破滅を予見したのだ。この段階で、弓島が多摩子の心を回復し、再び自分の傍にひきつけるのは困難な作業だった。

困難だが、それはやらなければならない。かならずしも絶望でもないのだ。若い女の心は微妙で弱々しい。一度、身体を与えた男には抵抗力を喪《うしな》っている。げんに、こうして未明のボートに二人きりで漕ぎ出そうと云ったではないか。弓島は過去の自分の経験から、そのような女心も心得ているつもりだった。いまの多摩子に残っているのは、弓島への疑惑だけだった。騙《だま》されかけた女は男に猜疑心《さいぎしん》が強くなっている。それは弱い動物のようなものだった。あと退りしながら、眼を光らせて男の行動や言葉を吟味している。

その猜疑心を取り除きさえすれば、男にとってあとは楽であった。女は、前にも増して男の懐にとび込んでくる。女はもともとそうなることを望み、待っている。捨てられるよりも、捨てられないほうが仕合せなのだ。二度目は、最初の倍くらいに無批判になり、盲目的になる。弓島の場合は、それが彼の事業に結びつき、生死にかかっていた。

ただ、どんなふうにして、多摩子の気持をほぐすかである。彼女はこうして二人だけでボートに乗っているものの、全面的に彼を宥《ゆる》しているようには見えなかった。彼女の身体はまだ堅く、言葉もよそよそしかった。つまり、多摩子はまだ弓島への猜疑心を持ちつづけていた。彼女が彼への不信を責めないのがその証拠だった。女の心が和んだとき、彼女は耐えてきた悲しみといっしょにそれを愬《うった》えるに違いなかった。

弓島は云いかける言葉を捜す間、ポケットから煙草をとり出して火をつけた。霧に濡れて消えた。彼は二度目のマッチを擦った。今度はうまく煙草の先に移ったが、暗い、蒼白い霧の中ではその橙《だいだい》色の小さな火がひどく甘美に映った。

弓島はそこから言葉を得た。

「多摩子さん、ここにいると、まるで、雲の上にでも乗っているみたいだね」

多摩子は眼を左右に動かした。

「そうね。何にも見えないわね。白いものばかりで。素敵だわ」

彼女が云ったので、弓島の心は躍った。空も次第に白くなり、雲の黒い斑《まだら》が見え、近くの水面も霧に塞がれていないところは明るくなりつつあった。

若い女は、やはりこのようなロマンチックな情景に感動すると思った。

「これに似た経験があるかね？」

弓島は煙を吐いて訊いた。

「ないわ。初めてだわ」

「ぼくも幻想《ファンタジック》的な気分になったな」

「わたしもよ」

多摩子が云ったので、弓島は勢いを得た。

「多摩子さん、ごめんなさい」

彼は力をこめて云った。

「何が？」

彼女はふだんの調子で訊き返した。

「ぼくは君が憤《おこ》っていると思うのだ。怒られても仕方のないことをぼくはした。たとえ、仕事のことだったとはいえね」

弓島は、しんみりと云った。

「もういいわ。済んだことだもの」

多摩子はそう云って、突然、

「ああ、思い出したわ」

と、叫んだ。

「何が？」

「ほら、さっき、弓島さんがこんな経験はないかとおっしゃったでしょ。弓島さんも知っているでしょ。もう先《せん》、軽井沢からの帰りに和田峠で一夜を車の内で明かしたわ」

「ああ、あれか」

「あのときは、真暗な闇の中だったけど、ちょっと今と似ていない？」

「そうだな」

弓島は云ったが、多摩子があの自動車事故の経験をこの幻想的な場合に比較していい出す気持の裏には、あの夜、二人がはじめて結ばれた思い出を云っているのだと思った。無理もない、彼女にとっては「女」の第一歩だったのだ。

多摩子のほうからそう云ってくれたので、弓島は、いよいよ気分が軽くなった。

「多摩子さん、そんなわけで、ぼくは仕事にあんまり熱中し過ぎて、君を憤らせてしまったと後悔している。だが、もう方針を変えたよ」

「方針って何？」

「つまり、今までは従兄のために利用されていたのだ。ぼくは自分が専務だものだから、会社を少しでもよくしようと思って、我武者羅《がむしゃら》に働いていたけれどね。そのために、いろいろの外部の批判も受けていたよ。だけど、結局、従兄に騙《だま》されたと知って、今度、あの会社をすっぱりとやめたよ」

「あら、おやめになったの？」

多摩子はさすがに驚いたようだった。

「そうなんだ。これからは、ぼくひとりでやるのだ。なに、ぼくなら或る程度まではすぐに仕事を伸ばせると思うんだ」

「そうね。あなたは実力があるから」

「口幅《はば》ったいようだけど、ハイランドをあれまでにしたのは、ぼくの力だと思っているからね」

「それで、独力でカメラ会社を起すんですか？」

「うむ。そのつもりだ」

「いいわ。成功を祈るわ。それで、会社の退職金を資本になさるわけね？」

「いや、そんなものは知れたものさ。もともと喧嘩別れのようなものだから、従兄もそんなには出しはしないよ」

「じゃ、よそから資本家の援助があるの？」

「いや、それもない。ぼくは実務ばかりで、そんな政治的な策動はしなかったからね」

「エライわ。ご自分の資金でなさるのがいちばんいいわ」

「いや、それとも少し違うのだよ」

弓島は少しあわてた。

「資金なんか無いよ。……それで、さし当り、その、なんだよ、中部光学を足場にしようと思うのさ」

多摩子の返事が切れた。弓島は彼女の顔をそこからのぞいたが、ようやく明るくなった空の反射でも微細な表情はよみとれなかった。彼女は水面に眼を落しているようだった。

「ねえ、君、こうなったら、ぼくは早速にでも女房と別れるよ。前からそのつもりだったんだからね。悪い女でね。性格が合わないという程度じゃないんだ。もっとひどい」

「………」

「今度もぼくのために心配そうな顔一つしないばかりか、出てくるのにも見送りもしないのだ。しかし、今度がいい機会だと思う。別れるよ。別れて……君といっしょになりたい」

弓島は、さすがに最後の言葉は固唾《かたず》を呑む思いで云った。

「ね、どうだい。君はもう憤っていないだろう。はじめの約束通り、ぼくと結婚しよう」

彼は、多摩子を見つめた。これがボートの上でなかったら、彼女のところに走って、その肩を抱きたいところだが、静かな湖面に浮んでいるとはいえ、彼が起上って動けば舟の安定が崩れそうであった。

「でも、中部光学は、あなたがハイランドに合併するように手続きしてらっしゃるのではないですか」

多摩子がふいとそんなことを反問したので弓島は自分の意図を見抜かれたように狼狽した。しかし、所詮はここまで言及しなければならないことだった。

「いや、あれはまだそのままになっている。ぼくが万事やっていたんだからね。加須子さんの同意もとりつけていないし……」

ここまで云いかけて弓島は、はっとした。加須子の名を不用意に出したが、これは多摩子の前ではまだ禁句なのだ。加須子に傷を負わせた女を眼の前に置いて軽率に云うことではなかった。

だが、多摩子は思いのほか平気でいた。次の声も静かであった。

「そう。じゃ、あなたに中部光学をみていただくことにするわ」

「え、多摩子さん、本当かね？」

「あなたでしたら、間違いないわね。よかった、ハイランドと早く合併しなくて。死んだ兄も、嫂《あね》も喜ぶわ」

嫂という言葉が多摩子の口からすらりと滑り出たので、弓島も意外だった。

「加須子さんも賛成してくれるだろうか」

おそれるように訊いた。

「勿論ですわ。中部光学がよくなるんですもの」

「じゃ、君と加須子さんとは仲直りしたのか」

「仲直りも何もないわ、わたしが悪かったんだから、謝れば加須子さんも許してくれると思うわ。気のやさしい女《ひと》だから」

「そりゃア、いい」

弓島は思わずはずんで云った。

「それに越したことはない。ぼくは、安心したよ。いや、実は、それがいちばん気にかかっていたんだ」

「加須子さんはいいひとよ。あんなひと、めったにいないわ。……結局、わたしが何にも分らないままにわがままを云ったのね」

「君は君でいいところがあったんだよ。ただ、少しばかり世間を知らなかったがね。無理もない、お嬢さんとして東京の学校に行き、そのまま向うで絵ばかり描いていたんだからね。しかし、君には、いま、仕事をしたいという意欲が出てきた。これからみんなで力を合わせて中部光学を発展させような」

弓島の云うみんなとは、彼自身が主体となり、多摩子と加須子とを率いることだった。彼は希望の上に乗り、心が軽やかな弾《はず》みをつけた。もう大丈夫だった。ただ、こう安心してみると、中部光学という零細企業の工場がいかにも彼には見すぼらしくて物足りなかった。安堵《あんど》を得ると次の不満がきた。自分を相当な「大物」と考えている彼のような男には、この工場はあまりに貧弱過ぎた。

だが、いまの場合、ひとまず我慢しなければならなかった。当分の間の辛抱だった。そのつらい辛抱を紛《まぎら》わしてくれそうなのは、多摩子と加須子とを操る愉しみであった。すると、弓島の眼にはもう一度加須子が彼の女として戻ってきた。加須子を諦めたのではなかった。あの女はぜひ手に入れよう。多摩子との間に再び面倒な摩擦が起るかもしれないが、そのときは完全にあの小さな工場が彼のものになっているときである。空想は発展し、弓島をうっとりとさせた。

水の上の寒さが肌を冷え切ったものにした。

「もう、ぼつぼつ岸にひっ返そう」

弓島は多摩子に云った。

山の端のあたりが見違うばかりに赤くなり、空の中央部にも光をひろげつつあった。木もそれを受けて光りはじめた。ボートを閉じこめた霧も白いなりに明るくなった。

「ええ」

多摩子はオールを水の中に下ろしたが、どうしたことか、それは片方だけだった。

「弓島さん」

多摩子がふいに呼んだ。今までの声とは少し調子が違っていた。

「何だい」

「この湖の底に何が溜っているかご存知？」

多摩子は水に浸したオールを動かさないで訊いた。

「さあ、この下は岩だとか石ころだとか泥だとか、そんなものじゃないかな。遊覧船の客が投げたジュースの空缶やビール瓶もあるだろうな」

「ううん、それだけじゃないわ。カメラのレンズがいっぱい溜っているそうよ」

弓島は声を呑んで多摩子の微笑している顔を見つめた。

「可愛い可愛い玉よ。ガラスのおはじきみたいなのがいっぱい。磨かれて透《す》き徹ったのもあるし、研磨されない前の、半製品の不透明なのもあるわ。それが何十万、何百万と捨てられてあるの」

「…………」

「みんなレンズの下請業者がメーカーからのキャンセルにあったり、いじめられて役に立たなくなったものばかりなの。何千、何百人という下請業者の泪《なみだ》と恨《うら》みとがその可愛いガラス玉の山にこもっているのよ」

多摩子は弓島を凝視して、唇だけをかすかにゆがめていた。それは微笑とも泣いているともつかない表情であった。

「ね、弓島さん、わたし、そのガラス玉の床の上にちょっとだけ横になってみたい気がするわ」

「多摩子さん」

弓島邦雄が眼玉をむき出して叫んだ。彼は手をボートのふちにかけて腰を浮かした。

「わたし、もう、くたびれたの。あなたがさっき云って下さったことも、もう耳に残ってないわ。ほんとうに疲れちゃった。何もかも面倒になったわ」

多摩子は、睨《にら》むように弓島を見ていたが、急にその眼から泪を流した。

「多摩子さん」

弓島邦雄が顔色を変えて中腰で起ち上った。オールを彼女から奪うために匍《は》い寄りかけた。

多摩子が一本のオールを垂直に水に立てると、それを小脇に抱くように姿勢を傾けた。ボートは安定を失った。

弓島は水の深部に沈んだ。懸命に泳いで浮上しようとした。水泳には自信があった。急に、彼の足が動かなくなった。下から多摩子の両手が彼の足首をつかまえていた。彼女の髪が水藻のように逆立って揺れていた。弓島は足で多摩子の手を蹴って突き放そうとした。が、その足が自由にならなかった。影のような彼女の両手が鉄鎖のように重量をもって捲きついていた。下へひきずりこまれてゆく。

彼はあわてた。両手を必死に伸ばして水中を掻いた。が、足を捉えて腰の上に這ってきた多摩子の両手が、彼の胴体を締めつけた。加えられた彼女の重量とその搦《から》みが彼の自由を失わせた。

弓島は見た。彼女の黒い影の顔の中に、白い両眼が突き出ているのを。その眼は、ごめんなさい、と謝っているようでもあり、愉悦に満ちた表情でもあった。

しかし、弓島は最後に見た。うす暗い湖底に堆積する何万何千もの眼を。――水面から徹してくる幽《ほの》かな光線《ひかり》は、廃品のカメラのレンズを蒼白い鬼火の群のように発光させていた。苛《いじ》めた下請業者の怨霊が光っていた。

朝八時ごろ、退院の加須子は看護婦たちに見送られ、迎えの倉橋市太といっしょに岡谷の家に帰るため車を湖岸の道に走らせていた。車内にも、うしろのトランクにも病院からの荷物が詰められていた。

下諏訪から岡谷までの途中では、中仙道と甲州街道とがいっしょになる。そのあたりまで来たとき、加須子は湖岸に人が群れているのを見た。

「あれ、何かしら」

加須子は窓から視線をその一点に凝《こ》らした。

「さあ。お巡りさんが出ているようですね」

と、倉橋も窓に顔を寄せた。二十人ばかりの人が水ぎわにかたまっていた。

「心中でもあったんでしょう。……今朝はまた深い霧ですね」

ハイヤーの運転手は車の速度も落さずに背中越しに云った。人の集っている光景は忽ち見えなくなった。湖面の上は真白だった。

「多摩子さんはどこに行ってるのかしら」

加須子が呟《つぶや》いた。その蒼白い頬に、倉橋の煙草の煙が淡くもつれた。

この小説は「小説現代」に一九六三年二月号から六四年五月号まで連載した『石路』を加筆訂正し、改題したものです。

解説

山前《やままえ》　譲《ゆずる》
（推理小説研究家）

長野県の諏訪《すわ》の近くに工場を構えている中部光学の社長の遠沢加須子《かずこ》は今、東京にいた。ケーアイ光学の債権者会議に出るためである。四年前に死んだ夫が遺したレンズ製造会社は、従業員三十人の小さな会社だ。熟練工の倉橋の手による優秀なレンズは知られていたが、所詮は中小企業である。今回の債権額は会社経営を脅かすほどのものだった。

倒産の最大の理由はカンダ光学への債権が回収不能となったことだ、との説明があった。連鎖倒産だが、ケーアイ光学の返済計画は納得できるものではない。そこに機械商の山中が資金を出すとの提案があった。三分の一を小切手で支払うから、それで債権の全部の決済を済ませてほしいという。

カンダ光学の債権分を除いてのことだったが、資金繰りが苦しい中小の下請け業者は次々とその提案を受け入れる。もちろん加須子も同意したが、なぜか山中は別の銀行の小切手で支払ってくれた。そして他の債権者に渡された小切手が……。

『地の指』からスタートした〈松本清張プレミアム・ミステリー〉の第五弾には、『風紋』、『影の車』、『殺人行おくのほそ道』、『花氷』、本書『湖底の光芒』、『数の風景』、『中央流沙』と、全八作がラインナップされた。病院経営の黒い霧、食品会社の内幕、さまざまな人間心理の綾、旅情、破滅への道、企業経営の悲哀、土地利権のからくり、官僚の不審死と、興味深いテーマがサスペンスを誘っている。

『湖底の光芒』はまず、カメラのレンズを製造する会社の経営が描かれていく。カメラ機能付きの携帯電話が普及して、写真はこれまでになく身近なものになった。かつてはフイルムを現像して、印画紙にプリント……などという過程はなくなったのである。もちろん試験の願書や履歴書のような時に添付する写真には、それなりの写りのものが必要になるだろうが、一眼レフのようなちゃんとしたカメラで写真を撮るという行為は、プロはともかく、今やマニアックな世界に入りつつあるのかもしれない。

カメラそのものもデジタル社会のなかで急激に変化している。けれど、写真撮影にレンズが欠かせないのは今も昔も変わりない。使用目的に応じて複雑な計算がなされ、繊細な製作過程があってはじめて、満足のいく写真に仕上がるのだ。

そのレンズやレンズを収める鏡胴、シャッター、ファインダー、露出計、ボディといった、さまざまな部品を組み合わせてできるカメラはまさに精密機械であり、そこで日本の技術が最先端を走ってきた。最初はコダックやライカといった外国製品の模倣であったが、戦前にはすでに国産でそれらに匹敵するものが作られている。一九四五年の終戦後にいち早く復興したカメラ業界は、高品質が評価されてどんどん輸出されていった。花形輸出産業となったのである。やがて日本社会が高度経済成長期に入り、カメラは一般家庭に普及していく。

そうしたなか、大手メーカーは自社や子会社での生産ラインを整備していったが、中小メーカーは資金的に完全に自社生産することはなかなかできなかった。精密機械だけに、部品をそれぞれ技術力のあるメーカーから仕入れたほうがいい場合もあるのだ。とくにレンズは重要である。だから、本書の中部光学のような会社が重宝されるのだ。しかし、下請けだけに、いや下請けの下請けだけに、納期や価格、そして支払い条件と、納入先の思惑に振り回されるのだった。

資金繰りに悩む遠沢加須子が諏訪に戻ると、ハイランド光学の弓島専務が接近してきた。新興ながら、今や老舗《しにせ》メーカーに伍する勢いの会社である。弓島は新製品のレンズ製造を頼みたいという。それも好条件だから願ってもないことだが、弓島が下請けに厳しいことは加須子も知っていただけに、疑問を感じる。そんなとき、東京で絵の勉強していた義妹の多摩子が帰ってきた。そして工場を見学に来た弓島と出会い……。

『湖底の光芒』は、一九六三年二月から翌一九六四年五月まで、「石路」のタイトルで「小説現代」に連載された。改題して講談社ノベルスの一冊として刊行されたのは一九八三年一月である。貨幣価値が刊行時の経済状況に合わせて改められていた。その後、講談社文庫（一九八六・一）としても刊行されている。

講談社ノベルス版には以下のような「著者のことば」を寄せていた。

> だいぶ前のことだが、諏訪に行ったことがある。私はカメラに興味をもっていたので、レンズ製造工場を訪れた。そして、日本のスイスと呼ばれた風光明媚なこの土地で、カメラレンズの下請業者が、親会社の横暴に泣かされているという事実を知った。この美しい土地で相も変わらず、そしてどこの業界にもある下請の悲哀が生みだされている——その対照を出してみたかった。

一九五三年一月に「或る『小倉日記』伝」で第二十八回芥川賞を受賞してからは、

朝日新聞西部本社広告部意匠係に勤務のかたわら、松本氏は毎月のように短編を雑誌に発表している。そして十一月、東京本社に転勤となった。小倉から上京し、作家専業への道を拓いていくのだが、その年の暮れから正月にかけて、上諏訪を訪れている。考古学者の森本六爾氏の取材の一環で、同地に住む弟子の藤森栄一氏に話を聞くのが目的だった。

そんな取材は一九五四年に発表された短編「断碑」に結実したが、一九五八年から雑誌連載された『ゼロの焦点』にも上諏訪が登場している。主人公の禎子が新婚旅行で紅葉が盛りの信州を訪れ、諏訪湖からは少し離れていたものの、上諏訪の旅館に泊まっていた。この『湖底の光芒』も諏訪や岡谷や松本に近い浅間温泉などを舞台にして旅情豊かである。

その諏訪や岡谷ではかつて、カメラ産業が盛んだった。長野県は戦前、生糸の輸出で栄えた。だが、太平洋戦争で輸出がままならなくなり衰退してしまう。そんな時、航空機部品、光学機器、通信機など、かなりの数の工場が疎開してきたという。京浜地区や中京地区へのアクセスがよく、製紙工場跡地が利用できたせいだが、何よりも「日本のスイス」とも称された豊かな水資源と清浄な空気、そして質の高い労働者といった元々の好立地が有利に働いたのだ。

終戦後、疎開してきた工場の大部分は引き上げたり解散したりしたが、残された技術を生かして、一九五〇年代以降、カメラ、腕時計、オルゴールのような精密機械の製造が盛んになった。諏訪・岡谷地域のカメラブランドといえば「ヤシカ」や「チノン」があり、いわゆるOEM生産も手がけていた。その後、カメラ産業が伸び悩んだ時代には、パソコン、プリンターなどのパソコン関連機器、IC基板、あるいはファクシミリのような事務機器の生産へと転換されている。

朝日新聞在社時代には写真のコンクールで一等をもらったこともあるというが、「写真家松本清張風景」と題された「週刊文春」（一九八二・十一・四）のカラーグラビア頁でこう述べている。

「写真歴」だけは古いほうに属すると思う。昭和十三、四年ごろから撮っている。秋山庄太郎、林忠彦君なんかよりも「先輩」だろう。パーレット、セミパール、セミファーストなどというのいまの若いカメラマンが名も知らないようなカメラで育った。栗原写真機のセミファーストは蛇腹がくたびれて孔があくまで使った。レンズはコッカで焦点が甘かった。当時はサロン写真が主流だったからだろう。いまのようにリアリズムとは違う。友人がセミプリンスを持っていて、コッカとイスコーとレンズの優劣を論じあったものである。戦前、私の住んでいた北九州は要塞地帯で、憲兵隊や警察にかくれて風景を撮影しなければならなかった。私の画面に「甘さ」が漂うのはセミファーストの名残であり、「暗さ」が支配するのは官憲の眼を犯罪者のようにのがれてこっそりとシャッターを切っていたいじいいましさからきているのであろう。

松本氏は一九三七年、すなわち昭和十二年に印刷所を退職し、自営で広告版下を書くようになった。そして一九三九年、取引先だった朝日新聞九州支社広告部の嘱託となる。新しい道を歩みはじめての苦労を癒やしてくれたのが写真だったのだろうか。なお、栗原写真機は栗林写真機製作所が正しい。作家となってからも、取材にはカメラが伴っていた。とくに海外での取材ではそのカメラ心が刺激されたようで、『松本清張カメラ紀行』（一九八三）や没後に刊行された『松本清張写真集』（一九九四）にまとめられている。

そんな長年のカメラへの関心が集約されたこの長編は「小説現代」の創刊号から連載された。新雑誌の連載のラインナップに松本作品があるのとないのとでは、やはり勢いが違ったことだろう。

一九六三年二月の連載開始時には、『人間水域』（マイホーム）、『けものみち』（週刊新潮）、『北の詩人』（中央公論）、『塗られた本』（婦人倶楽部）、『ガラスの城』（若い女性）、『象徴の設計』（文藝）、『天保図録』（週刊朝日）、『黄色い杜』（婦人画報『花実のない森』と改題）が同時に連載されていた。その発表媒体の多彩さには驚かされる。そのほか、『別冊黒い画集』（週刊文春）、『絢爛たる流離』（婦人公論）、そして『現代官僚論』（文藝春秋）といった連作形式の作品も連載していたのだから、創作量にも驚かされる。

この『湖底の光芒』は、カメラ業界の駆け引きを背景に、経営者の苦悩が描かれていく。そこには悲劇的な死も待ち受けている。一方、恋愛感情のもつれがサスペンスを誘っていく。そして迎えた人気観光地の諏訪湖での悲劇……。下請け業者の悲哀と信州の旅情、そして恋愛感情の綾によって組み立てられた物語が結ぶ焦点で、松本作品ならではの余情にひたることができるだろう。

一九八六年一月　講談社文庫刊

※本文中に「職工」「看護婦」「ニコヨン」などの用語や、比喩として「気狂いのように」「女で出来るような楽な商売」など、おもに職業や社会的性差に関して、今日の観点からすると不快・不適切とされる表現が用いられています。しかしながら編集部では、本作が成立した一九六四年（昭和三九年）当時の時代背景、および作者がすでに故人であることを考慮した上で、これらの表現についても底本のままとしました。それが今日ある人権侵害や差別問題を考える手がかりになり、ひいては作品の歴史的価値および文学的価値を尊重することにつながると判断したものです。差別の助長を意図するものではないということを、ご理解ください。

【編集部】

光文社文庫

長編推理小説
湖《こ》底《てい》の光《こう》芒《ぼう》　松《まつ》本《もと》清《せい》張《ちょう》プレミアム・ミステリー
著　者　松《まつ》　本《もと》　清《せい》　張《ちょう》

2018年10月20日　初版1刷発行

発行者　鈴　木　広　和
印　刷　堀　内　印　刷
製　本　ナショナル製本

発行所　株式会社　光　文　社
〒112-8011　東京都文京区音羽1-16-6
電話（03）5395-8149　編　集　部
8116　書籍販売部
8125　業　務　部

ISBN978-4-334-77735-7　Printed in Japan

組版　萩原印刷